SHADOW LAND

Kate Brian est l'auteure de nombreux romans pour adolescents, dont les séries *Campus* et *Privilège*, chez Bayard.

Ouvrage publié originellement par Hyperion, un département de Disney Book Group, sous le titre : *Hereafter*.

18, rue Barbès, 92128 Montrouge Cedex
ISBN : 978-2-7470-4831-6
Dépôt légal : novembre 2016

Loi n° 49-956 du 16 juillet 1949 sur les publications destinées à la jeunesse.

KATE BRIAN

SHADOWLAND

Traduit de l'anglais (États-Unis),
par Pascale Jusforgues

bayard

Pour Matt, grâce à qui je ne suis pas devenue
totalement folle l'année dernière.

La vérité

Le soleil matinal se levait au-dessus de l'océan, zébrant le ciel de somptueuses nuances de rose, de mauve et d'orangé. J'étais assise sur la plage avec Tristan Parrish. Il me tenait la main, et je regardais son bracelet de cuir élimé tout en écoutant le rythme régulier des vagues qui se brisaient sur le rivage. En temps normal, ç'aurait été le moment le plus romantique de ma vie. Mais c'était aujourd'hui, et ma vie avait pris fin.

« Reprends-toi, Rory. Inspire à fond et reprends-toi. »

– Alors cette nuit-là, sur l'autoroute… ce n'était pas un cauchemar, ai-je murmuré. Mon père, ma sœur, moi… on est tous morts ?

Un voile de chagrin est venu troubler l'eau bleue des yeux de Tristan. J'ai senti le cal de son pouce s'imprimer sur ma paume.

– Oui, m'a-t-il confirmé.

C'est dans un état d'hébétude totale que j'ai lâché les quelques mots suivants :

– Steven Nell nous a tués.

– Oui.

Tristan a accentué la pression de ses doigts, et un vide abyssal s'est soudain ouvert en moi. Terrifiée, je me suis cramponnée à sa main tandis qu'un déluge d'images m'assaillait, telles les séquences d'un film d'action trépidant : Steven Nell qui se rue sur moi avec sauvagerie, le regard lubrique, un sourire sadique étirant ses fines lèvres ; le couteau profondément enfoncé dans mon ventre ; mon T-shirt imbibé de sang ; les branches d'arbres noueuses au-dessus de ma tête ; les dernières bouffées d'air qui pénètrent péniblement dans mes poumons alors que je m'éteins lentement et qu'un froid grandissant m'étreint.

Une douleur atroce m'a tordu le cœur. Je me suis penchée en avant pour tenter de reprendre mon souffle.

– Je suis désolé, mais il fallait que je te montre ce qui s'est véritablement passé, a déclaré Tristan.

Il m'a de nouveau serré la main, et les traits ciselés de son beau visage sont redevenus parfaitement nets. En temps normal, une foule de questions m'aurait traversé l'esprit : « Qu'est-ce qu'il pense, là, en ce moment ? Pourquoi me tient-il toujours la main ? Parce que je lui plais autant qu'il me plaît ? » J'aurais eu peur d'avoir les mains moites, mauvaise haleine ou ces petits cheveux ridicules qui ont une fâcheuse tendance à frisotter autour de mon front. Bref, le genre de détails qui, d'habitude, obsèdent une fille de seize ans. Je n'étais pas censée être obnubilée par les circonstances de ma mort.

Un gros corbeau est passé au-dessus de nous en croassant. Il a décrit un large cercle, puis s'est posé sur le toit de la maison blanche et bleue où on vivait, ma famille et moi – non, rectification : où on *existait* depuis notre arrivée à Juniper Landing, une semaine plus tôt. Avant on habitait à Princeton, dans le New Jersey. On avait dû partir en catastrophe parce que mon prof de maths, un tueur en série qui avait déjà quatorze victimes à son actif, avait jeté son dévolu sur moi.

On avait suivi au pied de la lettre les directives de l'agent du FBI, roulé des heures durant sous une pluie torrentielle pour atteindre notre nouveau lieu de résidence sous le faux nom de Thayer. Arrivés en Caroline du Sud, on s'était crus tirés d'affaire mais on avait tout faux : Steven Nell nous avait rattrapés sur un tronçon d'autoroute désert et avait mis son plan à exécution. Il avait d'abord tué mon père, ensuite ma sœur Darcy, et pour finir, moi.

Je me suis levée brusquement. Dans ma hâte j'ai fait gicler du sable partout.

– Où tu vas ? m'a lancé Tristan en se mettant debout à son tour.

Il a esquissé un geste mais je l'ai repoussé. Je tremblais de la tête aux pieds.

– Il faut que je le dise à ma sœur, il faut que je le dise à mon père, ai-je annoncé d'une voix enrouée par les larmes.

– Non, justement, tu ne peux pas ! a rétorqué Tristan avec véhémence.

Il s'est placé face à moi de manière à me barrer le chemin. Derrière lui, j'apercevais la fenêtre de la chambre de mon père. Il était sûrement encore en train de dormir, ignorant totalement qu'il n'était plus en vie. Et qu'il n'avait pas réussi à protéger ses filles, même en les éloignant de la maison où elles avaient grandi et où leur mère était morte.

– Comment ça : je ne peux pas ? ai-je crié. C'est ma famille, Tristan !

Alors que j'essayais de le contourner, il m'a agrippée par le bras avec une telle poigne que j'en ai eu froid dans le dos. J'ai voulu me débattre, mais une agréable chaleur s'est soudain diffusée le long de mon bras, puis dans ma poitrine. Au contact de Tristan, mon cœur s'est arrêté de tambouriner comme un fou pour reprendre un rythme normal. Je me suis sentie bizarrement calme, tout d'un coup.

En croisant le regard bleu pâle de Tristan, j'y ai décelé… une lueur de triomphe.

Une vague de panique a aussitôt chassé la sérénité que j'éprouvais. Je me suis dégagée d'une secousse, si bien que les ongles de Tristan m'ont griffée.

– C'était quoi, ce truc ? Qu'est-ce que tu viens de me faire, là ? ai-je demandé en reculant avec effroi.

Tristan a pâli.

– Écoute, Rory…

– Non !

Tant de traîtrise me révoltait.

– Tu n'as pas le droit de m'embrouiller l'esprit comme ça ! Quel genre de type es-tu ?

Tristan s'est figé, puis son regard s'est envolé par-dessus mon épaule. J'ai senti derrière moi une présence et, une seconde plus tard, je me suis heurtée à une masse solide et inébranlable. Deux bras musclés m'ont alors encerclée et soulevée de terre pendant que Tristan observait tranquillement la scène.

J'ai hurlé de toutes mes forces. Seul le cri d'une mouette m'a répondu.

– C'est plus dur pour moi que pour toi, m'a murmuré une voix à l'oreille.

Mes poumons se sont comprimés jusqu'à ce que je n'arrive plus à respirer et que tout devienne gris autour de moi. Tristan s'est approché à pas lents, son regard rivé sur le mien, ses lèvres dessinant une ligne sévère.

– Pourquoi ? Pourquoi tu me traites comme ça ? ai-je hoqueté.

– Je t'expliquerai tout à ton réveil, je te le promets, m'a-t-il dit avec douceur.

Ses traits sont devenus flous, sa silhouette s'est estompée… et j'ai sombré dans l'inconscience.

Différente

J'ai repris connaissance sur un canapé poussiéreux, dans un endroit où planait une odeur de moisi mélangée à des relents de bière et de sel marin. J'avais mal à la poitrine, et mes ongles pourtant courts m'avaient laissé de douloureuses empreintes au creux des paumes. J'ai entendu quelqu'un rire pas loin.

J'ai réussi à ouvrir un œil et examiné les lieux lentement. Je me trouvais dans un sous-sol sans fenêtre, aux murs recouverts de panneaux de bois. Des tapis orange et vert à poils longs décoraient la pièce, ainsi que plusieurs canapés écossais passablement affaissés. Au plafond, une lampe évoquant un oursin éclairait faiblement la pièce. Une douzaine de jeunes de mon âge étaient massés autour d'un bar en formica bordé d'horribles tabourets en vinyle déchiré. Ils sirotaient du café dans des gobelets en carton tout en bavardant de choses et d'autres. À l'évidence, mon enlèvement ne leur faisait ni chaud ni froid.

Parmi eux, j'en ai reconnu plusieurs qui résidaient toute l'année à Juniper Landing, que j'avais pris à tort pour une aimable station balnéaire au début. Il y avait Bea McHenry, une rousse athlétique, qui avait les cheveux mouillés, lissés en arrière et attachés en queue de cheval, comme si elle revenait de la baignade. Kevin Calandro, en T-shirt blanc crasseux, avec ses flammes tatouées sur l'avant-bras droit, m'observait curieusement par-dessus son gobelet. À côté de lui se tenait Lauren Caldwell, dont la chevelure noire était retenue par un bandeau rouge. Deux filles et un garçon que je n'avais encore jamais vus flânaient à l'écart, la mine renfrognée, visiblement mécontents d'être là.

Au fond de la pièce, une porte s'est ouverte et Joaquin Marquez, un garçon fermement décidé à briser le cœur de ma sœur, a fait son entrée, suivi de près par Tristan. L'une des deux filles, une blonde maigrichonne coiffée d'une crête iroquoise, l'a suivi des yeux avec une expression que j'ai immédiatement reconnue : c'était de cette façon-là que je regardais Christopher Kane dans les couloirs du lycée, à l'époque où il était encore avec Darcy.

Fisher Morton a émergé de l'arrière-salle en troisième position. Il a rapidement rabattu et fermé la porte à clef derrière lui avant de rejoindre les autres, jouant de ses épaules de lutteur pour se faufiler à travers le petit groupe compact agglutiné au bar.

J'ai battu des cils machinalement. Pourquoi avait-il verrouillé la porte ?

– Hé, regardez, elle est réveillée ! a clamé Krista Parrish en s'extrayant de la foule pour s'approcher de moi.

Elle portait une robe bain de soleil rose et blanc, et ses cheveux, exactement du même blond que ceux de son frère, étaient relevés en queue de cheval haute. Elle m'a examinée de ses grands yeux bleus maquillés à la perfection. Ignorant la migraine qui me martelait le crâne, je me suis redressée, et la pièce m'est alors apparue dans son ensemble. Derrière Krista, j'ai aperçu un escalier qui montait. Autrement dit, une voie d'évasion.

Je me suis mise debout péniblement, les tempes battantes.

– Qu'est-ce que vous me voulez ? ai-je demandé en obliquant discrètement vers les marches. Où on est, là ?

– Ne t'inquiète pas, personne ne te fera de mal, m'a dit Krista d'une voix douce en levant les mains comme pour calmer un chien enragé.

– Je suis navré que ça ait dû se passer de cette façon, a déclaré Tristan avec un sourire à l'envers.

Je me suis souvenue de son regard, juste avant que je m'évanouisse, et j'ai vite détaché mes yeux des siens.

– Nous sommes dans le sous-sol du commissariat, a-t-il poursuivi.

– Hein ? Tu me kidnappes et ensuite tu me déposes chez les flics ?

La fille à l'iroquoise a éclaté de rire.

– On ne t'a pas kidnappée, est intervenu Joaquin en levant les yeux au ciel. On t'a sauvée. Toi et ta famille.

Krista, Lauren et Fisher m'observaient avec une telle intensité que j'ai senti se hérisser tous les petits cheveux de ma nuque. J'avais l'impression d'avoir atterri dans une secte.

– Bon. Alors si vous ne m'avez pas enlevée, j'imagine que... je suis libre de partir ?

J'ai fait un pas de plus vers l'escalier.

Fisher a secoué la tête.

– Désolé.

J'ai eu un coup au cœur. C'était la même voix. La voix de celui qui s'était emparé de moi sur la plage. D'instinct, j'ai reculé et me suis cognée contre le mur. Je sentais mon pouls palpiter à toute allure.

– Vous allez me dire ce qui se passe, à la fin ?

– On ne pouvait pas te laisser en parler à ta famille, a répliqué Tristan.

– Pardon ? ai-je soufflé sèchement. Tu m'annonces qu'on est tous morts et tu voudrais que je ne dise rien, ni à mon père, ni à ma sœur ?

– Exact, m'a confirmé Tristan.

Quelle émotion dans son regard ! Une attente, une prière, une quasi-dévotion. Comme s'il n'agissait que pour mon bien. Comme s'il espérait que je comprenne la situation. Mais je ne lui faisais pas confiance. Plus maintenant. Impossible.

– Eh bien, essaie de m'en empêcher !

Je me suis tournée face à Fisher et lui ai écrasé le pied de tout mon poids. Le colosse s'est plié en deux, j'en ai profité pour m'esquiver. Agrippant le premier barreau de la cage d'escalier, je m'en suis servie de pivot pour bondir sur la deuxième marche.

– Rory ! Non ! s'est écrié Joaquin.

J'ai continué à grimper en trébuchant. Des pas résonnaient derrière moi, mais j'apercevais déjà la lumière du jour sous la porte, tout en haut.

– Arrête, Rory ! a hurlé Lauren. Ils...

Dans un ultime effort, je me suis ruée sur la porte.

– Si tu en parles à ton père et à ta sœur, ils seront condamnés à aller à Shadowland ! a coupé Krista.

Une voix a sifflé :

– Krista !

– Quoi ? Vous voyez bien qu'elle va s'enfuir ! a protesté la sœur de Tristan d'une voix geignarde.

Mes doigts se sont tétanisés sur la poignée de porte. Ma poitrine se soulevait péniblement à chaque inspiration. Shadowland ? Alors que je me retournais, Tristan est entré dans mon champ de vision, au bas des marches. Sous cet angle, la lumière me permettait tout juste de discerner ses traits. Il y avait derrière lui une peinture vieillotte accrochée au mur. Un coucher de soleil dont les rayons dorés semblaient auréoler la tête de Tristan.

– C'est quoi, Shadowland ? ai-je voulu savoir.

– Tu veux bien redescendre, s'il te plaît ?

– Pas avant que tu m'aies répondu. Qu'est-ce que Shadowland ?

– Descends et on t'expliquera tout, s'est entêté Tristan en me tendant la main. Tu n'as rien à craindre ici. Je te le promets.

J'ai jeté un bref coup d'œil en direction de la porte, mais ma curiosité l'a emporté. J'ai descendu les marches et suis passée devant Tristan, indifférente à sa main tendue, avant de m'avancer au centre de la salle. J'essayais d'avoir l'air sûre de moi : visage de marbre, stoïque, lucide. Ce n'était qu'une façade. Intérieurement, je tremblais de partout. Tristan a hésité, visiblement déconcerté que j'aie refusé une occasion de le toucher. Tant mieux. Il n'avait qu'à ne pas laisser son copain me mettre KO.

– C'est bon, je t'écoute, lui ai-je lancé.

– Juniper Landing est un entre-deux, a commencé Joaquin en croisant les bras sur son torse musclé, moulé dans un T-shirt rouge qui mettait en valeur ses biceps. Des limbes.

– Un endroit où les gens s'acquittent d'une tâche qu'ils n'ont pas pu achever de leur vivant, a précisé Tristan. Ils arrivent par le ferry que tu as pris et restent ici jusqu'à ce qu'ils soient prêts. Quand vient le moment de partir, ils ont deux destinations possibles : la bonne, qu'on appelle la Lumière…

– … Et la mauvaise, a complété Joaquin tandis qu'une ombre passait sur son beau visage. Shadowland.

– Voilà pourquoi on a été obligés de t'arrêter sur la plage, s'est justifié Tristan d'un ton implorant. On ne pouvait pas courir le risque que ton père et Darcy soient envoyés là-bas.

– Tu aurais pu t'y prendre autrement, non ? lui ai-je rétorqué.

Tristan a rosi.

– J'ai essayé, mais je te signale que tu m'y as plus ou moins forcé, tu t'en souviens ?

Oui. La chaleur. Cette chaleur apaisante. Je me suis rendu compte que je l'avais déjà expérimentée à deux reprises : la veille au matin, quand j'étais au bord de la crise de nerfs à cause de la disparition d'Olive, et le soir, quand j'avais commencé à entrevoir la terrible vérité au sujet de Juniper Landing. À chaque fois, Tristan s'était servi du toucher, de son pouvoir ou je ne sais quoi, pour me sortir du gouffre.

– Mais pourquoi m'avez-vous amenée ici, avec tout ce monde ?

– Pour t'expliquer quel est notre rôle, est intervenue Krista. C'est nous qui dirigeons les gens vers leur ultime destination.

– Entre nous on s'appelle des CAP, des « condamnés à perpète », m'a informée Lauren.

Elle a levé le bras pour exhiber son bracelet en cuir, qui a glissé presque jusqu'au coude. Une rapide inspection m'a confirmé que tous ceux qui étaient là en portaient un. J'avais remarqué ces bracelets peu de temps après mon arrivée sur l'île et les avais pris pour un signe d'appartenance à un club ou une société secrète. J'étais loin de me douter de ce qu'ils symbolisaient réellement.

– Condamnés à perpète, ai-je répété avec une étrange impression de déjà-vu.

J'étais sûre d'avoir entendu ces mots quelque part.

– Donc, c'est vous qui décidez de l'endroit où vont les gens après leur séjour ici ? ai-je demandé.

Tout le monde a éclaté de rire. Même Tristan.

– Euh… non, a fini par me répondre Lauren en posant son café sur le comptoir. Tu trouves qu'on ressemble à des dieux ?

– Certains d'entre nous, oui, a lancé Joaquin en levant la main.

Les paupières plissées, Bea a dardé sur lui ses prunelles d'ambre, puis lui a décoché un coup d'épaule qui a failli le renverser.

– Non, ce n'est pas nous qui décidons, a appuyé Tristan. Nous sommes de simples passeurs vers l'au-delà. Lorsqu'une personne est prête à poursuivre son chemin, son CAP reçoit une pièce.

Tristan a sorti une pièce d'or et me l'a tendue. Elle brillait malgré le peu de luminosité qui régnait dans la pièce. Il me l'a posée au creux de la main. La pièce était lourde, épaisse, avec une face vierge et l'autre ornée d'un soleil.

– Nous conduisons notre hôte jusqu'au pont, a continué Tristan. Seule la pièce connaît la destination finale du partant ; elle lui indique le chemin.

Le pont. Bien sûr. Les évènements de la nuit dernière me sont revenus en mémoire. Les images et la bande-son aussi. Steven Nell hurlant et se débattant comme un forcené tandis que Fisher et Kevin le balançaient à l'arrière d'un pick-up. Krista sautant au volant et fonçant vers le pont à travers le brouillard. Les cris de Nell cessant brusquement et le silence étrange qui s'était installé au nord de l'île. Elle l'avait conduit vers Shadowland, là, sous mes yeux. Et je ne m'en étais pas rendu compte.

J'ai examiné la pièce. Comment ce petit bout de métal pouvait-il savoir où j'étais destinée à passer l'éternité ? J'ai réprimé un tressaillement et relancé la pièce à Tristan. Non que j'aie des doutes, bien sûr. On n'allait tout de même pas m'expédier au mauvais endroit ! Moi, ma sœur, mon père... on était tous voués à la Lumière. Forcément, non ?

Tristan m'a fixée avec un regard plein de tristesse, et j'ai perçu un changement d'atmosphère dans la pièce. Comme s'ils s'étaient tous arrêtés de respirer en même temps.

– Pourquoi tu me regardes comme ça ? ai-je demandé à Tristan.

Les autres se sont subitement et vivement intéressés aux tableaux merdiques qui ornaient les murs.

– Tristan, ai-je repris, pourquoi tu me racontes tout ça ? Si je n'ai pas le droit de mettre ma famille au courant, comment se fait-il que *toi*, tu puisses m'en parler à *moi ?*

Tristan a inspiré un bon coup. Puis il a réduit la distance qui nous séparait et m'a pris les deux mains. Je me suis instinctivement raidie, m'attendant à éprouver de nouveau cette étrange chaleur, mais cette fois il ne s'est rien passé à part une légère accélération de mes battements de cœur.

– Tu as vite compris que cette île avait quelque chose de particulier, n'est-ce pas ? m'a demandé Tristan.

– Oui, ai-je admis, la tête soudain légère.

– Et tu te demandais pourquoi tu te souvenais d'Olive et du musicien du parc après leur départ, alors que Darcy les avait totalement oubliés ?

En effet. J'ai repensé à Olive, la première fille avec qui j'avais sympathisé et qui avait disparu sans laisser de traces la semaine précédente. En revanche, je ne voyais pas du tout où Tristan voulait en venir.

– Et alors ?

– Eh bien, voilà : tu n'es pas comme les autres visiteurs de Juniper Landing, a déclaré Tristan d'une voix ferme. Tu es *différente*.

Je me suis sentie oppressée, tout à coup.

– Comment ça, « différente » ?

Tristan a longuement contemplé mes doigts avant de me regarder au fond des yeux. Il n'y avait plus que nous deux dans la pièce. Les autres n'existaient plus.

– Tu es une condamnée à perpète. Comme moi.

– Comme nous tous, a glissé Joaquin.

– Hein ? Mais qu'est-ce que ça signifie ?

– Que tu ne poursuivras pas ton chemin, m'a informée Tristan avec un calme désarmant. Tu vas rester ici. Avec nous.

J'ai lâché sa main et fermé les paupières à fond pendant quelques secondes, le temps de digérer la nouvelle. Je commençais tout juste à m'habituer au fait que j'allais partir vers un monde éthéré dénommé Lumière, que je ne rentrerais jamais chez moi, que je ne passerais jamais mon bac, que je n'irais jamais en fac de médecine et que tous les projets échafaudés depuis mon enfance ne se réaliseraient jamais. Et maintenant on m'apprenait que j'allais être coincée ici ? Pour toujours ?

– Qu'est-ce qui me rend si différente ? ai-je voulu savoir.

– Tu n'es pas morte de mort naturelle, m'a dit Joaquin avec une douceur étonnante. C'est la première condition requise pour devenir un CAP. La seconde, tu l'as satisfaite aux tout derniers moments de ta vie.

La pièce s'est mise à tourner dans un badigeon de marron, de jaune et de vert.

– Je ne comprends rien… Quelle seconde condition ?

– Il faut faire preuve d'altruisme, m'a expliqué Tristan. Accomplir une bonne action, soit dans le monde d'avant, soit ici. Toi, tu as consacré tes ultimes forces à débarrasser la terre d'un tueur sadique. Même au seuil de la mort, tu as réussi à rendre le monde un peu meilleur.

La scène m'est brusquement revenue en mémoire. Comme dans une séquence au ralenti, je me suis revue arracher le couteau de mon ventre pour le retourner contre l'homme qui avait assassiné mon père, ma sœur et tant d'autres. Et cet air choqué sur le visage de Nell, au moment où la lame l'avait frappé. Un couinement étranglé s'est échappé de ma gorge.

– Mon geste d'altruisme, ç'a été de tuer Steven Nell ? ai-je soufflé, abasourdie. Mais ce n'était pas par bonté, c'était par vengeance !

Tristan a froncé les sourcils.

– Dans un certain sens, oui, mais…

– C'est une blague, hein ?

J'ai promené mon regard sur Joaquin et les autres dans l'attente – ou plutôt dans l'espoir – que l'un d'eux craque et se mette à rigoler en criant : « On t'a bien eue ! » Mais personne n'a bougé.

– Vous vous fichez de moi, pas vrai ? Dites-moi que vous plaisantez !

– Jamais je ne plaisanterais sur un sujet pareil, Rory, a rétorqué Tristan. Je n'oserais jamais te faire ça.

Tout s'est brouillé autour de moi : les gobelets éparpillés sur le bar, le petit dauphin en plâtre accroché au-dessus d'un canapé, tous ces visages qui me dévisageaient avec curiosité, pitié, inquiétude. J'ai porté une main à mon front et je me suis focalisée sur Tristan.

Rien que lui. Ses lèvres parfaites, sa mâchoire carrée, son regard bienveillant. Pour l'instant, il n'y avait que lui qui comptait.

Les yeux me piquaient, j'avais une boule dans la gorge. J'ai respiré à fond.

– Si j'ai bien compris, je vais rester sur cette île.

– Oui, m'a répondu Tristan. Tu es ici chez toi. Pour toujours.

Pour toujours

Maintenant elle sait. Elle sait qu'elle est ici pour toujours. C'est un joli mot, « toujours ». Un véritable serment. On le trouve sur les cartes de la Saint-Valentin, les cartes d'anniversaire, les livres d'or ; on le prononce dans les prières quotidiennes. Toujours... c'est la plus belle des promesses qui soit. Qui ne rêverait de savoir que les êtres qu'il aime, les choses sur lesquelles il compte ou auxquelles il croit dureront toujours ? Qui ne garde au fond de soi le fol espoir d'accéder à l'immortalité ?

Ayant pour ma part goûté à la vie éternelle, j'ai compris qu'elle ne se terminerait jamais. Chaque jour, sur cette île, est une éternité. Le soleil se lève, ceux qui ne savent pas ce qui les attend débarquent, le brouillard déferle, ceux qui ne savent pas ce qui les attend s'en vont.

Jour après jour, la même routine. Les mêmes visages, les mêmes lieux, les mêmes odeurs, les mêmes bruits, les mêmes sensations. Comme un film qui passe en boucle, mais le film le plus barbant de l'histoire du cinéma.

Un film dont je fais partie et qui n'affichera jamais le mot FIN. Car ici il n'y a pas de fin.

Je sais, mon travail devrait me remplir de bonheur et de fierté. Quelle chance d'avoir une vocation, d'œuvrer pour un idéal, d'avoir hérité d'un don suprême ! Au début j'ai essayé d'y croire. Sérieusement. Mais cela fait si longtemps maintenant. Tellement, tellement longtemps ! Et qu'est-ce que ça m'a apporté ? Rien. Car ici, dans cet entre-deux, aucun espoir à avoir, aucun objectif à atteindre, aucune évolution, aucune possibilité de retour.

Du moins, c'est ce qu'ils croient. Ce que personne ne sait sur cet assommant caillou, c'est que j'ai décidé de prendre ma destinée en main. Je partirai d'ici.

À tout prix.

La traversée

Dehors, le soleil brillait d'un éclat aveuglant. Une main en écran devant les yeux, j'ai escaladé tant bien que mal les dernières marches de marbre blanc et me suis raccrochée de justesse à la rampe pour éviter de m'étaler sur le trottoir.

– Rory, attends ! a crié Tristan derrière moi.

– Laisse-moi !

Sur un coin de pelouse du parc, pas loin de la fontaine avec le cygne qui crachotait de l'eau, une jeune femme exécutait des postures de yoga sur un tapis de mousse mauve. Un vieux couple se promenait en souriant et en bavardant à mi-voix, un gobelet de café fumant à la main. Un quinquagénaire nous a croisés au petit trot, une planche de surf sous le bras. Je l'ai suivi des yeux jusqu'à ce qu'il atteigne le bas de la rue qui conduisait à la plage et qu'il sorte de mon champ de vision.

Dire que tous ces gens étaient décédés. Morts.

Deux corbeaux sont descendus en piqué et m'ont frôlée de si près que j'ai senti la pointe d'une aile me caresser les cheveux. Puis ils sont remontés en flèche pour aller se poser de l'autre côté de la rue, sur le cygne de la fontaine. Après s'être ébouriffés, ils se sont calés confortablement, leurs petits yeux noirs braqués sur moi.

– Pas avant que tu aies écouté ce que j'ai à te dire, a répliqué Tristan.

Il m'a rattrapée et a ajouté en regardant ses pieds :

– Écoute, je regrette sincèrement que Fisher ait dû te neutraliser, tout à l'heure. Je voulais juste…

– Non, je comprends. Pas de problème.

J'ai marqué deux secondes de pause.

– Enfin, si, il y a un problème, ai-je souligné. Mais j'ai compris tes raisons. Tu voulais m'aider… protéger les miens.

Mes yeux se sont embués de larmes à la pensée de mon père et de Darcy… et de leur bienheureuse ignorance.

– Punaise ! Ça craint.

– Je sais, Rory. Je suis désolé.

Tristan s'est passé les mains dans les cheveux, a rapidement croisé les doigts derrière sa tête, accentuant l'arrondi de ses biceps sous les manches de son T-shirt noir.

– Il faut aussi que tu saches qu'ils ne se rappelleront rien de la soirée d'hier – la présence de Nell sur l'île, l'enlèvement de Darcy, les équipes parties à sa recherche…

– Pourquoi ?

– C'est comme ça. Ceux qui ont rencontré Nell durant son séjour ici n'en garderont aucun souvenir, de même que tous ceux qui ont poursuivi leur chemin. C'est la règle. Ton père et ta sœur n'y feront pas exception.

– C'est délirant, ai-je soupiré en secouant la tête. Cet endroit est insensé !

– Je sais, c'est l'impression qu'il donne, mais tu t'y feras, a déclaré Tristan en laissant retomber ses bras. Regarde tout ce que tu as déjà encaissé ! Tu as été pourchassée par un tueur en série et tu en as réchappé.

À ces mots, j'ai lâché un rire plein d'amertume.

– Justement non : je n'en ai pas réchappé.

– Je voulais dire que ton âme a survécu, a rectifié Tristan en me prenant doucement les bras. Elle est belle, forte et courageuse. Réfléchis, Rory. Pense à ce que tu as fait hier soir. Tu as sauvé ta sœur. Tu as affronté ton assassin et tu as gagné. À présent, grâce à toi, il est à Shadowland. Tu peux être fière de toi, Rory.

Quand je l'ai regardé, j'ai vu qu'il était sincère. Qu'il me prenait pour une belle personne, pleine de force et de courage. Qu'il m'admirait pour ce que j'avais accompli. Peu à peu, je me suis mise à respirer plus calmement et j'ai senti une lueur s'éveiller en moi. Une sorte de fierté, en effet. Et de l'espoir. Assez maigre, certes, mais bien là.

Tristan m'a fait doucement pivoter face à sa maison, une imposante demeure coloniale bleue située en haut de la falaise, qui dominait l'océan du côté sud et la ville des côtés nord et est.

– Tu vois la girouette ? m'a-t-il demandé en levant le menton.

Une girouette dorée en forme de cygne (encore un) étincelait au sommet de la plus haute tourelle. Sa flèche indiquait le sud et restait parfaitement immobile malgré la brise assez soutenue qui soufflait de la mer.

– Tu as remarqué, elle ne pointe jamais vers l'est ni vers l'ouest, a poursuivi Tristan.

En effet, je m'en étais déjà aperçue.

– Oui, ai-je répondu. Et j'ai aussi noté qu'elle ne bougeait pas avec le vent.

– Exact.

Tristan a salué mes talents d'observatrice d'un sourire qui m'a fait rougir.

– Quand une personne s'en va vers la Lumière, la flèche pointe vers le nord. Si cette personne est destinée à Shadowland, la girouette indique le sud, comme c'est le cas maintenant. Pour Steven Nell, a-t-il précisé en guettant ma réaction.

– Étonnant, non ? ai-je ironisé.

Tristan a de nouveau souri, et moi aussi. Un embryon de sourire.

– Suis-moi, a-t-il repris. J'ai quelque chose à te montrer.

J'ai jeté un coup d'œil par-dessus mon épaule. J'aurais aimé rentrer chez moi retrouver mon père et Darcy, même si je ne pouvais rien leur dire. Mais à cette heure-ci de la matinée, sûr qu'ils dormaient encore. Et puis, je me posais un milliard de questions et Tristan était le seul à pouvoir y répondre. Il était ici chez lui, il connaissait l'île par cœur, elle était sa réalité, toute son existence.

Après avoir traversé le parc, nous nous sommes engagés dans une ruelle qui descendait vers le port. La marina de Juniper Landing formait un grand fer à cheval cerclé d'un quai en planches, qui lui-même s'ouvrait sur un vaste parking. Une douzaine de voiliers – certains en bois, d'autres en fibre de verre – mouillaient dans les eaux saphir du bassin tandis que quelques bateaux à moteur s'alignaient un peu plus loin dans des cales individuelles. L'un d'eux avait l'ironie de s'appeler *Éternité*.

Au large de la baie hérissée de clapots, j'ai distingué le ferry qui voguait lentement vers le port. Je n'avais pas revu ce bateau depuis que mon père, ma sœur et moi avions débarqué sur l'île, et j'ai soudain réalisé que je ne l'avais jamais vraiment regardé. Avec sa coque blanche et ses dizaines de hublots qui étincelaient sous le soleil, on l'aurait cru paré pour une traversée inaugurale.

Tristan s'est approché de la vieille balustrade en bois qui bordait le quai et a contemplé le parking en contrebas. Nous avons attendu en silence que le ferry accoste. Des dockers l'ont amarré en échangeant quelques cris, la passerelle s'est abaissée et, peu après, le premier passager a mis pied à terre. C'était un homme de petite taille, maigre, aux cheveux clairsemés, au nez assez fort. Il avait l'air un peu perdu mais pas malheureux. Derrière lui est apparue une fille bien en chair, environ mon âge, avec une robe d'été jaune vif et des cheveux châtain foncé coupés à la garçonne. Un couple d'âge moyen lui a succédé. La peau d'ébène de l'homme contrastait avec le teint de la femme, rose et piqueté de taches de rousseur.

– Alors tous ces gens sont...

– Nos nouveaux hôtes, a complété Tristan en me jetant un regard oblique. Des âmes toutes fraîches.

Je me suis crispée sur la rambarde en repensant à mes premières impressions sur cette île. Quand nous étions passés devant ses amis et lui en voiture, Tristan m'avait dévisagée avec insistance. Dès cet instant, j'avais senti un lien puissant entre nous deux, comme si nous nous connaissions depuis toujours, que nous appartenions l'un à l'autre.

– À la longue, je suis devenu super fort pour deviner ceux qui échoueront à Shadowland et ceux qui sont voués à la Lumière, a commenté Tristan en s'accoudant à la balustrade rongée par les intempéries.

– Tu es là depuis combien de temps ?

Tristan a tourné la tête de telle façon que je n'ai plus vu que l'arrière de son oreille gauche.

– Longtemps, a-t-il lâché.

Je me suis mordu la lèvre, consciente d'avoir dépassé les bornes.

– Regarde-moi ça ! s'est-il soudain exclamé sur un ton léger.

Il s'est redressé, a glissé les mains dans les poches arrière de son short, puis a commencé à passer en revue les nouveaux arrivants qui défilaient sur le débarcadère.

– Bon... Bon... Très bon... Mauvais mais s'estime bon... Bon... Mauvais...

Tout à coup, le visage de Tristan s'est assombri.

– Ouh là. Mauvais... Très, très mauvais.

Son attention s'était fixée sur un garçon qui devait avoir deux ou trois ans de plus que moi. Brun, coiffé en pétard, le lobe de l'oreille droite percé d'un clou d'argent, il portait un jean déchiré et un sac à dos vert apparemment bourré à craquer. Il a observé d'un air absent les dockers qui s'activaient sur le quai, puis le panneau BIENVENUE À JUNIPER LANDING surmonté d'un cygne en bois sculpté. Malgré sa dégaine, ce garçon avait un visage de bébé, et ses épaules voûtées dénotaient un caractère effacé plutôt qu'une quelconque cruauté.

– Il m'a l'air normal, ai-je objecté. Juste... triste.

– Ton jugement s'affinera avec le temps, a répliqué Tristan en me détaillant de la tête aux pieds. Tu es faite pour cet endroit, Rory Miller.

Mon cœur a bondi quand Tristan m'a appelée par mon véritable nom.

– Je voudrais savoir une chose, ai-je enchaîné en m'armant de courage.

– Vas-y, je t'écoute.

– Que va-t-il se passer pour ma sœur et mon père ? Ils ne sont pas morts de mort naturelle non plus.

Une ombre a voilé les yeux bleus de Tristan. J'ai retenu mon souffle.

Par pitié, ne me les enlevez pas. Pas maintenant. Pas après toutes ces épreuves. Par pitié, non !, ai-je songé.

– C'est vrai, en a convenu Tristan. Le jury n'a pas encore statué sur leur cas. Peut-être qu'ils pourront rester, peut-être que…

– Tais-toi, l'ai-je coupé, l'angoisse au ventre.

Je m'étais crue prête à entendre ces mots, mais c'était faux.

– Il est tout à fait possible qu'ils restent, m'a rassurée Tristan. Attendons la suite.

– D'accord, ai-je murmuré en retenant mes larmes.

– Rory, ne vois pas tout en noir ! Tu es là, tu as rejoint notre groupe… c'est plutôt une bonne nouvelle. Tu escorteras des âmes vers leur ultime destination, tu joueras un rôle essentiel lors de leur voyage vers l'au-delà. Réfléchis un peu : c'est extraordinaire ! À partir de maintenant tu as un but. Une mission.

Les yeux rivés sur l'océan, j'ai aspiré une brève goulée d'air.

– J'avais déjà une mission, ai-je riposté tout en essayant de ne pas m'apitoyer sur mon sort, ne pas songer aux projets pleins d'espoir que j'avais formés et qui me promettaient une vie toute tracée.

La fille que j'étais alors ne se doutait pas qu'elle n'atteindrait jamais les buts dont elle rêvait. Je voulais faire des études de médecine. Vaincre le cancer. De sorte que plus personne n'ait à souffrir comme nous avions souffert quand nous avions perdu maman.

– Et aujourd'hui… tout est fini.

Au bord de la marina, j'ai remarqué une silhouette sous l'ombre d'un orme. Elle a tressailli en se sentant observée, s'est à moitié cachée derrière le tronc, puis a abandonné son poste pour s'éloigner rapidement, tête baissée. La fille coiffée à l'iroquoise. À présent j'étais certaine que Tristan lui plaisait. À un moment, elle m'a lancé un regard étincelant de noirceur, puis m'a tourné le dos et a continué en direction de la baie.

– Tu n'as pas compris, m'a dit Tristan sans se soucier de l'Iroquoise. C'est d'ailleurs ce qui te rend parfaite pour ce boulot. Tu as envie d'aider les gens. Et tu en as l'énergie, Rory. Tu voulais donner un sens à ta vie, désormais c'est possible.

Mes lèvres ont ébauché un sourire biscornu.

– Maintenant c'est ma vie dans la mort qui aura un sens.

– Exact, a admis Tristan en riant.

J'ai laissé dériver mon regard vers la ville, les maisons qui bordaient la place, avec leurs bardeaux délavés par le soleil ; les manches à air qui se balançaient doucement dans la brise ; les joggeurs, les cyclistes, les promeneurs matinaux ; les commerçants qui balayaient le trottoir, ouvraient leur magasin et saluaient les premiers clients de la journée.

Si j'étais condamnée à vivre ici à perpétuité, ce n'était assurément pas le pire endroit du monde. Malgré tout, j'éprouvais une pointe d'appréhension liée à la découverte de l'inconnu. Au poids de la vérité qui menaçait de m'écraser si je décidais de m'y soumettre et de m'y perdre. Cela m'était déjà arrivé une fois, après la mort de ma mère. J'avais alors sombré dans la période la plus noire de mon existence sur terre, et je refusais de revivre ça. Même à présent.

– Tu n'imagines pas combien ç'a été dur pour moi de te cacher toutes ces choses, a avoué Tristan d'une voix rauque. Je tiens beaucoup à toi – tu le sais, n'est-ce pas ? J'ai hâte de te faire partager tout ça.

Mon cœur s'est gonflé. Tristan parlait de sa vie. De son univers. Et il m'invitait à l'y rejoindre. Il voulait que *moi,* j'en fasse partie.

– Explique-moi un peu cette histoire d'escorter les âmes, ai-je dit en redressant les épaules. Je commence quand ?

Tristan a souri.

– Ce soir. Je t'attendrai à neuf heures au Cygne Noir.

J'ai souri à mon tour.

– Entendu. J'y serai.

Le premier

– J'en reviens pas que tu m'invites à sortir avec toi ! s'est exclamée Darcy, une main sur le cœur, tandis que nous descendions vers les quais en compagnie de mon ami Aaron.

Il s'était soigneusement enduit les cheveux de gel et vêtu d'un T-shirt de rugby rayé bleu et blanc qui faisait ressortir son bronzage.

– Je veux dire... c'est du jamais vu, a ajouté ma sœur.

– C'est bon, on a compris, ai-je grogné.

Devant nous, les eaux calmes de la baie luisaient dans la lumière d'une lune suspendue très bas dans le ciel. J'ai entendu tinter la cloche d'une balise, et peu après le moteur d'un bateau toussoter au loin dans la nuit.

– C'est juste que tu es la reine des Antisociales, ma chère sœur, a poursuivi Darcy en passant les doigts dans sa chevelure brune pour la déployer en éventail sur ses épaules. Une des constantes de ma vie depuis que tu as entamé ta puberté. Désolée si mon cerveau a besoin de quelques minutes pour assimiler ce nouveau concept.

– Accorde-lui plutôt quelques heures, ai-je riposté.

Tout à l'heure, ma sœur avait failli tomber à la renverse lorsque je lui avais proposé de passer chercher Aaron et d'aller ensemble au Cygne Noir après le dîner. Je ne lui en voulais pas, elle avait raison : j'avais toujours détesté les fêtes et les sorties. Chez moi, c'était quasiment un principe. Mais Tristan m'avait donné rendez-vous ce soir dans le bar où il travaillait afin de m'expliquer en quoi consisterait ma vie de condamnée à perpète et, même si cette conversation devait avoir lieu en privé, j'angoissais à l'idée de laisser Darcy seule à la maison. Après tout ce que Tristan m'avait confié, pas question de quitter ma sœur des yeux. Si cela n'avait tenu qu'à moi, j'aurais aussi entraîné mon père dans notre virée, mais il était plongé dans la réécriture d'un roman longtemps délaissé (de plus, je n'étais pas sûre qu'il soit socialement correct d'inviter son père dans un bar). Je redoutais de n'avoir plus beaucoup de temps à passer avec ma famille – ou avec Aaron, mon seul véritable ami sur cette île – s'ils devaient bientôt partir… définitivement.

Nous venions juste de poser le pied sur les planches branlantes de la promenade. Subitement saisie de vertige, je me suis retenue au premier piquet de la rambarde.

– Qu'est-ce qui t'arrive ? s'est inquiété Aaron.

Je ne pouvais pas me permettre de broyer du noir, de me laisser aller, ni même de trop cogiter. Sinon, je risquais de me perdre à tout jamais. Je devais me persuader que mon père, ma sœur et Aaron deviendraient à leur tour des CAP. Après tout, la vie d'Aaron aussi s'était terminée de façon accidentelle. J'y avais repensé dernièrement, lors de mes réflexions à n'en plus finir. Aaron m'avait tout raconté le soir de notre rencontre, mais sur le coup cela ne m'avait pas frappée. Il se trouvait en visite chez son oncle, à Boston, quand la maison avait brûlé. Il croyait s'en être sorti sain et sauf, mais maintenant que je savais où nous étions en réalité et comment nous avions tous atterri ici, c'était manifestement faux.

– Rien, rien, ai-je répondu d'un ton faussement désinvolte, en essayant de ne pas me demander s'il avait eu peur, s'il avait souffert lors de cet incendie et si le reste de sa famille avait survécu.

Aaron m'a entourée de son bras et serrée contre lui.

– Je ne sais pas ce qui lui vaut cette réputation de pantouflarde, a-t-il plaisanté en s'adressant à Darcy, mais depuis que je connais ta sœur, je l'ai quand même vue participer à deux fêtes en une semaine !

Au moment où je tournais la tête vers lui pour lui offrir un sourire reconnaissant, j'ai remarqué un individu de grande taille, solidement bâti, qui flânait autour de la place. Il portait un uniforme bleu, des chaussures noires bien cirées et sans doute une arme à feu, à en juger par la bosse qui se dessinait au niveau de sa hanche. Je l'ai immédiatement reconnu : c'était l'officier Dorn, celui qui m'avait ri au nez quand j'étais venue au commissariat déclarer la disparition d'Olive la semaine dernière. Il s'est arrêté pour échanger quelques mots avec un homme qui lisait *La Gazette de Juniper Landing* sous un lampadaire. Lorsqu'ils se sont serré la main, j'aurais juré voir jaillir une sorte d'éclair blanc.

– Rory ? m'a lancé Aaron.

J'avais totalement perdu le fil de la conversation.

– Oui, pardon. Qu'est-ce que tu disais ?

Aaron m'a donné une petite tape amicale.

– Je disais : tu ne trouves pas que Darcy est beaucoup trop bien pour Joaquin ?

– Oooh, si !

J'ai jeté un bref coup d'œil en arrière. L'homme au journal et Dorn s'étaient évaporés dans la nuit.

– Pourvu qu'il ne soit pas de service ce soir, a murmuré Darcy alors que nous arrivions en vue du cygne en bois grandeur nature accroché au-dessus de l'entrée du bar.

En plus des rires avinés et des tintements de verre, la musique rock poussée à fond faisait trembler les murs de la cambuse.

– Pourquoi ? a objecté Aaron. Tu es resplendissante, tu vas te faire draguer par un tas de mecs… J'espère au contraire qu'il travaillera et qu'il sera vert de jalousie derrière son comptoir !

– Tu sais que tu me plais, toi ? a répliqué ma sœur en souriant.

Elle a rajusté son top à paillettes et rapidement passé la langue sur ses dents afin de gommer d'éventuelles traces de rouge à lèvres.

– OK, ça me paraît un bon plan, a-t-elle repris avec un air de défi.

Altière et sûre de son charme, Darcy a franchi le seuil du bar, dont un bloc de granit maintenait la porte grande ouverte. Je pensais qu'Aaron la suivrait de près, mais il s'est arrêté pour sortir son téléphone portable et l'a levé à bout de bras vers le ciel. Ça m'a fait mal au cœur. Le pauvre, il n'était pas près d'avoir du réseau !

– Tu essaies encore d'appeler ton père ? lui ai-je demandé en glissant les mains sous mes bras.

– J'espère juste profiter d'un créneau de quinze secondes, au cas où un satellite passerait au-dessus de ce caillou oublié des dieux.

Aaron a rempoché son portable en soupirant, puis m'a de nouveau prise par les épaules.

– On y va ?

– On y va, ai-je répondu avec un sourire tendu et une pointe de culpabilité.

À l'intérieur, la soirée battait son plein et Le Cygne Noir était bourré à craquer. J'ai tenté d'apercevoir Tristan, mais un rempart de clients se dressait devant le comptoir. La fille que j'avais vue descendre du ferry ce matin était assise tout au bout, en train de siroter un verre, les yeux fixés sur Joaquin qui servait les boissons comme un pro, avec son sourire extra large qui charmait toute la clientèle. Darcy est passée sans lui accorder le moindre regard et s'est juchée sur le dernier tabouret libre, entre Fisher et un nouveau venu aux cheveux blonds bouclés, col du polo relevé et claquettes brodées de baleines aux pieds. Tous deux s'affairaient à construire une pyramide de petits verres qui avait déjà atteint une belle hauteur, et Fisher tirait la langue chaque fois qu'il posait un verre de plus. Aaron s'est faufilé derrière Darcy et a immédiatement engagé la conversation avec le blondinet.

– Rory ! s'est écrié Joaquin tout en remplissant un bock de bière à la pression, dont il a éjecté la mousse d'un habile coup de doigt. Ça va, ma belle ?

La fille du ferry s'est tournée vers moi et s'est aussitôt renfrognée. J'espérais qu'elle ne voyait pas en moi une rivale. Si elle avait l'intention de conquérir le cœur de Joaquin, je le lui laissais bien volontiers.

– Je peux avoir un Coca ?

– Tu n'en as pas marre d'être sobre ? m'a questionnée le beau brun en se penchant pour attraper un verre sous le comptoir.

– Non, mon état normal me convient très bien, merci. Tristan est là ?

J'avais tellement hâte de le revoir que je jouais nerveusement avec la fermeture éclair de mon blouson.

– Non, a rétorqué Joaquin sans plus de précision.

– Pourtant il m'a demandé de le retrouver ici.

Joaquin a émis un petit ricanement, puis il a lancé le verre en l'air et l'a rattrapé avec décontraction.

– Désolé, je ne suis pas sa nounou.

J'ai levé les yeux au ciel.

– Écoute, a repris Joaquin, Tristan est notre boy-scout attitré : s'il t'a dit qu'il viendrait, il viendra. Au fait, je te présente Jennifer, a-t-il ajouté en désignant la fille du ferry. Elle est arrivée ce matin. Jennifer, Rory ; Rory, Jennifer.

– Salut, a lâché la nouvelle venue avec un sourire mi-figue mi-raisin.

Elle avait une charmante petite tache de vin au-dessus de la lèvre, et comme elle tenait sa paille entre deux doigts, j'ai noté que son vernis à ongles rose vif était tout écaillé.

– Vous vous êtes rencontrés comment, Joaquin et toi ? a-t-elle voulu savoir.

– Oh, on est de vieux copains ! l'a informée Joaquin en poussant le verre de Coca dans ma direction.

À l'autre bout du bar, j'ai entendu Darcy éclater de rire. Elle a posé la main sur le bras de Fisher, et Fisher lui a souri, apparemment ravi de cette marque d'attention. À mon grand étonnement, Joaquin, de son côté, a cessé de sourire. Puis il a servi un autre demi qu'il a abattu d'un coup sec sur le comptoir.

– Ta sœur s'amuse bien, à ce que je vois, a-t-il commenté tandis que d'autres rires fusaient à la table d'à côté.

– Qu'est-ce qui te prend, tu es jaloux ?

Joaquin a posé les mains à plat sur le zinc.

– Moi ? Absolument pas !

Le tic qui agitait son œil droit démentait ses paroles.

– Pourquoi je serais jaloux, d'abord ?

– J'en sais rien, à toi de me le dire.

On s'est regardés en chiens de faïence, chacun attendant que l'autre cligne des paupières.

– Euh… je vais faire un tour au juke-box, a déclaré Jennifer en descendant de son tabouret.

J'ai pris sa place et me suis accoudée au bar, la tête dans les mains.

– J'ai l'impression que tes deux derniers jours ont été assez instructifs, a dit Joaquin d'une voix étonnamment compatissante. Comment tu te sens ?

– J'ai l'air d'aller bien, à ton avis ?

Il a gloussé.

– Tu verras, ça s'arrangera. Il faut un certain temps pour s'adapter. Et puis, il y a des avantages à être coincé ici pour l'éternité.

– Tu veux dire la satisfaction de guider les âmes vers leur ultime demeure ?

Le sourire de Joaquin s'est figé sur ses lèvres.

– Bon sang ! Tu parles comme une disciple de Tristan Parrish. Non, Rory, je faisais allusion au plaisir de passer tout ce temps avec moi !

– Pauvre idiot ! ai-je ricané pendant qu'il actionnait de nouveau sa pompe à bière.

– J'ai déjà essuyé de pires insultes, a-t-il répliqué sur un ton léger. Non, sérieux, être un CAP a vraiment de bons côtés, je t'assure. Et qui n'ont rien à voir avec ce que Tristan-le-Sérieux t'a raconté.

J'ai levé un sourcil.

– Quoi, par exemple ?

Les yeux pétillants, Joaquin s'est penché par-dessus le zinc et m'a glissé à l'oreille :

– On ne tombe jamais malade, on ne peut pas *mourir*... et on restera jeunes et beaux à tout jamais.

Il s'est redressé, a écarté grand les bras, l'air triomphant.

– À Juniper Landing, on n'a rien à craindre, Rory !

– Ouais. Sauf l'éternité, ai-je grogné à voix basse.

Joaquin a balayé ma remarque d'un geste insouciant.

– Tu verras, tu finiras par t'y habituer.

Je lui ai adressé une moue dubitative.

– Je n'ai pas encore très bien compris comment ça fonctionne, tout ça.

Puis j'ai désigné Jennifer, près du juke-box.

– Tu sais de quoi elle est morte ?

– Tumeur du cerveau, m'a répondu Joaquin.

– Quelle horreur !

Sans s'émouvoir, Joaquin a décapsulé une bouteille de bière et en a avalé une gorgée avant d'ajouter :

– Ouais, mais ç'a été rapide. Un mois après le diagnostic, pffft !

Il a mimé un ballon qui se dégonfle.

– Ouah ! Tu es vraiment plein de tact, ai-je riposté avec sarcasme.

– Ben quoi ? Elle ne sait pas qu'elle est décédée. Elle se rappelle juste qu'on lui a découvert une tumeur et qu'elle est ici en vacances. De toute façon, elle sera partie dans un jour ou deux. Cette gamine a passé la moitié de sa vie à être polie, et l'autre à s'occuper bénévolement d'enfants défavorisés. Dommage qu'elle ne reste pas plus longtemps avec nous, elle aurait pu s'éclater un peu !

Joaquin a jaugé Jennifer du regard, comme s'il envisageait la possibilité de lui venir en aide dans ce domaine. Je lui ai décoché un coup d'œil plein de mépris et lui ai tourné le dos.

– Hé ! Ça fait partie de mon boulot, s'est-il justifié.

– C'est ça, oui. Dis-moi plutôt...

Quand j'ai pivoté sur mon tabouret, Joaquin avait déjà disparu à l'autre bout du bar pour se joindre à la foule braillarde, me laissant seule avec mes questions sans réponse. Pourquoi, entre autres, était-il aussi bien renseigné sur Jennifer ? Est-ce que c'était lui qui allait la guider dans l'au-delà ? Par quel biais un CAP se voyait-il confier une nouvelle âme ? D'ailleurs, ce genre de décision était-il pris à l'avance ou bien laissé au libre arbitre des CAP ? Est-ce que j'étais censée cuisiner nos visiteurs afin de savoir s'ils étaient prêts à poursuivre leur chemin ou pas ?

J'ai poussé un long soupir, espérant que Tristan allait bientôt arriver.

– Ça craint, cet endroit, hein ?

J'ai sursauté et me suis retrouvée nez à nez avec l'un des nouveaux arrivants – le garçon au jean déchiré qui m'avait paru totalement déboussolé en débarquant du ferry ce matin. Il avait une minuscule cicatrice au sourcil droit et ne savait pas quoi faire de ses mains ; il s'est gratté la nuque, a croisé les bras et, pour finir, a enfoncé les pouces dans ses poches de devant.

– Oui, je suis bien d'accord avec toi, ai-je répondu.

– Tu habites ici ? m'a-t-il demandé tout en étudiant la carte des boissons.

– Euh… Ouais. Je m'appelle Rory. Rory Thayer.

– Et moi Brian Wohl. Je viens de Caroline du Nord.

– Ravie de faire ta connaissance.

Brian a fait signe à Joaquin, qui venait de réapparaître devant moi.

– Je peux avoir un demi ? N'importe quoi, mais à la pression.

– Ça roule, a répondu Joaquin en s'empressant de le servir.

Je me suis demandé si Brian lui faisait aussi mauvaise impression qu'à Tristan ce matin, mais il a continué à s'affairer, remplissant verre après verre et sortant de la glace du freezer tout en bavardant avec les clients malgré le brouhaha qui emplissait la salle. Après une gorgée de bière, Brian s'est accoudé au bar.

– Rory… Joli prénom.

J'étais un peu gênée d'être assise alors qu'il était debout, mais il n'y avait aucun tabouret libre en vue.

– Je le dirai à mon père, il en sera très flatté, ai-je répondu sur le ton de la plaisanterie.

Devant la mine étonnée de Brian, j'ai précisé :

– C'est lui qui l'a choisi.

– Ah, d'accord !

Il a de nouveau trempé les lèvres dans sa bière avant de poursuivre :

– Moi, je ne sais pas qui a choisi le mien. À vrai dire, je ne me suis jamais posé la question.

– C'est forcément un de tes parents, ou bien les deux.

– Ça m'étonnerait qu'ils y aient beaucoup réfléchi, a répliqué Brian en baissant les yeux. À mon avis, ils s'en fichaient complètement.

– Oh...

C'était à mon tour de ne pas savoir quoi faire de mes mains. Je les ai calées sous mes cuisses, puis je me suis éclairci la gorge pour ajouter :

– C'est dur, ce que tu me dis là.

Les joues de Brian se sont empourprées.

– Pardon. J'ai bien plombé la conversation, hein ?

Il a ponctué ces mots d'un rire amer tout en rougissant de plus belle.

– Non, non, pas de problème, ai-je déclaré d'une voix qui sonnait horriblement faux.

J'étais de plus en plus mal à l'aise. J'ai regardé en direction de ma sœur dans l'espoir qu'elle me donne des conseils par télépathie, mais de là où j'étais, je ne la voyais même pas tellement il y avait de monde autour d'elle. Brian a poussé un soupir à fendre l'âme, comme si sa propre présence l'ennuyait. Au moins nous étions deux dans la même galère.

– Alors... euh... Qu'est-ce qui t'amène ici ? ai-je demandé bêtement.

J'ai aussitôt regretté mes paroles. Comment aurait-il pu le savoir ? Il n'avait pas même idée de l'endroit où il avait atterri !

– Disons que… j'ai dû quitter ma famille.

– Comment ça ?

Brian m'a foudroyée du regard.

– Tu poses toujours autant de questions ?

À mon tour, j'ai rougi comme une tomate.

– Excuse-moi d'être aussi indiscrète. Je voulais juste…

Et Darcy qui s'étonnait que je déteste les sorties !

– Tout le monde n'a pas la chance d'être aimé par ses parents, a lâché Brian sur un ton brusque.

– Je sais. Moi aussi, j'ai longtemps cru que mon père ne m'aimait pas. Pendant quatre ans, il n'a fait que nous gueuler dessus, à ma sœur et moi.

– Ouais, mais je parie qu'il ne t'a pas fichue à la porte.

Brian a terminé sa bière et, en guise de ponctuation, a abattu le bock sur le zinc.

J'ai eu de la peine pour lui.

– Écoute, Brian… Je… Je suis désolée.

Il s'est frotté les paumes. Il avait les ongles sales, les jointures noires de crasse.

– Rien n'était assez bon pour eux, m'a-t-il alors expliqué. J'ai passé mon bac, trouvé un boulot dans un garage… mais malgré tout, ça ne leur suffisait pas. Du coup…

Il a secoué la tête, haussé les épaules d'un air fataliste.

– Mais ça n'a plus d'importance parce que maintenant… je suis libre !

Il a écarté les bras avec un grand sourire. Ses dents du bonheur lui donnaient un charme enfantin.

– Il y a toujours un côté positif, tu vois, ai-je souligné en trouvant la force de sourire également.

S'il avait su à quel point il était « libre » !

Brian a pincé les lèvres, l'air songeur.

– Toujours un côté positif, a-t-il répété. Ça me plaît bien, je pourrais en faire ma devise.

J'ai souri intérieurement. Finalement, j'avais trouvé les mots justes.

Dans un coin de la salle, une bande d'excités s'est soudain déchaînée, rivalisant de huées et de beuglements qui ont décuplé la cacophonie ambiante. Brian a grimacé.

– C'est pas vraiment mon truc. Si on allait s'aérer un peu, se promener au bord de l'eau ? m'a-t-il proposé.

Il m'a effleuré le milieu du dos, et j'ai immédiatement reçu une légère secousse – semblable à une décharge d'électricité statique, mais en beaucoup plus intense. Même après que Brian eut ôté sa main, j'ai continué à ressentir une sorte de fourmillement diffus, comme si ma peau vibrait. J'ai éprouvé un élan d'impatience et d'enthousiasme. C'était sans doute un signe avant-coureur. J'allais peut-être guider ma première âme. De nouveau, j'ai cherché Tristan du regard, mais en vain.

Une idée m'a traversé l'esprit. Une intuition. Un soupçon. À tous les coups c'était un test, une mise à l'épreuve pour les nouveaux CAP. Voilà pourquoi Tristan demeurait introuvable. On me jetait dans le grand bain dès le premier jour pour voir comment je réagirais, comment je me débrouillerais. J'étais sous pression – une sensation qui m'était familière. L'envie de relever un défi, que Tristan soit fier de moi.

– D'accord, ai-je répondu. Je ne suis vraiment pas fan de ce genre d'endroit non plus.

Le visage de Brian s'est éclairé. Il a ramassé son sac à dos, l'a jeté sur son épaule, puis il s'est écarté pour me laisser passer la première. J'ai réussi à me contrôler, mais intérieurement j'exultais.

Voilà, j'y étais. Pour la première fois j'allais escorter quelqu'un vers l'au-delà. C'était pour moi le commencement d'une nouvelle vie.

Sauvée de justesse

À un rythme régulier, les vagues se brisaient paresseusement sur le rivage, puis se retiraient en léchant le sable dans un doux murmure. Brian s'amusait à shooter dans les coquillages échoués sur la plage tandis que des nuages gris passaient comme des ombres devant la lune. La brise marine était de plus en plus fraîche, j'ai relevé le col de mon blouson et rentré le menton.

Quelqu'un s'est mis à siffloter dans l'obscurité – un air lent, lugubre, qui m'a fait tressaillir aussitôt. J'ai scruté les eaux de la baie, m'attendant presque à voir Steven Nell émerger afin de m'entraîner dans les profondeurs de l'océan. Mais au lieu de mon assassin, j'ai distingué une masse noire zébrée de bandes argentées qui luisaient au clair de lune. Je m'en suis approchée et j'ai réprimé un haut-le-cœur. C'était un banc de poissons, le ventre à l'air, les yeux vitreux. Morts. Comme je m'en écartais en toute hâte, j'ai noté que le sifflotement s'amplifiait. Je me suis statufiée, les tempes battantes.

– Qu'est-ce qui t'arrive ? m'a lancé Brian.

– Écoute ! Tu entends ? lui ai-je dit en faisant volte-face.

C'est alors que j'ai aperçu une silhouette sur la promenade. J'ai agrippé le bras de Brian. Un instant plus tard, le siffleur est passé devant l'entrée brillamment illuminée de La Cabane du Crabe et j'ai reconnu l'un des CAP, en l'occurrence le rouquin que j'avais repéré ce matin dans un coin du sous-sol, en compagnie de l'Iroquoise et de cette autre fille dont le visage m'était inconnu. J'ai poussé un soupir de soulagement. Le type s'est immobilisé et s'est arrêté de siffler quand il nous a vus. Il portait un sweat-shirt noir, capuche rabattue sur la tête. Son teint était d'une pâleur presque phosphorescente et ses yeux sombres brillaient d'un insondable éclat. Après avoir soutenu mon regard pendant quelques longues secondes, il s'est finalement remis en marche, ses grosses bottes crissant sur les planches couvertes de sable.

Nous l'avons observé jusqu'à ce que l'obscurité l'engloutisse à nouveau. Puis Brian a baissé les yeux sur ma main qui lui étreignait encore le bras. Gênée, je me suis empressée de le lâcher et d'enfoncer les mains dans mes poches.

– Excuse-moi, ai-je soufflé.

– Pas de problème, m'a assurée Brian tout en creusant un trou dans le sable avec la pointe du pied. En fait, c'est plutôt moi qui devrais m'excuser de t'avoir gonflée avec mes histoires de famille.

Ces paroles me l'ont rendu encore plus sympathique.

– Tu ne m'as pas embêtée, Brian. Au contraire. J'ai… je suis contente que tu te sois confié à moi.

– Je ne le regrette pas non plus, m'a-t-il avoué avec un large sourire.

Il a passé les bras autour de ma taille. Je n'ai même pas eu le temps de lui dire « Qu'est-ce que tu fais ? » que déjà il m'embrassait. Ses lèvres étaient sèches et avaient un goût amer. Je l'ai repoussé aussi poliment que possible.

– Désolée, Brian, je ne voudrais pas que tu t'imagines que…

– Quoi ? Que tu cherchais à m'allumer ?

Il a resserré son étreinte, m'a brutalement plaquée contre lui et a de nouveau écrasé sa bouche sur la mienne, avec une telle force que j'arrivais à peine à respirer.

« Non, ce n'est pas vrai, ça ne va pas recommencer », ai-je pensé, complètement paniquée.

J'ai tenté de me dérober mais j'étais comme prise dans un étau. Impossible de mettre un centimètre d'écart entre lui et moi. J'ai quand même réussi à tourner la tête en criant, mais il m'a fauché les chevilles d'un violent coup de pied. Je me suis affalée sur le sable. Ma joue a heurté quelque chose de dur – un galet ou un gros coquillage – et des centaines de petits points lumineux se sont mis à danser devant mes yeux.

– Fais pas ta pimbêche, Rory, a-t-il craché en grimpant sur moi.

Il m'a clouée au sol, un genou sur ma cuisse, l'une de ses mains me bloquant l'épaule tandis que l'autre ouvrait le zip de mon blouson en trois petits coups secs.

– Tu savais ce que tu faisais en venant ici avec moi, non ? On le savait très bien, tous les deux.

– Lâche-moi ! ai-je hurlé en me débattant tant bien que mal.

Brian a ri froidement. Quand il a approché sa tête de la mienne, j'ai été frappée par la détermination qu'on lisait dans ses yeux.

– Ça risque pas, a-t-il rétorqué. Alors tu ferais mieux de te détendre et d'en profiter.

Il a encore pressé ses lèvres sur ma bouche et, tout à coup, j'ai eu l'impression que mon corps allait exploser. Une succession d'images a défilé à toute vitesse sur l'écran de mes paupières closes. Des visages. Des filles. Une blonde aux yeux bleus remplis de terreur, le nez en sang, luttant pour se libérer ; une Asiatique aux cheveux mouillés, au front écorché, qui se recroquevillait sur elle-même en pleurant ; une autre encore, hurlant toutes griffes dehors, puis implorant Brian d'arrêter ; une quatrième fille, totalement inerte, qui regardait dans le vague pendant qu'il s'agitait sur elle. Chacune de ces visions m'agressait par un luxe de détails qui me soulevaient le cœur et me faisaient frémir d'horreur et de dégoût. Mais en même temps, j'éprouvais une étrange satisfaction, l'aiguillon du plaisir. J'ai rouvert les yeux, je les ai plongés dans ceux de Brian et, là, j'ai compris.

Ces sensations jouissives émanaient de lui. Brian s'était déjà livré plusieurs fois à cet acte odieux et en avait savouré chaque seconde.

J'ai essayé de lui balancer mon genou dans le bas-ventre, mais ce type avait l'air d'avoir quatre jambes et dix bras. Quand il a baissé la fermeture éclair de mon jean, j'ai réagi de la seule façon possible : j'ai crié de toutes mes forces.

Ça ne l'a pas inquiété, au contraire, il a ri. Alors qu'il empoignait le haut de mon jean, il a soudain reçu un coup qui l'a envoyé bouler dans le sable. Presque simultanément, j'ai vu un pied nu fuser au ras de mon visage. Je me suis soulevée sur les coudes et j'ai commencé à ramper comme un crabe affolé. Tristan s'est arqué en arrière. L'espace d'une demi-seconde, ses cheveux blonds ont flamboyé dans la nuit. Il a brandi le poing, l'a abattu sur Brian avec un craquement répugnant. Point final.

Haletante, j'ai voulu remonter la fermeture de mon jean mais mes mains tremblaient tellement que je n'y suis pas arrivée. Je suis parvenue à me mettre debout et à reprendre mon souffle peu à peu, péniblement. Tristan avait dû se déchausser en toute hâte, car ses sandales traînaient quelques mètres plus loin, l'une dans le sable, l'autre sur l'escalier qui menait à la plage.

– Tu n'as rien ? m'a-t-il demandé en s'approchant doucement.

D'une main, j'ai caché le triangle qui exposait ma culotte à sa vue et replié l'autre bras contre ma poitrine.

Brian était roulé en boule derrière lui, immobile, le nez ruisselant de sang.

– Je... Je...

J'étais incapable d'en dire plus, sinon j'aurais pleuré toutes les larmes de mon corps. Quand Tristan s'est penché sur moi, la poussée de chaleur qui a embrasé mon visage a été telle que j'ai failli m'évanouir. Tristan a ôté son sweat-shirt, me l'a délicatement noué autour de la taille, puis il m'a prise par les épaules en disant :

– Rory, est-ce que ça va ? Dis-moi quelque chose, n'importe quoi.

J'étais anéantie d'avoir échoué de façon aussi lamentable. Morte de honte que Tristan ait été obligé de venir à mon secours. Il souhaitait que je fasse partie de son univers, que j'intègre le groupe des CAP, et voilà que ma première mission se soldait par un fiasco.

– Excuse-moi, Tristan. Je n'arrive pas à croire que...

– Tu n'as rien à te reprocher !

Il a placé une main en corolle sur mon visage et, dans un doux mouvement de va-et-vient, m'a caressé la joue avec son pouce.

– C'est moi qui suis désolé, Rory. Tout est de ma faute, j'aurais dû être là.

– Mais tu étais là puisque tu m'as sauvée, ai-je répliqué d'une toute petite voix.

Et j'ai fondu en larmes.

Tristan m'a serrée très fort contre lui pour tenter d'apaiser les sanglots qui me secouaient. Je pleurais encore lorsque les premières nappes de brouillard ont commencé à s'étirer au-dessus de l'eau avec un léger sifflement, étouffant la lumière des balises, engloutissant les bateaux ancrés dans le port et gagnant progressivement le rivage. Quelques secondes plus tard, Tristan et moi disparaissions à notre tour dans cette grisaille humide et froide.

L'une de nous

– Non, mais vous vous prenez pour qui, bande de nazes ? a protesté Brian en gesticulant comme un diable tandis que Joaquin et Kevin l'extrayaient du pick-up.

Ses talons ont traîné dans la poussière, laissant deux sillons irréguliers sur le bas-côté de la route.

– J'ai rien fait ! C'est elle qui m'a allumé !

Brian a pointé un menton rageur dans ma direction, je me suis vite réfugiée derrière Tristan.

Nous avions suivi Joaquin dans la Jeep de Bea, une vieille caisse jaune vif rouillée jusqu'à l'os, qui n'avait plus ni toit ni portières. J'étais montée à l'arrière avec Tristan, emmitouflée dans son sweat-shirt pour me protéger du vent glacial qui nous fouettait le visage. Krista s'était installée à l'avant, les deux mains plaquées sur ses cheveux pendant que le véhicule brinquebalait sur le chemin cahoteux.

Je ne supportais plus la vue de Brian. Comment avais-je pu me tromper sur lui à ce point ? Me laisser berner aussi bêtement ? Je me sentais comme une idiote au milieu des autres. La nouvelle recrue totalement stupide. Depuis que Tristan m'avait sauvée, je n'osais même plus le regarder dans les yeux.

– Bon, maintenant prends ça et fous le camp, a grogné Joaquin en lâchant Brian et en lui plaquant une pièce d'or au creux de la main.

Brian a examiné la pièce.

– C'est quoi ? a-t-il demandé d'une voix rendue pâteuse par le coup de poing qu'il avait reçu.

– T'occupe. Vas-y ! a riposté Kevin en le poussant brutalement vers le pont.

Brian a trébuché en arrière.

– Où ça ? a-t-il voulu savoir.

Il a continué de marcher à reculons, comme s'il avait été attiré par un puissant aimant dissimulé à l'intérieur du brouillard.

– Vous pouvez rien me mettre sur le dos, j'ai le droit de rester ici aussi longtemps que je veux !

Arrivé au bord du précipice, à la lisière entre la route poussiéreuse et l'entrée pavée du pont, Brian a fait une pause et m'a lorgnée d'un air narquois. Mon cœur s'est mis à tambouriner, j'espérais presque que quelqu'un allait l'empoigner et le balancer au fond de l'eau sans autre forme de procès. Mais tout le monde, moi compris, s'est contenté de l'observer sans rien faire.

– Bon, ça suffit, a fini par décréter Joaquin.

Il a rejoint Brian en quelques enjambées, puis il s'est baissé, l'a attrapé par les jambes et jeté sur son épaule, comme le font les pompiers quand ils évacuent les victimes d'un incendie.

– Hé, qu'est-ce que tu fous ? s'est indigné Brian en lui martelant le dos.

Sans lui répondre, Joaquin s'est avancé sur le pont et a disparu dans la brume épaisse qui ondoyait autour d'eux. On a entendu un claquement sec suivi d'un gémissement pathétique.

J'ai jeté un coup d'œil furtif aux autres.

– Qu'est-ce qu'il vient de…

C'est alors que Joaquin a émergé du mur de brouillard qui le séparait de nous. Il s'est frotté les mains, un sourire effronté aux lèvres. Derrière lui, le brouillard s'est subitement transformé en un vortex grisâtre, et il s'est produit un curieux bruit de succion. Un vent glacial a failli me renverser. Ensuite, tout est redevenu calme.

– Sérieusement ? a lancé Tristan à Joaquin, en désignant le pont d'un geste vague.

– Quoi ? a rétorqué Joaquin, sur la défensive. J'en avais marre de l'entendre !

– Moi aussi, a renchéri Bea avant de glisser une tablette de chewing-gum dans sa bouche.

Kevin a craché par terre, tout près de l'endroit où Brian s'était tenu quelques minutes auparavant.

Krista, pour sa part, a amorcé un sourire qu'elle a vite caché derrière sa main.

– Au moins ils nous ont offert un peu de distraction, a-t-elle commenté devant ma mine sidérée et quelque peu offusquée.

– Ça se passe toujours comme ça ? ai-je demandé.

– Non, m'a répondu Tristan en posant une main rassurante sur mon dos. Quand ils vont vers la Lumière, c'est vraiment... serein.

– Ça l'est parfois aussi quand ils partent pour Shadowland, vu qu'ils ne savent pas ce qui les attend, a précisé Krista.

Elle a enlevé l'élastique qui retenait sa queue de cheval afin de lisser les mèches folles qui s'étaient échappées lors de notre trajet en Jeep.

– Normalement, on arrive à gérer la situation tout seul, a ajouté Bea en se tournant vers les voitures, dont les phares éclairaient les roseaux agités par le vent. Les deux derniers étaient particulièrement récalcitrants alors...

– En pareil cas, on vient en renfort, a lâché Kevin d'une voix sombre.

– Et maintenant, on fait quoi ? ai-je voulu savoir.

Tristan m'a regardée avec un sourire à la fois fier et inquiet, et j'ai soudain réalisé que j'étais affreusement crispée, les bras noués sur le ventre comme deux tendeurs.

– Eh bien, tu viens officiellement de procéder à ta première escorte, a-t-il déclaré sur un ton un peu pompeux.

– Parce que Steven Nell ne compte pas ? me suis-je étonnée.

– Non. À ce moment-là, tu ne savais pas encore que tu étais l'une des nôtres.

– Disons que ce salaud de Brian était ton épreuve initiatique, a souligné Bea en venant se placer derrière moi.

J'ai eu la sensation qu'en faisant cela, elle s'affirmait prête à me soutenir en toute circonstance, et j'en ai été profondément réconfortée.

Krista s'est approchée à son tour, de nouveau impeccablement coiffée, avec sa robe à fleurs qui lui allait à la perfection. Elle m'a pris la main et l'a gardée entre les siennes. Il émanait d'elle une chaleur moins intense que celle de son frère, presque timide. J'attendais la suite avec impatience.

– Maintenant que tu fais officiellement partie de notre groupe, m'a-t-elle dit avec un sourire plein d'enthousiasme, on va te montrer quelque chose.

La crique

J'avais l'impression de prendre un risque à chaque pas tandis que nous avancions en file indienne sur une pente abrupte et irrégulière – Joaquin en premier, ensuite Tristan, moi, puis Krista, Bea et Kevin quelques mètres plus loin. À en juger par le murmure du ressac et l'éclat bref des vagues frangées d'écume, l'océan n'était pas loin.

– Où on va ? ai-je murmuré en enjambant prudemment un rocher glissant.

– Fais-nous confiance, petite protégée, fais-nous confiance ! a chantonné Joaquin en m'adressant, par-dessus son épaule, un sourire radieux dans la demi-obscurité.

– Rassure-toi, on est presque arrivés, a ajouté Tristan.

Tout à coup, mon pied a dérapé et je me suis sentie basculer dans le vide. Mon cœur a fait un triple salto et j'ai battu des bras frénétiquement pendant que dégringolaient des dizaines de petits cailloux.

Avant même que je ne pousse un cri, Tristan m'a empoignée et remise d'aplomb. Nous sommes restés un instant face à face. Je sentais son haleine chaude sur mon visage et, malgré la pénombre, je discernais l'intensité de ses yeux bleus posés sur moi.

– Tout va bien, il ne peut rien t'arriver, m'a-t-il affirmé.

Je me suis cramponnée encore plus fort à lui.

– Si tu le dis, ai-je répliqué sans conviction.

– Absolument. C'est l'un des avantages d'être mort : on ne peut pas mourir une seconde fois.

– Super, hein ? a enchaîné Kevin, qui nous avait rejoints entre-temps avec les autres.

– Avance, Gollum ! a lancé Bea en lui donnant une bourrade.

– Gollum ? Pourquoi elle l'appelle comme ça ? ai-je voulu savoir.

Krista nous a dépassés.

– Bea donne des surnoms à tout le monde, m'a informée Tristan. Tu y auras droit, toi aussi, mais je te préviens, ils sont souvent vachards.

– C'est quoi, le tien ?

– Golden Boy, m'a-t-il avoué d'un air un peu penaud.

J'ai souri sans rien dire.

– Bon, vous venez, vous deux ? s'est impatienté Joaquin.

Tristan a glissé son bras sous le mien et m'a pris la main.

– Ne t'inquiète pas, je te tiens.

Mon cœur cognait contre mes côtes à chaque pulsation.

– D'accord, ai-je soufflé.

À présent, Tristan et moi fermions la marche. Devant nous Joaquin a allumé une lampe de poche. Au fur et à mesure qu'on progressait, j'apercevais le rayon qui rebondissait sur la roche déchiquetée. Soudain, je l'ai perdu de vue. Les autres, ai-je remarqué avec étonnement, avaient eux aussi disparu. J'ai perçu un bruit sourd, puis une sorte de chuintement.

– Là, il faut sauter, m'a dit Tristan.

Il est descendu d'un bond agile, tout en gardant le bras tendu pour ne pas me lâcher la main. J'ai hésité. Je ne distinguais rien à part la blancheur de son sourire en contrebas.

– Vas-y, je te rattrape !

Quelqu'un a ri dans le noir, d'autres lampes se sont allumées, et en plissant les yeux j'ai vu Krista, Kevin et Bea qui attendaient que je me décide. J'ai ravalé ma peur et sauté. Presque aussitôt, les semelles de mes baskets ont atterri dans du sable mouillé.

– Rory !

Lauren a surgi de l'obscurité. Après s'être faufilée entre Bea et Kevin, elle s'est jetée à mon cou.

– Alors ça y est, tu as escorté ta première âme ? Bravoooo !

Son haleine empestait l'alcool, et j'ai remarqué qu'elle avait du mal à garder l'équilibre. Embarrassée, je lui ai tapoté le dos jusqu'à ce qu'elle se détache de moi. Elle s'est mise à glousser, puis elle a titubé en direction de Bea et demandé en lançant un regard circulaire au petit groupe :

– Comment ça s'est passé ?

– Eh bien... Il n'avait pas du tout envie de nous quitter, a résumé Joaquin en me pétrissant les épaules par-derrière.

Les autres ont ricané.

– Joaquin a accéléré la manœuvre, a ajouté Tristan.

– Ça m'étonne pas de lui ! a déclaré Lauren.

Elle a eu un hoquet et s'est couvert la bouche d'une main.

– Bon, Rory, bienvenue à la crique ! a repris Joaquin.

Il s'est campé face à moi, tout sourire, la torche braquée sur son visage. Avec sa bouche et son nez mis en relief par la lumière et ses yeux plongés dans l'ombre, l'effet était surnaturel.

– Regarde ça, a-t-il continué, cette fois en orientant le faisceau de la lampe vers le haut.

Les autres l'ont imité de façon à me donner une vision globale de l'endroit. La paroi rocheuse que nous venions de descendre formait un C parfait autour d'une plage de sable blanc sur laquelle les vagues venaient s'échouer en douceur. Plusieurs petites tentes de couleurs différentes étaient plantées en rang d'oignons au fond de cette crique, mais seule l'avant-dernière était éclairée de l'intérieur par une lanterne.

– Hé, Fish ! a crié Joaquin. Sors tes fesses de là !

L'arc de la fermeture éclair s'est ouvert, et Fisher a passé la tête dehors. Je m'attendais presque à voir Darcy apparaître derrière lui, puisque je les avais surpris en train de flirter ensemble, mais le grand costaud s'est extrait de la tente, manifestement seul, un panama blanc posé de guingois sur la tête et deux ou trois serviettes de bain sous le bras.

– Salut, tout le monde ! a-t-il lancé avant d'aller taper dans la main de Joaquin.

Fisher a ensuite enlacé les frêles épaules de Lauren.

– Comment ça va, poids plume ? lui a-t-il demandé.

Lauren a gloussé, a eu un nouveau hoquet et s'est remise à glousser de plus belle.

– Bon, c'est quoi cette affaire ? s'est enquis Joaquin.

– Son nouveau colis aime bien picoler, lui a appris Fisher en souriant.

– Ouh là là, oui, un max ! a renchéri Lauren, chancelante, les yeux écarquillés.

Tout le monde s'est esclaffé.

– J'en connais une qui va avoir du mal à se lever demain matin, a souligné Bea.

– Son colis ? Qu'est-ce que ça veut dire ? ai-je questionné sans m'adresser à quelqu'un en particulier.

– C'est le nom qu'on donne aux personnes qu'on doit escorter, m'a expliqué Bea.

– Brian était censé être le tien, a glissé Tristan.

– Oh.

J'ai rougi et baissé les yeux, les orteils crispés à l'intérieur de mes baskets.

– Ce n'est pas grave, a poursuivi Tristan d'un ton léger. Ne t'en fais pas, bientôt tu sauras tout ce qu'il faut savoir.

– C'est vrai ?

– Je te le promets. Tu n'as qu'à passer chez moi demain matin, tu auras droit à une visite guidée de Juniper Landing. Une visite spéciale CAP.

Cette perspective m'a remonté le moral.

– D'accord, avec plaisir, ai-je répondu en souriant.

Tristan a passé un bras autour de mes épaules, et mon cœur a carrément bondi de joie. Pour moi, ce geste était significatif. On était là, serrés l'un contre l'autre devant tous ses amis, et ça ne le gênait pas le moins du monde.

– Au fait, où sont Nadia et ses deux potes ? a lancé Joaquin.

Comme en réponse à sa question, on a soudain entendu un grand cri suivi d'un plouf, et trois silhouettes sont sorties de l'eau. La première était l'Iroquoise, la deuxième le siffleur de la promenade et la troisième, la fille qui bavardait avec eux dans le sous-sol ce matin. Ils nous ont rejoints, Fisher leur a lancé une serviette.

– Rory, je crois que je ne t'ai pas encore présenté Nadia, a dit Tristan en désignant l'Iroquoise.

Elle portait un minuscule deux-pièces blanc, quasiment transparent, et son piercing brillait à la lumière de la torche de Joaquin. Elle m'a regardée comme si j'étais une mine antipersonnel échouée sur la plage.

– Salut, j'ai lâché.

Elle n'a pas jugé bon de me répondre et s'est rapidement frotté les cheveux avec la serviette avant de la nouer autour de ses hanches.

– Et voici Cori, a repris Tristan en me montrant l'autre fille, une brune au teint mat, vêtue d'un sobre maillot une-pièce.

Cori avait davantage de formes et une expression nettement plus aimable que sa copine.

– Salut ! m'a-t-elle dit avec un sourire qui lui a valu un regard noir de la part de Nadia.

– Et ce bolosse, c'est Pete, a enchaîné Fisher en donnant une tape amicale à un grand dégingandé qui secouait la tête avec frénésie pour tenter d'enlever l'eau qui lui était entrée dans les oreilles.

Le dénommé Pete m'a adressé un signe de la main, puis s'est tourné vers Joaquin en jetant d'une voix impatiente :

– Bon, on le fait ou pas ?

– Pourquoi, tu as un train à prendre ? a rétorqué Joaquin.

Pete a haussé les épaules.

– Viens, m'a dit Tristan en m'entraînant le long de la falaise.

Tous les autres lui ont emboîté le pas. Je n'ai remarqué l'entrée de la grotte qu'une fois arrivée juste devant. Elle se présentait sous la forme d'un triangle irrégulier, large à la base, mais qui se terminait en pointe terriblement effilée.

– Prête ? m'a demandé Tristan.

– On va entrer là-dedans ?

– Si tu en as le courage, m'a froidement sifflé Pete à l'oreille.

Tristan lui a jeté un regard, après quoi il a pénétré dans la grotte, suivi de Krista et moi. Il faisait dix degrés de moins que dehors. Cette faille était si étroite qu'on a été obligés d'avancer à la queue leu leu sur plusieurs mètres avant de déboucher dans une immense salle circulaire dont la vue m'a stupéfiée.

C'était une explosion de couleurs. Il y avait tellement de graffitis sur les parois qu'on ne distinguait presque plus le noir de la roche entre les inscriptions.

J'ai marché jusqu'au mur le plus proche et laissé courir mes doigts sur le premier nom, bombé en grosses lettres carrées rouges et jaunes. Puis j'ai déchiffré les suivants :

RYAN DUNN (CORRIGAN) 1995
JACINDA RAND (LORNING) 2004
MISTY CALLAIT (RABAT) 1982
KRISTA KINCAID (PARRISH) 2012

J'ai tourné la tête vers Krista.

– Oui, c'est moi, m'a-t-elle confirmé avec une légère moue, comme pour s'excuser.

J'ai continué de longer la paroi, de plus en plus vite, effarée par la multitude de noms et de dates. 2010, 2001, 1965, 1984, 1921, 1876…

– Mille huit cent soixante-seize ? me suis-je exclamée en contemplant les chiffres tracés avec élégance.

Ma voix s'est répercutée sur la voûte et l'écho m'est revenu, remplissant la grotte de cris perçants.

– Tous les CAP de Juniper Landing ont écrit leur nom sur ces murs, m'a expliqué Tristan en s'approchant de moi. L'année indique la date où ils ont accepté leur mission et reçu leurs pleins pouvoirs. Pour toi, ce jour est arrivé.

J'ai jeté un coup d'œil à la ronde : tout le monde m'observait attentivement.

– Tu es vraiment prête à devenir une CAP ? m'a questionnée Krista.

J'ai dégluti avec peine.

– Je sais que c'est accablant, a complété Tristan d'une voix douce. Je comprends que tu t'inquiètes pour ta famille, mais regarde autour de toi, Rory : nous aussi, on fait partie de ta famille maintenant. Désormais, tu es ici chez toi.

J'ai médité ces paroles, le cœur cognant douloureusement dans la poitrine. Kevin s'est gratté le nez ; Bea m'a regardée sans ciller ; Krista m'a souri comme à un nouveau-né ; Pete a tapé du pied tout en jetant un petit coup d'œil derrière lui ; Joaquin m'a décoché un bref sourire pendant que Lauren, à nouveau prise de hoquets, tanguait à côté de lui ; Fisher m'a adressé un clin d'œil, comme s'il s'agissait d'une bonne blague. Quant à Nadia et Cori, elles se tenaient bras dessus, bras dessous et m'examinaient, la première d'un air mauvais, la seconde avec bienveillance.

J'aurais aimé croire Tristan, croire que toutes ces personnes ici présentes étaient ma nouvelle famille, mais quelque chose au fond de moi s'y refusait. Nous n'avions jamais fêté Noël, Thanksgiving ou des anniversaires ensemble. Ils n'étaient pas là le jour où j'avais gagné un concours de science ou remporté une course à pied. Pas là non plus quand j'avais attrapé la varicelle, quand je m'étais cassé le bras en tombant de la balançoire chez ma grand-mère ou quand on avait mis en terre le cercueil de ma mère.

Je savais qui était ma vraie famille. « Mais tu l'as encore, me suis-je dit. Tu as encore ton père et Darcy. Du moins pour le moment, et espérons-le pour toujours. »

– Si cela représente quelque chose pour toi, alors je pense que tu es prête, a conclu Tristan.

– Nous aussi, a déclaré Joaquin avec force.

J'ai regardé Nadia. Elle a détourné ses prunelles brûlantes de jalousie pour les reporter sur Tristan. De toute évidence, cette fille ne voulait pas de moi ici. On avait beau être de la même « famille », il était clair qu'on ne serait jamais amies. Mais je n'avais pas l'intention de renoncer à ma mission – et à Tristan – à cause d'elle et de ses sentiments.

– Je suis prête, ai-je annoncé, les yeux fixés sur ma rivale. Prête et archiprête.

Nadia m'a fusillée du regard.

– Ouaaaiiis ! s'est exclamée Krista.

Elle m'a montré quelque chose. En l'occurrence, un bracelet de cuir tressé. J'ai tendu le bras gauche pour qu'elle me l'attache au poignet. Le bracelet avait l'odeur âcre et la raideur du cuir neuf. Il m'est remonté jusqu'à mi-coude quand j'ai bougé. Rien à voir avec le bracelet souple et délavé de Tristan, tellement ajusté à son poignet qu'il semblait faire partie intégrante de lui.

À son tour, Joaquin a poussé un cri de joie. Les autres se sont mis à applaudir et, tandis que la grotte s'emplissait d'échos crépitants, ils se sont avancés vers moi pour me serrer dans leurs bras, comme s'ils retrouvaient une petite sœur perdue de vue depuis longtemps. Krista m'a étreinte avec fougue, j'ai cru qu'elle ne me lâcherait jamais. Fisher m'a ébouriffé les cheveux de sa grosse paluche. Alors que Bea m'embrassait, j'ai remarqué que Nadia obliquait discrètement vers la sortie. Avant de disparaître dans la nuit, elle m'a jeté un regard qui m'a fait froid dans le dos.

Pour l'éternité

Elle sait ce que c'est, maintenant, que d'être acceptée. D'appartenir à un groupe. Je parie qu'elle n'avait pas une foule d'amis dans l'autre monde. Trop sérieuse pour ça. Trop consciencieuse, trop ambitieuse. Mais ici, c'est différent. Pas d'examens à passer, pas de compétition pour accéder aux meilleures universités, pas de parcours exemplaire à réussir pour exercer le métier de ses rêves. Ici, elle va pouvoir se détendre, s'amuser. Oser prendre des risques, s'éclater. Et peut-être même tomber amoureuse.

Elle commence à le sentir.

Moi aussi, ça m'est arrivé autrefois. Mais depuis le temps que je suis ici, je sais par expérience que ce genre de conte de fées ne dure pas. L'euphorie finit par s'éteindre. Voilà pourquoi j'ai écrit un épilogue heureux *en dehors* de cette île imaginaire. Le monde est en train de changer. Pour moi, une nouvelle aventure va bientôt commencer...

Ensemble

Je me suis réveillée tôt le lendemain matin. Le soleil entrait à flots par la fenêtre, et j'ai cligné des yeux, l'esprit troublé. Je ne me rappelais même pas m'être endormie. À l'issue de cette soirée dans la grotte avec ma nouvelle « famille », je pensais que je n'arriverais jamais à trouver le sommeil tellement j'étais nerveuse. Mais aujourd'hui, bizarrement, je me sentais pleine d'énergie. J'ai compris pourquoi lorsque je me suis étirée et que mon bracelet de cuir flambant neuf a glissé le long de mon avant-bras.

Tristan m'avait invitée à passer la journée avec lui afin de m'apprendre tout sur mes fonctions de CAP. Une journée entière, seule avec Tristan ! J'ai bondi hors du lit, enfilé les premiers vêtements qui me sont tombés sous les yeux (un T-shirt sur ma chaise de bureau et un jean abandonné par terre), après quoi j'ai dévalé l'escalier, contente d'entendre le cliquetis désormais familier de mon père en train de taper sur son ordinateur. Au moment d'ouvrir la porte d'entrée, j'ai entendu des pas derrière moi.

– Où tu vas ? m'a demandé ma sœur.

J'ai hésité une fraction de seconde avant de me retourner. Darcy était déjà douchée et habillée, à cette heure-ci ce n'était pas dans ses habitudes. Une curiosité pleine d'espoir se lisait dans ses yeux. Je savais qu'elle mourait d'envie de sortir, mais il était hors de question qu'elle m'accompagne un jour comme aujourd'hui.

– Euh… Je vais courir, ai-je menti tout en culpabilisant à mort.

– En jean ? a relevé Darcy, l'air plus que soupçonneux.

Mince. Pour une fois que je n'étais pas en short ou en jogging, il fallait qu'elle le remarque.

– Enfin, marcher, je veux dire.

– OK, je viens avec toi.

Elle a pris ses lunettes de soleil sur la petite table de l'entrée, juste à côté de la seule photo de famille que nous avions conservée et qui nous montrait tous les quatre, ma mère, mon père, ma sœur et moi.

Je me suis mordu la lèvre.

– En fait, je vais retrouver Tristan, ai-je finalement avoué.

Darcy a écarquillé les yeux, puis elle m'a adressé un sourire de connivence.

– Je vois ! Amuse-toi bien, alors.

– Euh, oui, merci. On ira se balader ensemble plus tard, d'accord ?

Il faisait déjà chaud dehors. Respirant à pleins poumons le délicat parfum de fleurs qui embaumait l'air, j'ai monté d'un pas vif la rue qui conduisait au centre-ville. Alors que je traversais le parc, j'ai aperçu l'officier Dorn en compagnie de son chef, le commissaire Grantz. Tous deux contemplaient un petit oiseau blanc qui gisait sur le trottoir, entouré d'une nuée de mouches. J'ai froncé le nez avec dégoût. Tout à coup, les deux hommes ont levé la tête et m'ont lancé un regard accusateur. Pour quelle raison ? Je n'étais quand même pas responsable de la mort de ce pauvre piaf !

À cet instant, Nadia est arrivée sur son VTT. Elle s'est arrêtée près d'eux, ils ont échangé quelques mots, puis elle m'a fixée avec hostilité, elle aussi. Je n'ai pas pu m'empêcher de frissonner malgré la chaleur et je suis repartie en toute hâte. Il m'a fallu des trésors de *self-control* pour ne pas me retourner pendant que je grimpais la colline en direction de la falaise. Au bout d'une éternité, m'a-t-il semblé, j'ai frappé à la porte de chez Tristan.

C'est Krista qui est venue m'ouvrir, revêtue de son uniforme de serveuse en vichy bleu.

– Salut, Rory !

Son inaltérable gaieté a aussitôt chassé la sensation de malaise que m'avait causée la vue de Nadia et des deux policiers.

– Salut ! ai-je répondu en souriant. Tu travailles aujourd'hui ?

– Oui, j'allais justement m'en aller. Mais avant ça, j'aimerais te poser une question. Je donne une grande fête vendredi soir, et je me demandais si… tu voudrais bien faire partie de notre comité d'organisation.

– Qu'est-ce que c'est ?

Toute rougissante, Krista s'est mordu la lèvre inférieure, puis a lissé sa frange du bout des doigts avant de me répondre :

– Eh bien, voilà… Je vais célébrer le premier anniversaire de mon arrivée sur l'île, et comme c'est un gros truc, les autres filles me donnent un coup de main pour tout préparer.

J'ai marqué un temps d'hésitation. Organiser une fête, ce n'était vraiment pas ma tasse de thé. Mais Krista avait l'air de tellement y tenir que j'ai cédé.

– Bien sûr. Tu veux que je vienne quand ?

Krista a poussé un cri de joie et m'a sauté au cou.

– Formidable ! On doit se réunir ici, mercredi matin, à dix heures tapantes.

– OK. Compte sur moi.

– Cool ! Si tu cherches Tristan, il est là-haut dans sa chambre. Tu n'as qu'à monter, c'est la deuxième porte à gauche.

Sur ce, Krista a descendu en courant les marches de la véranda.

– Merci ! lui ai-je crié.

Elle m'a adressé un petit geste de la main, puis s'est éloignée rapidement.

J'ai inspiré à fond avant de pénétrer dans la maison et de refermer la porte derrière moi. Le soleil matinal éclairait faiblement le hall d'entrée, immense et silencieux. La décoration était raffinée mais impersonnelle : le parquet de chêne foncé s'accordait parfaitement avec la teinte des lambris qui recouvraient les murs jusqu'à mi-hauteur, et les poils du tapis de Turquie rouge sombre étaient tous brossés dans le même sens, signe qu'on avait passé l'aspirateur tout récemment.

Un vase doré, garni d'une orchidée solitaire, trônait sur une console rutilante. Il n'y avait ni photos ni tableaux aux murs, à l'exception d'une peinture représentant la mairie de Juniper Landing.

À ma droite s'élevait une majestueuse cage d'escalier. J'allais m'y engager quand j'ai soudain entendu le plancher craquer et vu une ombre se rencogner dans l'encadrement d'une porte, à l'autre bout du hall.

Je suis restée clouée sur place, oscillant entre l'envie de fuir, comme me le conseillait mon instinct, et celle d'aller rejoindre Tristan, comme mon cœur m'y poussait. Au bout d'un moment, le mystérieux espion s'est retiré et, quelques secondes plus tard, j'ai entendu une porte claquer à l'arrière de la maison. Sortant de ma torpeur, j'ai alors gagné le premier étage en grimpant les marches deux par deux, puis je me suis engouffrée dans le couloir et ne me suis arrêtée qu'en apercevant Tristan à l'intérieur d'une pièce dont la porte était grande ouverte. Il se tenait debout, de dos, devant un bureau situé face à une baie vitrée qui donnait sur l'océan. Je l'ai vu lâcher un objet apparemment lourd dans le tiroir du bas, qu'il a fermé et dont il a empoché la clef. Il s'est retourné avant que j'aie le temps de trouver une excuse à ma présence indiscrète.

– Hé, Rory ! s'est-il exclamé avec un large sourire qui m'a réchauffé le cœur.

Je me suis détendue à la seconde.

– Salut, Tristan.

Il portait un T-shirt turquoise qui faisait ressortir le bleu de ses yeux. Curieusement, le voir là, dans l'intimité de sa chambre, me le faisait paraître vulnérable. Il a regardé d'un air gêné son lit défait, son miroir de bateau ébréché, son coffre à chaussures grand ouvert, où l'on apercevait un fatras de baskets, de tongs et une paire de gros chaussons en fausse fourrure.

– Hum… bienvenue dans mon antre, a-t-il lâché en se grattant la nuque.

Il s'est empressé de rabattre le couvercle du coffre.

– Merci. C'est Krista qui m'a dit de monter.

– Tu es prête pour la visite guidée ?

– Oui, j'ai hâte ! ai-je répondu en souriant.

– Je suis ravi de te voir aussi enthousiaste. Surtout après ce qui s'est passé hier soir. Quand un premier accompagnement se déroule mal, les nouveaux condamnés à perpète ont parfois tendance à…

– Flipper ? ai-je suggéré.

– C'est le moins qu'on puisse dire ! Mais j'aurais dû me douter que tu étais différente.

Tristan m'a regardée avec insistance. Bien entendu, je me suis mise à rougir.

– Bon, on commence par où ? ai-je lancé.

– Suis-moi.

Il s'est dirigé vers la porte, puis s'est arrêté à mi-chemin pour me décocher un sourire à faire fondre la banquise.

– Tu vas adorer !

N'importe où sauf ici

– Je le savais ! me suis-je exclamée en donnant un léger coup de poing à Tristan. J'aurais juré que quelqu'un était en train de m'observer ce jour-là !

De la fenêtre, on avait une vue plongeante sur la chambre d'en face – celle qu'occupait Olive à la pension de famille de la rue des Freesias, du temps où elle était encore ici. Comme elle n'était pas venue au snack où on s'était donné rendez-vous, j'étais partie à sa recherche, croyant qu'elle m'avait posé un lapin. Pendant que j'inspectais sa chambre vide, j'avais senti qu'on m'espionnait depuis l'autre côté de la rue.

– Oui, c'était Lauren, m'a confirmé Tristan en laissant retomber le rideau de brocard bleu. Elle m'a avoué plus tard que tu l'avais sûrement repérée. Ça l'a mise dans un tel état que Krista l'a laissée ranger son armoire pour la calmer.

– Ah bon, parce que c'est relaxant de ranger une armoire ?

– Pour Lauren, oui.

– J'ai vu les rideaux bouger, mais je ne savais pas qui était derrière, ai-je précisé.

Je me suis revue, une semaine plus tôt, en train de scruter par la fenêtre d'en face celle où je me trouvais à présent. Cet effet miroir avait quelque chose de troublant.

– Il faut une certaine expérience pour rester incognito, a lâché Tristan.

Un long silence a ponctué ses paroles. J'ai subodoré que Tristan pensait la même chose que moi : il n'avait pas été très discret, lui non plus, lorsqu'il me surveillait.

Il s'est éclairci la gorge avant de me demander :

– Alors, ça te plaît de visiter les coulisses de Juniper Landing ?

Je me suis mordillé la lèvre tout en examinant la pièce. Le plancher était vieux, poussiéreux, et les meubles de jardin branlants disposés n'importe comment donnaient une nette impression de négligence. Il en était de même dans tous les « observatoires » que m'avait montrés Tristan : le grenier de la bibliothèque et son dôme vitré qui offrait une vue à 360°, le belvédère du magasin de surf qui dominait le quai du ferry, et même l'appartement au-dessus de la Cabane du Crabe, équipé en tout et pour tout d'un vilain canapé en Skaï craquelé et d'une vieille glacière. La vie d'un CAP était peut-être passionnante, mais pas ultra-glamour.

– Vous n'avez jamais eu envie d'aménager ces endroits de façon plus… confortable ? ai-je risqué.

Tristan s'est esclaffé, puis il s'est appuyé paresseusement contre la fenêtre. Le soleil illuminait son beau visage et soulignait le relief de ses pectoraux. J'ai vite détourné les yeux pour reporter mon attention sur le trottoir d'en face. Fisher et Kevin passaient justement par là. Ils semblaient en pleine discussion, et Fisher a regardé derrière lui à trois reprises en l'espace de cinq secondes. Je me suis rapprochée de la vitre pour voir si quelqu'un les suivait, mais la rue était déserte.

– Tu sais, on ne reste jamais longtemps sur place, m'a expliqué Tristan. Mais si tu veux apporter quelques changements ici ou là, ne te gêne pas ! Tu es des nôtres, maintenant.

Il paraissait heureux, voire soulagé de pouvoir enfin me compter parmi eux, et je m'en suis sentie toute ragaillardie.

– C'est noté ! lui ai-je affirmé avec entrain. Et maintenant, quelle est la suite du programme ?

Visiblement embarrassé, Tristan s'est balancé d'un pied sur l'autre avant de me répondre :

– Euh... Il y a encore un endroit que tu dois voir.

Vu son ton, Tristan n'était pas emballé à l'idée de me montrer l'endroit en question. Intriguée, je l'ai suivi dans l'escalier, puis dans les rues inondées de soleil. Il ne m'a pas fallu longtemps pour deviner où il me conduisait. Quand il s'est arrêté devant la maison grise, juste en face de chez moi, mon cœur s'est accéléré. Tristan m'avait raconté que sa grand-mère habitait là et qu'elle aimait bien rester à la fenêtre pour regarder les passants, ce qui expliquait pourquoi je voyais si fréquemment le rideau bouger et le fait que lui-même soit fourré là à tout bout de champ, en bon petit-fils qu'il était.

J'ai jeté un bref coup d'œil à la façade de ma propre maison en espérant que Darcy n'était pas en train de regarder dans la rue depuis sa chambre. Les deux fenêtres du premier étage et la porte d'entrée formaient comme un visage qui me fixait d'un air accusateur.

– Ça va ? m'a lancé Tristan.

– Ouais, ai-je rétorqué sèchement.

– Alors, allons-y.

Il a monté les marches du perron et poussé la porte, qui s'est ouverte dans un grincement plaintif. Je m'étais souvent demandé à quoi ressemblait l'intérieur de cette maison. Dans mon imagination, je la voyais décorée de meubles anciens, avec des napperons en dentelle sur le dos des fauteuils, des chaises en tapisserie autour d'une table en bois verni, un canapé moelleux, des tapis aux tons fanés, un tas de bibelots sur la cheminée et une multitude de portraits d'ancêtres dans des cadres tarabiscotés. Une fois entrée, je me suis rendu compte de mon erreur. Il n'y avait strictement rien à part une table en stratifié blanc au milieu du salon, les murs étaient gris et nus, la cheminée était murée.

– Montons à l'étage, m'a dit Tristan à voix basse.

Alors qu'il me précédait dans l'escalier, je me suis accrochée à la rampe pour gagner le palier du premier. Nous sommes ensuite entrés dans une pièce située juste en face de la chambre de Darcy. J'y ai découvert trois fauteuils en rotin garnis de vieux coussins pleins de taches, tous orientés face à la rue. En m'approchant d'une des trois fenêtres, j'ai aperçu Darcy, allongée sur son lit à colonnes, en train de lire un magazine qu'elle tenait à bout de bras au-dessus de sa tête. Pour un peu, je l'aurais vue battre des cils tellement la scène était nette.

– Ouah, ai-je lâché. C'est carrément...

– Effrayant ? a avancé Tristan.

– Ouais... ai-je grogné en me détournant de la fenêtre.

– On ferait peut-être mieux de...

Au lieu de terminer sa phrase, Tristan a dénoué l'embrasse du premier rideau et tiré le tissu sur toute la longueur de la tringle, masquant ainsi la vue qu'on avait sur ma maison. Puis il a fait de même avec les rideaux des deux autres fenêtres, et la pièce s'est trouvée plongée dans une demi-pénombre.

– Je suis désolé, Rory, mais... c'est notre boulot.

J'ai repensé à tous les moments que j'avais passés sur la véranda ou bien dans la chambre de ma sœur, tous ces moments dont Tristan et ses amis avaient été témoins à mon insu.

– Quel intérêt ? ai-je voulu savoir.

Tristan a paru surpris, voire choqué par ma question.

– Comment ça ?

– À quoi ça vous sert d'épier les gens ?

– Oh !

Visiblement soulagé, il a émis un léger rire et s'est appuyé des deux mains sur le dossier d'une chaise.

– C'est comme ça, a-t-il continué. On doit garder un œil sur nos visiteurs, être en interaction avec eux. Parce que nous sommes partie prenante de leur destin.

J'ai éprouvé une brusque bouffée d'angoisse.

– Attends, tu m'as dit que ce n'était pas vous qui décidiez de l'endroit où ils vont en définitive.

– En effet.

– Je ne comprends pas. Dans quelle mesure vous êtes impliqués dans ce processus, alors ?

Tristan s'est accordé une minute de réflexion tout en contemplant les fissures du plafond.

– C'est un peu difficile à expliquer, Rory. *Grosso modo*, tout ce qu'on voit, tout ce qu'on entend contribue à la décision finale.

– Vous rédigez un rapport ou un truc dans le genre ? ai-je demandé en m'appuyant à mon tour sur une des chaises en rotin.

– Non, rien de tout ça, m'a répondu Tristan avec un rire bref. Les informations qu'on recueille vont là où il faut, voilà tout.

– Par télépathie, tu veux dire ?

– En quelque sorte, oui, a admis Tristan avec un haussement d'épaules.

– Et ces messages télépathiques, vous les envoyez à qui ? À Dieu ?

Cette idée me semblait grotesque mais je me suis retenue de ricaner, de crainte de froisser Tristan.

– Franchement, je l'ignore, m'a-t-il avoué. J'ai toujours évité de me poser la question.

– Tu plaisantes ? ai-je protesté en me crispant sur le dossier de la chaise. C'est une question primordiale, au contraire ! Pourquoi on est ici ? Pourquoi on fait tout ça ? Si je dois jouer les espionnes pour le compte de quelqu'un, j'aimerais autant savoir qui !

– Écoute, Rory, si j'ai renoncé à m'interroger, c'est parce que je sais très bien que je n'obtiendrai jamais de réponse, a rétorqué Tristan avec une colère difficilement contenue.

Je ne l'avais jamais vu dans cet état. J'ai baissé les yeux en rougissant.

– Ah.

De toute évidence, c'était un sujet sensible pour lui aussi. Depuis le temps qu'il était ici, Tristan avait sûrement appris à gérer cette frustration, mais je l'avais subitement ravivée. J'ai marché vers la fenêtre et, d'un doigt, j'ai écarté le rideau de deux ou trois centimètres afin de regarder ma maison, la dernière demeure où on habiterait ensemble, mon père, ma sœur et moi. Le cœur serré, j'ai lâché un soupir plein de tristesse.

– Ça va ? s'est enquis Tristan.

Il s'est approché de moi. J'ai senti la chaleur de son corps, la caresse de son souffle sur ma nuque, et ma respiration s'est accélérée.

– Oui, oui, ai-je murmuré.

– Excuse-moi de t'avoir parlé sur ce ton, Rory.

J'ai très légèrement tourné la tête de côté. Cette proximité m'électrisait.

– Ça va, je t'assure, ai-je réussi à articuler.

– Écoute, a-t-il poursuivi d'une voix sourde, j'essaie de ne pas trop me poser de questions car je suis convaincu de l'importance de notre rôle.

J'ai fait volte-face avec une telle brusquerie que ma natte lui a effleuré le bras et que nos genoux se sont touchés. Je me suis aussitôt plaquée de dos contre la fenêtre, mais Tristan n'a pas bougé.

– Comment peux-tu en être si sûr ?

Il m'a dévisagée lentement, passant de mes lèvres à mes joues, puis de mon front à mes cheveux.

– Nous maintenons l'équilibre de l'univers, m'a-t-il dit. C'est d'une importance capitale.

Il a battu des cils et de nouveau fixé ma bouche. Je brûlais d'envie de lui prendre la main, de l'entourer de mes bras. Je repensais à la façon dont il m'avait caressé la joue avec son pouce, à la façon dont il m'avait serrée contre lui à la crique, à la façon dont il m'avait regardée, hier matin, en me disant que j'étais forte. Que j'étais belle.

Dans un élan d'audace, je me suis dressée sur la pointe des pieds et je l'ai embrassé. L'espace d'une seconde, ce fut un enchantement. La douceur de ses lèvres, le parfum de sel et d'iode qui flottait dans la pièce, le bruit des vagues qui nous parvenait par les fenêtres. Mais brusquement, Tristan s'est reculé. Il a porté le revers de sa main à la bouche, les yeux écarquillés. C'est à cet instant seulement que j'ai réalisé qu'il ne m'avait pas rendu mon baiser.

– Pardon, ai-je bredouillé en plein désarroi. Je ne...

– Non, c'est moi qui suis désolé, m'a-t-il interrompue en laissant retomber sa main, une expression indéchiffrable sur le visage. Je ne voudrais pas que tu te méprennes, Rory. Je n'ai jamais eu l'intention de...

Non. Ce n'était pas vrai. Pas possible. Mortifiée, je me suis éloignée de lui en rasant la fenêtre. Toutes ces choses qu'il m'avait dites, tous ces gestes, tous ces regards, ce courant évident qui passait entre nous... Comment avais-je pu me tromper à ce point ?

C'était pourtant le cas. Je m'étais trompée sur toute la ligne. Pas étonnant, d'ailleurs : je n'avais embrassé qu'un seul garçon dans ma vie, et c'était lui qui en avait pris l'initiative. Tristan était la perfection incarnée. Le Golden Boy dans toute sa splendeur. Le type sur lequel tout le monde se retournait, celui que tous les autres garçons auraient voulu être, et sans doute celui dont toutes les filles rêvaient. Il avait probablement embrassé des centaines de femmes au cours de son interminable existence. Des milliers, peut-être. Moi, j'étais juste une pauvre fille morte depuis peu, sans aucune expérience, une bécasse qui s'était jetée à son cou avec une naïveté consternante. Et maintenant, j'allais devoir vivre avec cette humiliation. Pour toujours.

Vu la façon dont Tristan me regardait, j'ai compris qu'il aurait souhaité être n'importe où sauf ici, avec moi, dans cette pièce. Une sensation que je connaissais bien moi-même.

– Oublie ça, lui ai-je dit d'un ton bref. Il ne s'est rien passé, OK ? Rien du tout.

J'ai tourné les talons avant qu'il ne me voie m'effondrer pour la seconde fois en quarante-huit heures et je suis sortie, emportant avec moi le peu de fierté qu'il me restait.

Peine de mort

Je me suis dirigée vers chez moi en trébuchant quasiment à chaque pas sur le trottoir, la vision troublée par les larmes. Quelques feuilles jaunes sont tombées du magnolia qui ornait l'entrée de notre jardin. Elles ont plané un instant avant d'être balayées par le vent de l'océan. Alors que je poussais le portail, j'ai senti dans mon dos le regard de Tristan, qui m'observait depuis la maison grise. Toujours cette surveillance.

J'ai failli m'écrouler en songeant à ce que serait l'éternité sans lui. Un abîme de ténèbres.

« Reprends-toi, Rory. Reprends-toi. »

– Salut, beauté !

J'ai sursauté en entendant cette voix familière. Joaquin. Génial, il ne manquait plus que lui. Il s'est faufilé derrière moi et a franchi le portail comme si je l'avais invité à entrer.

– Je ne suis vraiment pas d'humeur, là, l'ai-je rabroué en m'éloignant rapidement.

– Pas d'humeur à quoi ? Je passais juste pour te... Aïe !

Je me suis retournée et l'ai vu se donner une grande claque sur le cou. Puis il a examiné sa main d'un air sidéré. Au creux de sa paume gisait un petit frelon mort.

– Ça va ? me suis-je enquise par politesse.

Sans me répondre, Joaquin a regardé autour de lui avec appréhension, comme s'il s'attendait à une nouvelle attaque. Mais la rue était déserte et calme, à part le gazouillis des oiseaux dans les branches du magnolia qui ombrageaient le trottoir. Quand il a de nouveau baissé les yeux sur le frelon, Joaquin a été pris de violents tremblements.

– Qu'est-ce que tu as ? C'est grave, tu es allergique ? lui ai-je demandé, cette fois avec une réelle inquiétude.

– Non, mais...

Il a secoué la tête et glissé l'insecte dans sa poche au lieu de le jeter par terre. Apparemment remis de ses émotions, il m'a lancé :

– Où on en était ?

– Au moment où j'allais te claquer la porte au nez, ai-je riposté en grimpant les vieilles marches en bois de la véranda qui ont craqué et fléchi sous mon poids.

– Attends une seconde ! m'a pratiquement implorée Joaquin en me suivant.

– Quoi encore ?

Derrière lui, j'ai vu se rabattre le rideau de la fenêtre du premier étage de la maison d'en face. La gorge serrée, j'ai replié les bras sur ma poitrine tandis que Joaquin s'approchait de moi.

– Écoute, Rory, je voulais juste m'assurer que tu allais bien depuis hier soir. Le deuxième jour est parfois plus éprouvant que le premier.

– Alors, tu me trouves en forme ? lui ai-je lancé, un brin agressive.

J'avais hâte de rentrer chez moi avant que Tristan ne ressorte. Je n'aurais pas supporté de me retrouver face à lui après ce qui venait de se passer.

Joaquin a effleuré sa piqûre en grimaçant.

– Je te trouve plutôt… pâlotte, je dirais.

– Tu crois que c'est facile pour moi ? ai-je aboyé en arrachant au passage une tête de géranium dans la jardinière, histoire de me défouler. Ma sœur n'arrête pas de me gonfler avec son nouveau flirt, et je l'écoute en pensant : «Tu es morte, ma pauvre Darcy, et tu n'en as pas la moindre idée. » Elle n'ira jamais à la fac, elle ne pourra jamais s'offrir le tatouage de ses rêves ou ce fichu blouson de cuir pour lequel elle économise depuis Noël dernier. Aucun de ses projets ne se réalisera. Elle ne fera plus *rien*, je le sais, mais je suis obligée de me taire. Tu imagines un peu l'horreur que c'est ?

– Minute. Darcy a quelqu'un en vue ? a voulu savoir Joaquin en tirant une mine consternée. C'est Fisher ?

Sa réaction m'a sciée.

– Tu te fiches de moi ? Après tout ce que je viens de te dire, c'est la seule chose qui t'intéresse ?

– C'est bon, c'est bon, calme-toi, a répliqué Joaquin en me prenant le bras. Et arrête de torturer ces fleurs, elles ne t'ont rien fait.

J'ai regardé les pétales roses éparpillés à mes pieds et lâché la malheureuse tête de géranium que j'étais en train de déchiqueter. Quand j'ai réalisé que Joaquin avait encore la main posée sur moi, je me suis dégagée en vitesse et j'ai reculé d'un pas.

– Ne t'avise pas de me jouer un de vos tours de télépathes ou je ne sais quoi !

– Ça ne me serait jamais venu à l'esprit, m'a-t-il garanti.

Il a croisé les bras avec un sourire narquois.

– Qu'est-ce qu'il y a ? ai-je craché. Pourquoi tu me fixes comme ça ?

– J'adore cette attitude. Je te prenais pour une petite sainte mais j'avais tout faux : en fait, tu es une rebelle !

Rebelle, moi ? C'était mal me connaître. Je me voyais plutôt comme un cas désespéré, une fille incapable de gérer ses émotions, au bord de la dépression depuis qu'on lui avait brisé le cœur. J'ai jeté un coup d'œil anxieux en direction de la maison grise, mais tout était calme de ce côté-là.

– Moi, j'ai été une misérable loque pendant au moins une semaine, a poursuivi Joaquin en s'adossant à la balustrade de la véranda. Quand je suis arrivé ici, on m'a casé chez Ursula, dans cette maison rose bonbon, rue du Soleil Couchant.

– Comment ça, « casé » ? ai-je demandé. C'est qui Ursula ?

– Tu la connais : elle est serveuse au snack. Celle qui a les cheveux blancs, tu vois qui je veux dire ? Elle est censée être ma grand-mère. On habite ensemble.

Effectivement, je me souvenais de cette femme chaleureuse à qui je m'étais adressée au comptoir de l'épicerie-snack, la semaine précédente.

– Ce n'est pas ta vraie grand-mère ? me suis-je étonnée.

Joaquin a haussé les épaules.

– Bah, non. Ici, tous ceux qui sont morts jeunes sont confiés à des adultes, pour que leur situation familiale paraisse normale aux yeux des visiteurs. Comme Tristan et Krista, qui vivent avec la maire de Juniper Landing.

– Attends, j'ai un peu de mal à te suivre, là.

Joaquin, prenant ses aises, s'est juché sur la balustrade.

– La maire n'est pas du tout leur mère. D'ailleurs, Tristan et Krista ne sont pas frère et sœur non plus. Tu t'en doutais, non ? Krista est arrivée l'an dernier, et Tristan est ici depuis une éternité.

Je suis tombée des nues. Krista et Tristan se ressemblaient tellement qu'on les aurait pris pour des jumeaux. Qu'ils n'aient aucun lien de parenté me semblait complètement insensé. J'ai eu l'impression que le soleil tapait encore plus dur qu'avant.

– Bref, a continué Joaquin, quand j'ai débarqué chez Ursula, je suis resté un temps fou à pleurer comme un bébé sous son édredon à fleurs qui sentait l'antimite et le gardénia. Aujourd'hui encore, quand je passe sous un gardénia, j'ai envie de vomir aussi sec.

– Je peux te poser une question ? ai-je glissé tout en suivant de l'index une rainure dans le bois de la balancelle.

Joaquin, conscient de mon embarras, m'a regardée droit dans les yeux. Pour la première fois, j'ai remarqué que le brun de ses iris était constellé de paillettes d'or et de vert.

– Tu veux savoir de quoi je suis mort, c'est ça ?

Désarçonnée, j'ai balbutié :

– Si ce n'est pas trop indiscret, bien sûr.

– Nan ! Tout le monde finit par poser cette question. Je me suis suicidé. Après avoir tué ma mère et ma sœur.

Je me suis figée net.

– Tu as... quoi ?

Joaquin a acquiescé, la mine grave.

– C'était en 1916, j'avais tendance à picoler un peu trop. Mon père venait d'acheter une de ces automobiles dernier cri et...

– Attends une minute, l'ai-je interrompu. 1916 ?

– Ouais, je sais, je suis bien conservé pour mon âge. Bref, je lui ai piqué sa voiture pour partir en virée avec mes potes et on s'est soûlés au whisky. Sur le chemin du retour, je conduisais comme un dingue – si toutefois on peut appeler ça conduire – et je suis tombé nez à nez avec la charrette de l'épicier qui s'était renversée en travers de la route. J'ai donné un coup de volant pour l'éviter et... j'ai foncé dans ma mère et ma sœur qui revenaient de la messe. Elles sont mortes sur le coup.

Joaquin s'est tu un instant et s'est frotté le nez rapidement avant de continuer :

– Après ça, mon père ne m'a plus jamais parlé, et moi, eh ben… en gros je n'ai plus rien fichu.

Il s'est mis à jouer avec son bracelet de cuir, le faisant monter et descendre sur son poignet, même s'il ne bougeait que d'un ou deux centimètres.

– Je n'arrivais plus à dormir. Dès que je fermais les yeux, je voyais leurs visages, j'entendais le hurlement strident de ma petite sœur, juste avant l'impact. Alors un soir, j'ai pris une corde, je suis monté au grenier et…

Joaquin a tiré la langue et fait mine de s'étrangler en portant une main à son cou.

– Ne fais pas ça, lui ai-je dit en grimaçant.

– Pas quoi ?

– Ne plaisante pas avec ces choses-là, ce n'est pas drôle.

– Évidemment que c'est pas drôle ! a-t-il rétorqué avec véhémence. Je suis bien placé pour le savoir. Je croyais qu'en mettant fin à mes jours j'allais échapper à ce cauchemar, mais au lieu de ça j'ai atterri à Juniper Landing. Ça va faire bientôt cent ans, et il ne s'est pas passé un seul jour sans que je revoie leurs visages et que j'entende le cri de ma sœur.

J'ai baissé les yeux, la gorge serrée. Joaquin venait de confirmer mes pires craintes : être ici, c'était être condamné à ne rien oublier. Autrement dit, les violences, les blessures, les humiliations que j'avais subies me poursuivraient à tout jamais.

J'ai senti un trou noir se creuser en moi. C'était mauvais signe. Très mauvais signe.

La porte de la maison grise s'est ouverte dans un grincement et Tristan est apparu sur le seuil. Il a dévalé les marches tête basse, en prenant soin de ne pas regarder dans ma direction alors qu'il savait pertinemment que j'étais là, puis il s'est engouffré dans la rue et s'est éloigné en toute hâte.

J'étais au bord des larmes.

– Il faut que j'y aille, ai-je annoncé à Joaquin en poussant la porte.

– Non, Rory, attends !

Joaquin a sauté de la balustrade, mais je lui ai claqué la porte au nez et je me suis effondrée par terre dans l'entrée.

Hier encore, l'éternité me semblait un champ ouvert à toutes les possibilités. À présent, je me rendais compte que c'était tout le contraire. L'éternité était synonyme de peine de mort. Lente.

Fissures

J'ai passé tout l'après-midi à la regarder, assise sur la véranda, poussant des soupirs à fendre l'âme. Au bout d'une journée, elle avait déjà tout compris : l'éternité n'est pas du tout à la hauteur de sa réputation.

Je l'emmènerais volontiers, mais le problème c'est que, contrairement à moi et à l'impression que je donne, elle est vraiment quelqu'un de bien. Sûr qu'elle n'approuverait pas mon plan.

Pourtant il se dessine déjà, la parfaite façade est en train de se fissurer. La piqûre n'est qu'un début. Personnellement, je ne changerai rien à mes habitudes : je continuerai à sourire, acquiescer, et tromper mon petit monde.

Et personne ne soupçonnera quoi que ce soit.

La règle Jessica

La Jeep tressautait violemment sur une côte cahoteuse qui semblait ne mener nulle part. Je ne voyais rien à part la voûte étoilée du ciel et je me cramponnais à l'arceau de sécurité en espérant que Bea était aussi bonne conductrice qu'elle semblait le croire. À côté de moi sur la banquette arrière, Krista souriait, apparemment ravie d'offrir ses cheveux au vent, même au risque de finir à moitié scalpée. À sa droite, Fisher regardait devant lui, imperturbable, chaussé de ses lunettes miroir. Joaquin et Bea discutaient à l'avant, mais je n'arrivais pas à saisir leurs paroles à cause du bruit du moteur et du vent qui me sifflait dans les oreilles.

Je n'avais pas la moindre idée de l'endroit où nous allions, si ce n'était que Joaquin m'avait embarquée une demi-heure plus tôt, jurant tous ses grands dieux que j'allais adorer cette virée. Je ne m'étais laissé convaincre qu'après avoir appris que Tristan ne serait pas de la partie parce qu'il devait travailler au Cygne Noir jusqu'à l'heure de la fermeture.

– Regarde toutes ces étoiles ! s'est extasiée Krista en écartant les bras.

– Ouais, magnifiques, ai-je commenté platement tandis que nous approchions du sommet de la colline.

Quelque vingt mètres plus loin, la route avait l'air de se terminer abruptement, comme sur un à-pic.

– Hé, Bea, tu devrais peut-être t'arrêter, non ? ai-je crié en me penchant en avant.

– T'inquiète, tout va bien ! m'a-t-elle répondu en tournant rapidement la tête vers moi.

– Mais tu fonces droit sur un précipice !

– Pas de panique, m'a glissé Fisher avec un sourire qui se voulait rassurant.

J'avais le cœur dans la gorge. Je ne voyais pas ce qu'il y avait de cool à tomber du haut d'une falaise, même si c'était pour me prouver que je ne pouvais pas mourir une seconde fois.

– Désolée, mais j'ai la trouille ! ai-je protesté, énervée par le calme qu'ils affichaient tous. Comparée à vous, je suis une novice, d'accord, mais je ne veux pas...

Soudain, Bea a écrasé la pédale de frein. La Jeep a fait une embardée, et j'ai fermé très fort les paupières en sentant les roues arrière frôler le bord du gouffre et projeter une giclée de poussière et de gravillon dans le vide. Je nous imaginais déjà suivre le même chemin, terrifiée à l'idée du vol plané qui nous attendait.

Mais la voiture s'est immobilisée.

– On y est ! s'est écriée Bea.

– Terminus, tout le monde descend ! a ajouté Krista.

La Jeep a tangué quand les autres ont sauté à terre. J'entendais les vagues s'écraser sur les rochers en contrebas. Une fois mon rythme cardiaque apaisé, j'ai rouvert les yeux lentement, l'un après l'autre. Les étoiles étincelaient au firmament. J'étais encore en vie. Enfin, façon de parler.

– Vous êtes dingues ou quoi ? ai-je glapi en bondissant de mon siège.

Aussitôt j'ai été prise de vertige : la roue qui se trouvait juste en dessous de moi était au ras de la falaise et la surface miroitante de l'océan me paraissait à des kilomètres. Un faux mouvement, et je basculais par-dessus bord. Je me suis rassise en retenant mon souffle. À ma gauche, Bea et Fisher se sont déshabillés, ne gardant sur eux que leurs sous-vêtements. Puis ils ont marché vers le précipice en bavardant gaiement tandis que Kevin arrivait dans sa voiture noire. Il s'est garé un peu plus loin, et Lauren, Cori et lui sont se sont avancés, semant leurs habits en chemin. Aucun signe de Tristan. Ni de Nadia, d'ailleurs.

Joaquin et Krista se tenaient de l'autre côté de la Jeep.

– Désolée, Rory, Bea est notre folle du volant attitrée ! m'a lancé Krista en s'attachant les cheveux.

– Attends, je vais t'aider à descendre, m'a proposé Joaquin.

J'ai glissé sur la banquette et me suis mise debout avec précaution. Joaquin m'a attrapée par la taille et j'ai sauté à terre, supposant qu'il allait reculer, mais non. Du coup, on s'est retrouvés collés serrés. J'ai levé les yeux, Joaquin a soutenu mon regard sans me lâcher.

– J'avais raison, m'a-t-il murmuré, tu n'es pas aussi sage que tu en as l'air.

Je l'ai repoussé en rougissant.

– Qu'est-ce qu'on est venus faire ici ?

– Viens voir ! m'a crié Krista avec son entrain habituel.

Les autres s'étaient rassemblés au bord de la falaise. Je les ai rejoints d'un pas mal assuré, les mains agrippées à mon sweat-shirt pour les empêcher de trembler. Une bourrasque m'a soulevé les cheveux. Au loin, on distinguait le pont et l'éternel brouillard qui s'entortillait paresseusement autour de ses piliers. Tout en prenant soin de rester au second plan, je me suis hissée sur la pointe des pieds et j'ai regardé en bas.

Il n'y avait que de l'eau. De l'eau, de l'écume et des vagues qui venaient cogner contre la falaise.

– C'est super haut, ai-je lâché.

– Ouaip ! a acquiescé Fisher, torse nu. C'est pour ça que c'est bien.

Effarée, je l'ai vu lancer ses lunettes de soleil sur un tas de vêtements, puis se tourner face au vide.

– Arrête !

Trop tard. Fisher avait sauté, poussant dans sa chute un hurlement de joie. J'ai cru qu'il n'en finirait jamais de tomber. Quand il a percuté la surface de l'eau, je n'ai même pas entendu de plouf. J'ai juste vu une couronne d'éclaboussures à l'endroit où son corps venait de s'enfoncer.

Pendant un long moment, personne n'a dit un mot. J'étais persuadée qu'on ne reverrait jamais Fisher. Aucun être humain, mort ou vif, ne se serait remis d'un plongeon aussi vertigineux. Mais tout à coup, sa tête a émergé des flots. Il a encore poussé un cri, de victoire cette fois, et les autres l'ont acclamé bruyamment. Puis il a nagé vers la côte et s'est hissé sur un rocher. Je me suis enfin détendue.

– C'était géant ! lui a hurlé Joaquin.

Fisher a placé ses mains en porte-voix autour de la bouche, et je l'ai entendu demander de très loin :

– À qui le tour ?

Lauren, Bea, Cori, Krista, Joaquin et Kevin se sont tournés vers moi comme un seul homme.

– Oh non ! Pas question, ai-je déclaré en reculant. Faites ce que vous voulez, moi, je vous attends dans la voiture.

– Allez, Rory ! m'a encouragée Bea. Tu vas voir, c'est une sensation géniale.

– Attends, je vais te montrer, c'est rien du tout, a enchéri Cori.

Et elle s'est élancée à son tour dans le vide sous les vivats et les bravos de la bande. Cette fois, je n'ai pas regardé. J'ai juste entendu cette casse-cou brailler en remontant à la surface :

– L'eau est délicieuse !

Des fous. Tous aussi fous les uns que les autres. Les tempes battantes, je me suis éloignée d'eux aussi vite que me le permettaient mes jambes flageolantes. Krista, Bea et Lauren m'ont couru après. J'ai tout de suite levé les mains en signe de protestation.

– Inutile d'insister. Pour votre info, je suis totalement imperméable à la pression du groupe.

– On ne cherche pas à faire pression sur toi ! a rétorqué Bea en affichant une mine offusquée.

– Tu es parfaitement libre de ne pas sauter si tu n'en as pas envie, a ajouté Lauren avec détachement.

– Mais pourquoi vous prenez des risques pareils ? ai-je voulu savoir.

J'étais en même temps agacée et déroutée de les voir aussi blasées face à un acte qui, personnellement, me terrifiait.

Bea a haussé les épaules.

– Parce qu'on le peut, tout simplement. On se permet des tas de trucs, une fois qu'on a compris qu'on ne peut pas mourir.

Mon regard a dévié vers le précipice. Ce raisonnement rejoignait celui de Joaquin. J'étais condamnée à « vivre » éternellement. Autrement dit, je ne pouvais pas me blesser. Pas de façon irrémédiable.

Mais cela ne signifiait pas pour autant que j'étais prête à sauter d'une falaise aussi haute qu'un immeuble de vingt étages.

– Écoute, si tu ne veux pas, ce n'est pas grave, m'a assuré Krista en me prenant la main et en la gardant entre les siennes.

Sa peau était douce et chaude.

– On va rester ici avec toi, a-t-elle complété.

– *On ?* a répété Bea.

– Je ne voudrais pas vous priver, ai-je dit devant son air déçu.

– Non. Ça nous fait plaisir ! a affirmé Krista. Pas vrai, les filles ?

Elle nous a entraînées vers un amas de gros rochers.

– Asseyons-nous là.

– Très bien, a lâché Bea avec un manque d'enthousiasme flagrant.

– OK, a enchaîné Lauren, pas plus emballée.

Krista et moi, on s'est installées sur une grande roche basse et plate. Bea et Lauren se sont perchées un cran au-dessus. Bea, assise façon grenouille, genoux collés et pieds écartés, a commencé à se recoiffer en silence pendant que Lauren m'observait tout en tripotant le coquillage en or qu'elle portait autour du cou. J'ai contemplé l'océan, un peu mal à l'aise. Je n'étais pas habituée à être un objet d'attention.

– Alors, Rory, a amorcé Krista. Tout va bien pour toi ?

Je me suis raidie. Est-ce que Tristan l'avait mise au courant ?

– Oui. Pourquoi ?

– Joaquin n'arrête pas de nous dire qu'il faut te remonter le moral, et quand Tristan est venu au snack ce matin après votre petit tour, il s'est montré plutôt fuyant. Il s'est passé quelque chose entre vous ?

– Hein ? Non. Bien sûr que non. On n'est pas… enfin il ne m'a pas…

– Oh mon Dieu, il te plaît tant que ça ?

– Et voilà, encore une ! a grincé Bea.

– Qu'est-ce que tu veux dire ? lui ai-je demandé.

Lauren a répondu à sa place :

– T'as pas intérêt à ce que Nadia le sache.

– J'en étais sûre ! me suis-je exclamée. Elle est amoureuse de lui, hein ?

Silence. Les trois filles ont échangé un regard complice. J'en ai déduit que j'avais vu juste. Si ce sentiment était réciproque, la réaction de Tristan ce matin s'expliquait, mais cela rendait la situation dix fois plus embarrassante pour moi.

– Est-ce que Tristan et Nadia sont… ensemble ?

– Ouh là, non ! Pitié ! m'a répondu Krista.

– Sauf qu'elle ne demanderait pas mieux, a souligné Lauren en allongeant les jambes.

– Laureeeen ! a protesté Bea en lui décochant, du bout du pied, un petit coup sur le tibia.

– Ben quoi ? s'est récriée Lauren. Il faut qu'elle soit au courant. Si tu as des vues sur Tristan, Rory, c'est bon à savoir, crois-moi.

Je suis restée perplexe. Est-ce que Lauren avait un faible pour Tristan, elle aussi ?

– Attends… C'est pour ça que Nadia est toujours en train de rôder autour de moi en me lançant des regards noirs ? l'ai-je questionnée.

– Elle *rôde* autour de toi ? s'est étranglée Krista.

Bea a laissé échapper un soupir et levé les yeux au ciel.

– Peu importe, c'est pas ce qui compte. Écoute, Rory, Lauren faisait allusion à la règle Jessica.

– C'est quoi ?

On a entendu un grand cri, et quand on a tourné la tête, Kevin avait déjà disparu de notre vue. On a patienté une ou deux minutes, le temps que l'écho de sa voix nous parvienne du fond de l'abîme.

– Alors, les trouillardes, vous vous décidez ? nous a interpellées Joaquin.

– Occupe-toi de tes fesses ! a riposté Bea.

Joaquin a ri, puis il a enlevé sa chemise et plongé à son tour.

– Bon, c'est quoi, la règle Jessica ? ai-je insisté.

– Je vais t'expliquer, m'a dit Lauren en rejetant ses longs cheveux noirs en arrière. Jessica était une CAP qui était là bien avant nous, et il se trouve que Tristan est tombé amoureux d'elle. Mais raide dingue amoureux. Style, on court pieds nus dans les champs, on admire le coucher de soleil main dans la main, on se jure une fidélité éternelle en prenant les étoiles à témoin, bref, la parfaite idylle, tu vois le genre.

J'ai senti mes doigts de pied se recroqueviller à l'intérieur de mes baskets.

– Et alors ?

La lueur malicieuse qui s'est allumée dans les yeux de Lauren m'a fait penser à ma sœur et à ses copines, à l'époque où on vivait encore à Princeton. Elles affichaient exactement la même expression quand elles avaient un truc croustillant à raconter.

Lauren s'est penchée vers moi avec une mine de conspiratrice.

– Alors…

– Elle l'a plaqué, a abrégé Bea d'un ton sec.

Lauren l'a foudroyée du regard avant de poursuivre :

– Oui, elle a rompu. Tristan en a eu le cœur brisé. Il s'est juré de ne jamais plus avoir de relation avec une CAP. Nadia s'en est rendu compte quand elle lui a fait les yeux doux dès son arrivée à Juniper Landing, il y a de ça, quoi ? Trente ans, je dirais.

– Mais ça ne rime à rien, ai-je objecté. Pourquoi s'interdire de retomber amoureux après un échec ? Des histoires d'amour qui se finissent mal, c'est archi fréquent !

Krista a pris une profonde inspiration.

– Oui, mais le problème, c'est que Jessica…

Tout à coup, de puissants phares nous ont éblouies. Dans un vrombissement assourdissant, une voiture de sport noire, au capot décoré d'un énorme phénix, a surgi de nulle part. Elle a pilé dans un crissement de freins strident, projetant de la poussière et des graviers à dix mètres à la ronde. Laissant le moteur tourner et la musique à fond, Pete s'est extrait de son bolide, puis il a couru jusqu'à la falaise, ôté son débardeur blanc dans la foulée et s'est jeté dans le vide.

– Yiiii-haaa !

Oui, c'était bien ça : je vivais au milieu d'une bande de cinglés. J'allais relancer la conversation quand la portière du passager s'est ouverte. Nadia. Elle a marché vers nous, l'air arrogant. Sa crête était encore plus hérissée que d'habitude et l'épais trait d'eye-liner qui surlignait ses paupières lui dessinait des yeux immenses.

– Alors, les filles, qu'est-ce que vous fabriquez ? nous a-t-elle lancé en enfonçant les mains dans les poches de son blouson en vinyle noir. Vous fondez un club de tricot ou quoi ?

C'était la première fois que j'entendais sa voix. Bea, Lauren et Krista se sont tournées vers moi. Je me suis mise debout, la boule au ventre.

Nadia m'a toisée de haut en bas, sans cacher l'aversion que je lui inspirais.

– Tu as un problème avec moi ? lui ai-je demandé.

Les trois autres se sont levées et déployées en cercle autour de nous.

– À vrai dire, j'en ai plusieurs, a-t-elle souligné.

– Écoute, si c'est au sujet de Tristan…

– Tristan ? Tu te fous de moi ? Il n'a rien à voir là-dedans. Non, le gros problème, c'est que j'ai pas du tout confiance en toi.

Les bras m'en sont tombés.

– Mais qu'est-ce que je t'ai fait ?

Bea et Lauren ont échangé un regard, visiblement inquiètes de la tournure que prenait notre dialogue.

– Comme si tu ne le savais pas ! a craché Nadia, menton pointé en avant.

– Non, justement, éclaire-moi un peu, ai-je riposté en contractant les poings.

– D'accord. Depuis que tu es là, ça ne tourne pas rond. Il se passe des trucs bizarres.

– Quels trucs bizarres ?

– Arrête ! Ce n'est pas sa faute, est intervenue Lauren, pas spécialement pour prendre ma défense mais comme si elle était réellement convaincue de mon innocence.

– Qu'est-ce que tu en sais ? Comment tu peux en être si sûre ? a contré Nadia.

– Quels trucs bizarres ? ai-je répété en jetant un regard à la ronde.

– Arrête de jouer les ingénues ! m'a hurlé Nadia, hors d'elle.

– Ça suffit ! lui a ordonné Bea en l'attrapant par le bras.

– Bas les pattes, *Beatrice* ! Tu n'as pas à me donner d'ordres, OK ?

– Si Tristan était là, il aurait la même réaction. Alors ferme ta gueule !

Bea s'est penchée en avant, l'air menaçant. Elle faisait une bonne tête de plus que Nadia, et elle avait nettement plus de muscles aussi. Le visage pâle de Nadia a viré au rouge.

– Très bien, a-t-elle grincé en braquant sur moi des yeux furibonds. Mais il n'empêche que j'ai raison, et je le prouverai !

Nadia a tourné les talons et filé vers la voiture de Pete. Personne n'a cherché à la retenir. Puis elle s'est installée au volant et a démarré en trombe.

– De quoi parlait-elle ? ai-je voulu savoir, une fois le rugissement du moteur réduit à un grondement sourd. C'est quoi, ces trucs bizarres qui se produisent depuis mon arrivée ?

Krista a ouvert la bouche mais Bea lui a imposé le silence d'un mouvement négatif de la tête.

– Lauren ? ai-je tenté.

– Ce n'est pas à moi de te le dire, a-t-elle déclaré en glissant ses mains sous les poignets de son sweat-shirt.

– Qui, alors ? ai-je insisté, bouillonnante de frustration.

Personne n'a pipé.

– À qui je dois m'adresser, bon sang ? À Tristan ?

Toujours rien. Lauren a jeté un coup d'œil par-dessus son épaule, comme si quelqu'un allait subitement les tirer de cette embrouille.

– OK, je me casse ! Contente de voir que je peux compter sur ma nouvelle famille ! ai-je fulminé en m'éloignant.

– Rory, reviens ! La ville est à plus de trois kilomètres d'ici ! m'a crié Krista.

– Ça tombe bien, je suis bonne marcheuse !

J'ai continué à foncer droit dans la nuit en me tordant les chevilles et en butant sur ce terrain accidenté. Peu après, un vent mordant a agité les arbres qui bordaient la route, et une pluie de feuilles mortes s'est abattue sur moi. J'ai serré les dents et poursuivi mon chemin en courbant le dos.

Au détour d'un virage, je me suis immobilisée net en voyant briller les phares d'une voiture décapotable stationnée sur le bas-côté. Alors que la vitre du conducteur s'abaissait lentement, j'ai plongé derrière un buisson en entendant soudain du bruit sur ma droite. À travers les branches, j'ai aperçu la silhouette de l'officier Dorn qui descendait d'un escarpement rocheux – d'où il avait sans doute pu observer tout ce qui se passait en haut de la falaise. Le policier s'est dirigé vers la décapotable dont la carrosserie métallisée miroitait à la lueur de la lune. Il s'est penché pour discuter avec la personne qui était au volant, mais le bourdonnement de mes oreilles en feu m'empêchait de saisir leurs paroles. La conversation a duré plusieurs minutes, après quoi la voiture a démarré en douceur. Resté seul, Dorn a soupiré, consulté sa montre, puis il est parti dans la direction opposée.

Quand je me suis redressée, j'avais les genoux comme de la gelée. Décidément, Dorn semblait être partout ces derniers temps. J'ai repensé au regard accusateur qu'ils m'avaient lancé, lui et Grantz, quand ils m'avaient vue traverser le parc ce matin. J'avais aussi eu l'impression troublante d'être espionnée lorsque j'étais entrée chez Tristan. Et la nuit dernière, était-ce une pure coïncidence que Pete se soit trouvé sur la promenade du bord de mer précisément au moment où je m'y baladais en compagnie d'Aaron, ou bien me suivait-il également ?

Une nouvelle bourrasque m'a fait frissonner de la tête aux pieds. Je me suis remise en marche, plus impatiente que jamais d'arriver en ville. Je voulais des réponses et, à ma connaissance, il n'y avait qu'une seule personne sur cette île qui était susceptible de me les donner.

Les Oublis

Un torchon à la main, Tristan essuyait le comptoir du Cygne Noir avec des gestes circulaires et méthodiques. Au souvenir de la cuisante humiliation du matin, j'ai hésité un instant derrière la porte moustiquaire, à deux doigts de faire demi-tour. Seulement voilà, je n'allais quand même pas éviter Tristan jusqu'à la nuit des temps.

J'ai inspiré à fond et tiré la porte qui s'est refermée en claquant bruyamment derrière moi. C'était la première fois que je voyais cet endroit aussi désert et silencieux, à part le vrombissement du ventilateur dont les larges pales brassaient l'air salin de l'océan.

– Désolé, on est fermé, a lâché Tristan avant de lever les yeux.

Quand il m'a aperçue debout sur le seuil, il a aussitôt interrompu sa tâche et affiché un air contrarié.

– Rory, a-t-il lâché en posant son torchon. Qu'est-ce qui t'amène ?

Je n'ai pas pu m'empêcher d'admirer ses longues mains.

« Garde ton sang-froid et va droit au but », me suis-je dit.

– Qui est Jessica ?

À ces mots, Tristan s'est agrippé au bar. Sa poitrine s'est brusquement creusée, comme si je lui avais tiré une balle en plein cœur. Waouh ! Lauren n'exagérait pas quand elle avait qualifié leur relation de « parfaite idylle ».

– Qu... qui t'a parlé d'elle ? m'a-t-il questionnée dans un murmure.

J'ai traversé la salle avec une fausse désinvolture. Toutes les chaises étaient retournées sur les tables ; le sol brillait sous mes semelles. En voyant un rai de lumière entre les portes battantes de la cuisine, je me suis demandé s'il y avait quelqu'un d'autre, hormis nous deux.

– Lauren, surtout, ai-je répondu. Juste avant que Nadia déboule et m'accuse d'être responsable de certains trucs étranges qui se passent ici. À quoi elle faisait allusion, tu as une idée ?

Les prunelles bleues de Tristan ont lancé un éclair.

– Elle n'aurait pas dû, a-t-il rétorqué. Je lui en toucherai deux mots.

Je me suis juchée sur un tabouret avant de revenir à l'attaque.

– Alors, que s'est-il passé avec cette Jessica ?

Tristan a soupiré et posé les mains à plat sur le bois verni du comptoir. Dehors, la sirène d'un bateau rentrant au port a émis un hululement plaintif.

– Jessica m'a brisé le cœur, a déclaré Tristan d'une voix rauque. Je la croyais parfaite mais… elle était tout le contraire.

Il a pris une profonde inspiration et m'a examinée, hésitant à formuler tout haut ce qui le rongeait intérieurement.

– C'est la première et la seule CAP qui ait mal tourné, a-t-il fini par avouer.

Cette révélation m'a laissée perplexe.

– Comment ça, mal tourné ?

Tristan m'a offert son beau profil et, encore pensif, a pincé sa lèvre inférieure entre le pouce et l'index avant de se décider à contourner le bar pour venir s'asseoir à côté de moi. Il a pivoté sur son tabouret, nos deux cuisses se sont touchées et mon cœur a effectué un double, puis un triple saut périlleux quand Tristan a maintenu le contact au lieu de se dérober. Alors qu'une vague de chaleur m'irradiait jusqu'à la racine des cheveux, il m'a demandé :

– Tu te souviens de ce qu'on t'a dit, hier, si ton père et ta sœur apprenaient la vérité à propos de Juniper Landing ?

– Je ne risque pas de l'oublier, ai-je répliqué en essayant de maîtriser le trouble qui s'était emparé de moi.

– Eh bien, Jessica jugeait… immoral de garder ce secret pour nous. Elle estimait que nos visiteurs avaient le droit de savoir ce qui leur était arrivé. Alors elle est allée de maison en maison et… elle leur a tout expliqué.

– Ouah ! ai-je soufflé, faute de mieux.

Tristan a hoché la tête, le regard dans le vague.

– Ce qui s'est passé par la suite n'était pas beau à voir. Un véritable désastre, à vrai dire.

Soudain, ses yeux se sont embués de larmes. Sans réfléchir, j'ai posé ma main sur la sienne. Tristan s'est raidi, puis il s'est rapidement détendu. J'ai retenu mon souffle tout en fixant nos doigts, de nouveau grisée par la chaleur de sa peau.

– Quelle a été leur réaction ? lui ai-je demandé.

– D'abord, il faut que tu comprennes que tout cela s'est déroulé il y a longtemps, a-t-il précisé en effleurant son bracelet de cuir. Les gens qui se trouvaient ici à cette époque étaient morts pendant la Première Guerre mondiale. Ils avaient vu leurs frères et leurs fils partir et ne jamais revenir, leurs enfants souffrir, ils avaient connu la famine et les privations des semaines, voire des mois durant. La population de Juniper Landing était…

– À cran ? ai-je avancé, tout en enregistrant cette nouvelle information, à savoir que Tristan était ici au moins depuis aussi longtemps que Joaquin.

– C'est un euphémisme, a-t-il rétorqué avec un léger ricanement. Ils étaient excédés, furieux, ils avaient tellement la haine qu'ils se sont soulevés en masse – sur terre, les rébellions étaient monnaie courante au début du vingtième siècle.

– Qu'est-ce que vous avez fait ?

– Au début, on a essayé de les raisonner. Mais quand des révoltés se rassemblent et réclament du sang, ils ne se calment qu'après l'avoir obtenu. Des bagarres ont éclaté un peu partout et il y a eu bon nombre de blessés au cours de ces affrontements, mais nous avons réussi à reprendre le contrôle de la situation. Par rapport à eux, les CAP que nous étions avaient une meilleure connaissance de l'île. Un avantage stratégique, comme dirait Dorn.

J'ai frémi en entendant Tristan évoquer le nom du policier, que j'avais vu comploter avec un inconnu, pas plus tard que tout à l'heure.

– Dorn était là ?

Tristan a secoué la tête.

– Non, pas encore. Il est arrivé beaucoup plus récemment, lors de la guerre du Golfe.

– Ah.

J'ai effectué un rapide calcul mental. Si Tristan estimait qu'un évènement datant de vingt ans était « récent », depuis combien de temps au juste était-il ici ?

– Finalement, a-t-il poursuivi, nous avons rassemblé toutes les personnes que Jessica avait mises au courant et nous les avons conduites au pont. C'était ça, le pire : être obligé d'envoyer tous ces gens à Shadowland.

– Mais ils n'y étaient pour rien, c'était Jessica la responsable !

– Oui, mais c'est la règle, a répliqué Tristan, catégorique. Une arme de dissuasion très efficace pour empêcher les CAP de dévoiler la vérité à des personnes « en transit », et par là même les priver de toute possibilité de régler certains comptes à titre personnel. Mais Jessica n'avait visiblement pas ce genre de scrupules et, une fois le mal fait, on ne pouvait rien y changer. Arrivé à ce stade, même avec la meilleure volonté je n'aurais pas pu les conduire vers la Lumière, pas plus que je n'aurais pu sauver Jessica. Ce sont les pièces qui décident, il n'y a qu'elles qui savent. Les gens dont je te parle ont tous été condamnés à Shadowland.

Tristan a lâché ma main et appuyé les paumes sur ses genoux, la respiration lourde et profonde. Puis il a levé les yeux et fixé le plafond avec désarroi, comme s'il se refusait encore à croire à cette catastrophe survenue près de cent ans auparavant.

– Mais c'est injuste ! ai-je de nouveau protesté. Il n'y a pas moyen de changer ce règlement ?

– Si seulement ! a soupiré Tristan avec un sourire désabusé.

On est restés silencieux un moment, avec pour bruit de fond le cliquetis du ventilateur au-dessus de nos têtes.

– Et Jessica, qu'est-ce qu'elle est devenue ? ai-je voulu savoir.

– Elle a été vouée aux Oublis.

Machinalement, j'ai caressé mon bracelet en cuir.

– Pourtant tu m'as dit qu'il n'y avait que deux destinations possibles.

– C'est exact. Pour les visiteurs. Les Oublis sont une zone particulière et particulièrement affreuse de Shadowland. Un domaine réservé aux CAP qui violent le règlement.

– Attends une minute…

J'ai sauté de mon tabouret.

– Alors si… si je t'avais quitté, hier au débarcadère, pour aller dire la vérité à mon père et à ma sœur, non seulement ils seraient allés directement à Shadowland, mais en plus, j'aurais fini aux Oublis ? Et tu n'as pas cru bon de m'informer de ce léger détail ?

– C'était inutile : je savais que tu te tairais. Tu les aimes trop pour leur infliger un tel châtiment.

– Et ce matin…

J'ai marqué une pause, le temps de trouver le courage de lui poser la question :

– Ce matin, quand tu m'as repoussée, c'est parce que tu as peur que je tourne mal, moi aussi ? Parce que tu n'as pas confiance ?

À son tour, Tristan s'est levé, l'air soucieux.

– Non, Rory. Je ne pense pas du tout que tu tourneras mal. C'est juste que Jessica… enfin, ce qu'elle a fait m'a anéanti. Je m'en veux à mort de n'avoir rien vu venir. Si j'étais resté vigilant au lieu de tomber aveuglément amoureux d'elle, rien de tout cela ne se serait produit, et un tas d'innocents auraient été sauvés. Donc la confiance, c'est terminé maintenant. Il m'est même arrivé de perdre confiance en moi. J'ai fini par comprendre que cette douleur et cette incertitude ne me quitteront jamais.

Pendant un long moment, Tristan et moi sommes restés face à face, sans rien dire. Je mourais d'envie de me laisser aller contre lui, de l'enlacer et de lui murmurer que j'étais différente, que je ne lui ferais jamais de mal, que je n'étais pas Jessica.

Mais comme il ne bougeait pas, je n'ai pas bougé non plus.

– C'est mieux comme ça, a-t-il finalement lâché sur un ton formel. C'est mieux pour nous deux.

Je l'ai regardé au fond des yeux. La dureté que j'y ai lue m'a broyé le cœur.

Dérapages

Maintenant, elle a compris. Dans cet endroit magique, tout n'est pas aussi lisse qu'il y paraît. Les gens ont beau faire de grands discours sur la confiance et la famille, il y a toujours des secrets. Toujours des demi-vérités. Toujours des choses à découvrir. Et aujourd'hui elle a appris une chose essentielle : quelle que soit l'idée de perfection que nous essayons de donner de cet endroit, il peut y avoir des dérapages. Des dysfonctionnements graves, très graves peuvent survenir. Seulement voilà : a-t-elle conscience que la situation a déjà commencé à se dégrader ? Saura-t-elle y mettre un terme avant qu'il ne soit trop tard ?

Pas si j'ai mon mot à dire.

La maire de Juniper Landing

Le lendemain matin, j'étais dans la cuisine, au milieu d'une montagne de coquilles d'œufs et de farine. Après plusieurs tentatives, j'avais réussi à obtenir une pâte à crêpes sans trop de grumeaux, qui forme une surface vaguement ronde au fond de la poêle grésillante. J'en ai posé une seconde sur le feu d'à côté et attrapé la boîte d'allumettes. Aujourd'hui, ce serait un jour normal. En famille, à manger des crêpes au bacon avec une tasse de café chaud. Pas de rendez-vous, pas d'âme à escorter, pas d'accusations insensées. Juste un jour normal. J'ai frotté une première allumette sans succès. Deuxième essai, nouvel échec. Alors que je m'apprêtais à tenter ma chance une troisième fois, quelque chose a bougé derrière la fenêtre. Cela m'a distraite au point que l'allumette s'est consumée jusqu'au bout sans que je m'en rende compte.

– Aïeee !

Je l'ai lâchée et écrasée sur le lino d'un coup de talon.

– Bien joué ! ai-je marmonné en me suçant le bout des doigts. Se brûler à cause d'un stupide merle ou je ne sais quoi.

Tout en disant ces mots, j'ai aperçu une autre ombre par la fenêtre de derrière, côté terrasse. Une ombre vêtue d'un sweat-shirt noir. Mon rythme cardiaque est passé de soixante à cent vingt pulsations par minute. On m'espionnait, c'était évident. Après avoir reposé la boîte d'allumettes, je me suis dirigée discrètement vers la porte. Celui ou celle qui m'observait avait soit dévalé les marches menant à la plage, soit s'était planqué dans un angle mort, à un ou deux mètres de moi.

Retenant mon souffle, j'ai allongé un bras tremblant vers la poignée.

– Qu'est-ce que tu fabriques ?

J'ai sursauté jusqu'au plafond. Darcy se tenait entre le hall d'entrée et la cuisine, en train de regarder le plan de travail comme si je me livrais à d'innommables expériences de chimie.

– Des crêpes ? ai-je répondu bêtement tout en essayant de me ressaisir.

– Ah ouais, et ça marche ?

Pieds nus sur le carrelage, ma sœur a avancé vers la cuisinière et plissé le nez devant le magma gélatineux qui frémissait dans une mare d'huile.

– Pas très bien, ai-je reconnu en baissant les bras.

Darcy s'est emparée de la poêle et a vidé la pâte dans l'évier. J'en ai profité pour ouvrir la porte de la cuisine et jeter un rapide coup d'œil dehors. Aucun signe de vie à part les soucis qui se balançaient dans la brise océane.

– À mon avis, c'est héréditaire, a lancé Darcy. Tu te rappelles, quand maman a voulu nous faire des crêpes en forme de pingouin ?

– Oui, très bien.

« Comment aurais-je pu l'oublier ? » ai-je songé en refermant la porte avec un sourire triste. J'avais huit ans et ma mère avait failli mettre le feu à la maison avec de l'huile surchauffée qui avait laissé une énorme tache noire au plafond. Au lieu de paniquer, maman avait ouvert toutes les fenêtres, jeté la poêle et son contenu à la poubelle, après quoi elle nous avait emmenées, ma sœur et moi, au Palais des crêpes.

– On en avait engouffré des dizaines ! a ajouté Darcy en ouvrant une bouteille d'eau.

– J'aimais bien ces petits déjeuners à la crêperie, ai-je lâché, nostalgique, tout en m'essuyant les mains sur un torchon. L'odeur de graisse, le beurre... le temps de l'innocence.

Ma sœur a éclaté de rire juste à l'instant où un corbeau se posait sur le rebord de la fenêtre en croassant.

– Voilà ce qu'on devrait faire, le jour où on rentrera chez nous, a-t-elle suggéré en brandissant la poêle. Aller déjeuner au Palais des crêpes ! Des crêpes moelleuses, sirupeuses et délicieuses !

Nos regards se sont croisés et nous avons ri ensemble. Cette phrase, maman s'amusait souvent à la répéter. Les larmes me sont montées aux yeux.

« Arrête ! me suis-je ordonné. Tu ne vas quand même pas pleurer pour une histoire de crêpes, Darcy trouverait ça louche. »

Tandis que ma sœur commençait à s'activer dans la cuisine avec les mêmes gestes gracieux que notre mère, je me suis demandé de quels actes d'altruisme mon père et elle seraient capables, et de quelle façon je pourrais les aider, moi, pour qu'ils les accomplissent afin de devenir des CAP. J'avais déjà dit adieu à ma mère, je ne tenais pas à leur dire adieu à eux aussi. Cette perspective me faisait horreur, j'étais quasiment prête à tout pour l'éviter.

– Bon, on s'y remet ? a lancé Darcy en sortant les œufs du frigo.

– *On* ? ai-je souligné, agréablement surprise.

– Ben oui, avec tous les gâteaux que j'ai faits pour des ventes de charité, j'ai quand même retenu quelques trucs. Tu me passes le verre doseur ?

Darcy a pris un récipient dans le placard. Quand je lui ai tendu la tasse qui m'avait servi pour mesurer la farine, elle m'a attrapé le bras et a regardé mon bracelet de cuir sans chercher à cacher sa curiosité. Les joues en feu, je me suis dégagée brusquement.

– Où t'as eu ça ? m'a interrogée Darcy.

– Je sais plus…

Ma sœur m'a lorgnée, l'air de dire « Bien essayé », et j'ai capitulé :

– C'est Krista qui me l'a donné.

– Elle te l'a donné comme ça, sans raison ? a insisté ma sœur, clairement sceptique.

J'ai haussé les épaules. Nul doute que Darcy avait remarqué, comme moi un peu plus tôt, que Tristan, Joaquin et toute la bande portaient ce genre de bracelet.

– Alors ? Explique ! Tu fais partie de leur secte maintenant ? a-t-elle réattaqué en ouvrant un tiroir si violemment que tous les ustensiles ont grelotté à l'intérieur.

– Bien sûr que non ! ai-je protesté. Krista a juste cru qu'il me plairait, alors elle me l'a offert. Ça ne veut rien dire de plus.

– Hun-hun.

Darcy a fini par trouver le fouet à main et a repoussé le tiroir d'une main exaspérée.

Je savais à quel point elle était jalouse. De nous deux, c'était elle la fille cool que tout le monde adorait, pas moi. S'il y avait une chose que Darcy détestait, c'était d'être tenue à l'écart. De n'importe quoi.

– Écoute, Darcy, je…

Je me suis interrompue en entendant mon père dévaler lourdement l'escalier. Quand il est entré dans la cuisine, j'ai voulu lui proposer des crêpes, mais les mots me sont restés coincés en travers de la gorge.

Il avait le visage rouge, les yeux hagards et les cheveux en bataille. Je connaissais bien cette tête-là. Pendant longtemps, mon père s'était montré irritable et d'une patience égale à zéro. Si jamais le type du câble avait une demi-heure de retard, que la serveuse oubliait de lui donner ses frites au comptoir du fast-food ou qu'il devait attendre plus de dix minutes chez le médecin, il se transformait en fou furieux. Comme maintenant.

– Les filles… a-t-il soufflé en restant sur le seuil de la cuisine, il faut que je vous dise… Je pars sur le continent.

– Quoi ? ai-je glapi.

Sentant mes jambes se dérober, je me suis agrippée des deux mains au plan de travail.

– Je peux venir avec toi ? s'est aussitôt exclamée Darcy.

– Mais pourquoi ? ai-je demandé à mon père.

– Parce qu'il y a plus d'une semaine qu'on est ici et que personne ne nous a contactés, m'a-t-il expliqué en agitant les bras. Ni le FBI, ni les inspecteurs chargés de l'enquête ! Et je n'arrive pas à les joindre, il n'y a pas de réseau sur cette maudite île ! Alors, je ne sais pas pour vous, mais personnellement, j'aimerais savoir ce qui se passe chez nous et si Steven Nell est toujours en cavale.

J'ai senti un filet de sueur couler le long de ma nuque. Steven Nell n'était plus en cavale. Et pour cause : il était mort, comme nous. Sauf que, selon Tristan, je l'avais expédié à Shadowland. On était donc en parfaite sécurité. À condition, évidemment, de concevoir la mort comme un état de bien-être absolu.

– Ne t'inquiète pas, papa, je suis sûre que tout va bien,

ai-je affirmé d'une voix que j'aurais souhaité beaucoup plus convaincante.

– Non, non et non ! Ça ne va pas du tout ! a contré mon père.

Il était sincèrement inquiet, cela se voyait. Il cherchait avant tout à nous protéger. À nous ramener saines et sauves à la maison. Pauvre papa ! Comme je l'ai aimé à cet instant. Plus que jamais, je crois. Seulement, il était hors de question qu'il quitte l'île.

– Écoute, attendons encore quelques jours. Peut-être qu...

Il n'a rien voulu entendre. Avant même que je réagisse, il a claqué la porte à toute volée. J'ai juste eu le temps de le voir sauter au volant de la voiture et sortir en trombe de l'allée.

– Merde ! ai-je lâché en dénouant mon tablier.

– Où tu vas ? m'a demandé Darcy en me poursuivant dans l'entrée.

– Je reviens tout de suite.

– Et les crêpes ?

– Désolée !

Une fois dans la rue, je me suis élancée après le 4 × 4. Mon père a tourné à gauche vers le centre-ville et grimpé la côte à toute allure. Je me suis mise à courir comme une dératée.

« Qu'est-ce que je fais ? ai-je songé en essayant désespérément de gérer ma respiration. Je n'arriverai jamais à le rattraper ! »

Mais je n'avais pas le choix, il fallait que je tente le coup. La destinée de mon père en dépendait.

Arrivée au bout de la rue, j'ai repéré la voiture de l'autre côté du parc, en direction de l'embarcadère. Je me suis accordé deux secondes de répit, déjà rassurée sur un point : au moins il n'avait pas filé vers le pont.

Il faisait beau mais le vent soufflait fort. Du coin de l'œil, j'ai capté un bref flash en provenance de la rotonde de la bibliothèque. L'éclair s'est reproduit à intervalles réguliers, deux, trois, quatre fois. Comme si quelqu'un envoyait un message en morse à l'aide d'un miroir. J'ai eu beau scruter la baie vitrée, je n'ai rien distingué de plus, et les stores se sont brusquement abaissés.

Mais déjà le 4 × 4 approchait des quais. Je suis repartie illico et j'ai gravi la colline au pas de course. Au loin, on apercevait le ferry qui fendait les flots. Il n'accosterait pas avant plusieurs minutes, mais dès qu'il serait à quai, mon père monterait à bord, cela ne faisait aucun doute. Je ne voyais plus qu'une solution : avertir Tristan. Après avoir grimpé quatre à quatre les marches de la véranda, je me suis effondrée contre la porte, utilisant mes dernières forces pour tambouriner des deux mains sur le battant.

Tristan a ouvert presque immédiatement, l'air contrarié. À ma vue, son expression s'est radoucie.

– Rory, qu'est-ce que…

– Que se passe-t-il si… si quelqu'un essaie de quitter l'île ? lui ai-je demandé en lui agrippant le bras.

– Hein ?

– Mon père… il est en route… pour le ferry, ai-je haleté. Il veut regagner le continent… savoir si Steven Nell est toujours en fuite.

Cette tirade m'a achevée. La tête me tournait, je me suis adossée au mur et penchée en avant pour éviter de m'évanouir.

Tristan m'a maintenue fermement.

– Ça va ?

– Moi, oui ! Mais mon père…

– Je m'en occupe, m'a interrompue Tristan en se retirant dans le hall d'entrée.

Encore chancelante, j'ai voulu le suivre mais il s'y est opposé en déclarant, geste autoritaire à l'appui :

– Il vaut mieux que tu m'attendes ici. Notre maire est assez…

Il s'est tu, voyant que je le regardais avec stupeur à travers ma frange trempée de sueur.

– Ne bouge pas, je reviens, a-t-il finalement déclaré avec un sourire confus.

– OK. Mais fais vite, je t'en supplie.

Je me suis laissée tomber sur une banquette ancienne, juste devant la fenêtre et j'ai fermé les yeux. Aussitôt, le visage furieux et déterminé de mon père a surgi sur l'écran de mes paupières. Si Tristan ne réglait pas le problème dans l'instant, je n'osais même pas imaginer la suite.

Le bruit d'une porte m'a fait sursauter.

J'ai vu arriver une femme élancée, vêtue d'un tailleur-pantalon couleur crème avec des escarpins assortis, maquillée à la perfection, coiffée d'un chignon d'où pas un seul cheveu ne s'échappait. Elle portait aux oreilles des pendants en diamants, et autour de son cou altier un collier de perles. Quand elle m'a souri, je n'ai pas pu m'empêcher de passer la langue sur mes dents de devant, plutôt mal rangées au demeurant.

– Rory Miller ! s'est-elle exclamée sur un ton chaleureux en me tendant la main. Je suis absolument enchantée de vous rencontrer !

– Euh… Moi aussi, ai-je balbutié en serrant ses doigts secs et manucurés dans les miens, chauds et moites.

Tristan, qui se tenait en retrait, a haussé les sourcils, apparemment aussi décontenancé que moi. Il venait de sous-entendre que je n'étais pas la bienvenue ici, et voilà que la maîtresse des lieux se proclamait « absolument enchantée » de faire ma connaissance !

– Alors dites-moi, Rory… que se passe-t-il avec votre père ? m'a-t-elle questionnée, la tête inclinée sur le côté, le menton au creux de la main, comme une politicienne qui aurait écouté les doléances d'un travailleur licencié.

– Il a l'intention de quitter l'île, lui ai-je répondu. Je ne sais pas quoi faire. Que lui arrivera-t-il s'il…

– Intéressant, intéressant, a commenté la maire en plissant ses yeux bleus. Écoutez, ne vous souciez plus de cela, je m'en charge *personnellement*.

Elle m'a de nouveau offert un large sourire ainsi qu'à Tristan, telle une magicienne devant un parterre d'enfants médusés.

– D'accord, mais qu…

Tristan m'a imposé le silence d'un regard fulgurant. La maire a tourné les talons et disparu dans son bureau. Quelques secondes plus tard, nous l'avons entendue parler à voix basse. Tristan s'est approché de moi, tout en surveillant la porte du bureau du coin de l'œil.

– Qu'est-ce qu'elle va faire ? ai-je chuchoté.

– Ne t'inquiète pas. Quand la maire prend les choses en main, on peut lui faire confiance.

– Mais qu'arrive-t-il aux gens qui veulent quitter l'île ? ai-je répété avec anxiété.

– Je crois que le cas ne s'est encore jamais présenté, m'a répondu Tristan.

Une autre porte s'est alors refermée discrètement derrière lui, un peu plus loin dans le hall. Mon cœur a bondi.

– Quoi ? m'a lancé Tristan, voyant mon trouble.

Je l'ai contourné en vitesse pour aller pousser la porte en question. Elle donnait sur une grande cuisine claire et moderne, équipée d'un double réfrigérateur, d'un four à micro-ondes et d'une cuisinière en inox dernier cri, à l'opposé total de l'installation typique des années cinquante que nous avions chez nous. Mais le détail le plus important, c'est qu'elle était déserte. Pas un signe de vie. Chaque chose était à sa place.

– Qu'est-ce qui te prend, enfin ? m'a demandé Tristan en me rejoignant.

– Rien… J'aurais juré qu'il y avait quelqu'un. J'ai vu la porte bouger.

Tristan a rapidement inspecté l'intérieur de la pièce, constatant comme moi qu'il n'y avait pas un chat.

– Tu sais, ces vieilles maisons sont pleines de courants d'air. C'était sûrement le vent.

– Oui, sans doute, ai-je admis.

Pourtant, alors que je me disposais à partir, j'ai entendu un bruit de pas à l'étage du dessus et, juste après, un petit rire aigu. Plus de doute : on m'espionnait. Sur cette île, il y avait toujours quelqu'un qui m'observait en douce.

Lavage de cerveau

Mon père n'était toujours pas rentré. J'avais passé la journée sur la véranda, soi-disant à lire sur ma tablette, mais en réalité je surveillais la rue toutes les dix secondes. À part quelques cyclistes, un ado sur un skate-board et un couple d'amoureux, je n'avais vu passer personne. Lorsque le soleil a commencé à plonger derrière la maison grise, de l'autre côté de la rue, j'avais déjà échafaudé une douzaine de théories sur ce que la maire entendait par « Je m'en charge personnellement », et aucune de ces hypothèses ne me plaisait vraiment.

La tête appuyée sur l'accoudoir dur de la balancelle, je contemplais le plafond avec découragement. Du coin de l'œil, j'ai soudain remarqué que les soucis en pot, sur le rebord de la balustrade, étaient complètement fanés. Ratatinés. Roussis. Ils étaient pourtant d'un jaune éclatant et fièrement dressés sur leur tige ce matin, j'en aurais mis ma main à couper.

– Hé, Rory !

J'ai failli basculer à terre.

Aaron s'avançait vers moi, balançant au bout de son bras un grand sac en papier marron. Je me suis redressée et suis allée l'attendre en haut des marches pendant qu'il poussait le portail.

– Salut, ai-je articulé dans un semblant de sourire.

– Je vous apporte le dîner, il y en a pour quatre !

Rayonnant, Aaron a brandi le sac, qui portait le logo de La Cabane du crabe. Il était vêtu d'un polo rouge au col relevé, à la manière du garçon avec qui il avait bavardé au bar, l'autre soir.

J'ai eu un pincement au cœur en repensant à mon père.

– Merci. C'est super. Mais mon père n'est pas là, on ne sera que trois.

– Tant mieux, ça m'en fera plus ! s'est joyeusement écrié Aaron en me tenant la porte d'entrée.

Curieux comme une source d'angoisse pour moi pouvait être une agréable surprise pour lui.

– Darcy ! ai-je crié. Aaron est là !

On a entendu grincer un sommier, claquer une porte, et Darcy est apparue en haut de l'escalier. Frisottée, maquillée, pomponnée comme pour un bal de promo.

– Hé bé ! s'est exclamé Aaron. C'est quoi, cette coiffure ?

– Ça te plaît ? a minaudé ma sœur en se tournant d'un profil à l'autre avant de descendre les marches d'un pas léger. J'ai baptisé ce modèle « Ennui Féroce ».

– Très inspiré ! s'est esclaffé Aaron.

– Tu nous as apporté quoi ? Ça sent vachement bon.

Au moment où Darcy ouvrait le sac d'un air gourmand, la porte s'est rouverte et mon père est entré après avoir allumé la lumière de la véranda.

– Papa ! Te voilà enfin !

Je me suis jetée à son cou sans lui laisser le temps d'ouvrir les bras.

– Qu'est-ce qui me vaut cet accueil ? s'est-il étonné.

J'ai hésité. Il ne se comportait pas comme un homme revenant d'une mission pour sauver ses filles. En fait, il avait l'air content et détendu. Limite béat.

– Euh... Tu étais où ? lui ai-je demandé.

Il a rejoint Darcy et Aaron, qui déballaient les plats sur la table en Formica.

– Tu ne devineras jamais ! m'a-t-il répondu. J'étais chez la maire, figure-toi. Elle va m'aider à publier mon livre !

– Sans blague ? a couiné Darcy en croquant dans un beignet de crevette. De quelle façon ?

– Elle travaillait dans l'édition, elle a gardé pas mal de contacts avec des agents, des éditeurs, tout ça, a développé notre père tout en inspectant les nombreux plats et sauces qu'Aaron avait disposés sur la table. Comment ça va, Aaron ? a-t-il ajouté en lui donnant une claque dans le dos.

– Très bien, monsieur. Servez-vous !

– C'est génial, papa, je suis contente pour toi, a commenté Darcy en prenant des assiettes dans le placard. Tu l'as fini ?

– Mon roman ? Pratiquement. Elle m'a dit qu'elle avait hâte de le lire.

J'ai lentement marché jusqu'au seuil de la cuisine et contemplé le tableau qu'ils formaient tous les trois autour de la table. On se serait cru dans une ancienne sitcom à l'eau de rose. Le père veuf, sa ravissante fille aînée et son gentil copain. L'espace d'un instant, je me suis demandé si c'était pour cette raison que notre maison avait l'air de sortir des années cinquante. Ceux qui agissaient dans les coulisses – quels qu'ils soient – avaient-ils voulu recréer le décor idéal d'une famille américaine en prévision de nouveaux locataires ?

– Tu as passé la journée entière chez la maire ? ai-je demandé.

Mon père a fait mine de réfléchir, sourcils froncés, tout en remplissant copieusement son assiette de palourdes frites.

– Non, j'ai commencé par faire un tour à pied, j'ai déjeuné au snack, ensuite je suis allé à la bibliothèque et c'est là que je l'ai rencontrée par hasard.

Faux et archifaux. Il était parti comme un fou au volant de sa voiture dans l'intention de prendre le ferry et de mener sa mission à bien. Il ne s'était pas du tout promené en ville comme il le prétendait. Conclusion : quelqu'un – ou quelque chose – avait trafiqué sa mémoire. J'ai cherché à capter le regard de Darcy, croyant qu'elle allait soulever la question du voyage sur le continent, mais elle s'est levée de table pour apporter des verres.

De toute évidence, elle avait oublié cet épisode, elle aussi.

– Tu viens, Rory ? m'a lancé Aaron en pivotant à moitié sur sa chaise. Si tu as faim, tu ferais mieux de te dépêcher, sinon, je ne suis pas sûr de t'en laisser !

Je n'ai pas bougé. Ils avaient tous subi un lavage de cerveau. Si Darcy disparaissait ce soir, Aaron ne se souviendrait plus d'elle demain. Et si Aaron venait à disparaître à son tour, mon père ne se souviendrait ni de lui, ni de sa propre fille. Comment était-ce possible ? Comment arrivaient-ils à effacer certains souvenirs pour les remplacer par d'autres ?

– Rory ? a dit mon père.

Le pire, c'est que même si j'avais conscience de tout cela, je ne pouvais pas être sûre qu'ils ne me manipulaient pas, moi aussi. Depuis mon arrivée ici, tout n'était peut-être qu'un énorme mensonge.

– En fait, je ne me sens pas très bien, ai-je déclaré en reculant. Je préfère aller me coucher.

J'ai monté les marches deux par deux, sourde aux protestations de mon père. Quelle importance ? De toute façon, il y avait de fortes chances qu'il ne se rappelle plus rien de ce dîner demain matin.

La pièce

Je l'ai vue dès que j'ai ouvert un œil. Une pièce d'or sur le dessus en bois ciré de ma table de nuit. Je l'ai saisie d'une main tremblante et posée au centre de ma paume. Comment avait-elle atterri dans ma chambre ? Je me sentais comme au matin de Noël. À quatre ans, mon esprit épris de logique avait déjà compris que l'existence du Père Noël était hautement improbable. Les quatre années suivantes, j'essayais toujours de rester éveillée le soir du 24 décembre pour savoir comment tous les cadeaux se matérialisaient sous le sapin, mais je finissais inévitablement par m'assoupir et je me réveillais en sursaut, à la fois émerveillée que ce miracle se soit reproduit et secrètement furieuse de n'avoir pas pu y assister en direct.

Adossée à mon oreiller, j'ai tourné et retourné la pièce entre mes doigts tout en essayant de tenir ma tristesse à distance, car je savais ce que cet objet signifiait.

C'était le grand jour. J'allais escorter, seule, ma première âme. Mais au lieu d'envisager cette mission avec force et détermination, je me sentais horriblement oppressée. Cette fois, Tristan ne serait pas à mes côtés.

*

J'ai descendu l'escalier à pas lourds et je me suis rendue dans la cuisine avec l'intention de me faire un café, mais, au moment de brancher la machine, je me suis arrêtée net en apercevant une silhouette par la fenêtre. Tristan. Il était assis sur la plage, face à l'océan.

Tout à coup, j'ai eu l'impression que la pièce d'or allait trouer le fond de ma poche tellement elle était brûlante. Oubliant le café et tout le reste, je me suis précipitée dehors. Tristan ne s'est pas retourné à mon approche. Il jouait avec un bout de bois flotté, les jambes repliées, les avant-bras posés sur les genoux. Au large, un bateau avec une voile aux couleurs de l'arc-en-ciel dansait sur les vagues. Le vent sifflant à mes oreilles, je me suis laissée tomber près de Tristan et j'ai exhibé la pièce.

– C'est pour aujourd'hui, a-t-il lâché en y jetant un coup d'œil.

– Tu sais de qui il s'agit ?

Tristan a secoué la tête et allongé les jambes, puis il a dessiné des traits parallèles dans le sable à l'aide de son bâton, comme s'il comptait quelque chose.

– Pas encore, m'a-t-il répondu. Tu le découvriras bien assez tôt.

J'ai dégluti avec difficulté, le regard rivé sur l'eau.

– Qu'est-ce que tu fais ici ? lui ai-je demandé.

– Je suis venu voir comment ça s'est terminé, hier.

– Ah. D'accord.

– Alors ? a relancé Tristan après un bref silence.

– Qu'est-ce qui est arrivé à mon père ? Quand il est rentré à la maison, il ne se rappelait plus rien.

– Tu t'attendais à quoi ? a rétorqué Tristan d'une voix neutre.

Ce ton blasé m'a exaspérée. On parlait de la mémoire de mon père, de ses émotions ! Il n'était peut-être qu'un mort parmi d'autres pour Tristan, la maire et les autres résidents de Juniper Landing – rien qu'un visiteur de plus à maintenir dans l'ignorance –, mais c'était mon père et il représentait tout pour moi.

– Je ne sais pas ! ai-je riposté en me levant brusquement. Je pensais que vous inventeriez un truc, comme quoi le ferry était en panne ou… que la maire promettrait de lui fournir des renseignements sur l'affaire Steven Nell.

Tristan s'est mis debout à son tour.

– Ça aurait servi à quoi ? m'a-t-il demandé, toujours avec ce calme horripilant. Il serait revenu à la charge le lendemain.

À l'entendre, effacer la mémoire de quelqu'un était un acte banal et non une violation de la personnalité. Furieuse, j'ai tourné les talons et commencé à marcher vers la maison. Évidemment, Tristan m'a suivie.

– Écoute, Rory, je regrette que tout cela te perturbe, mais c'est comme ça que ça fonctionne. Tu préférerais que ton père continue à paniquer et qu'il essaie encore de quitter l'île ?

J'ai levé les yeux vers la fenêtre de la chambre de mon père. Hier soir, il avait travaillé tard à son roman, et avec un regain d'enthousiasme depuis que la maire lui avait assuré qu'elle pourrait le faire éditer. Il était probablement à son bureau en ce moment, en train d'apporter des corrections à son texte et de marmonner les dialogues à voix haute.

– Bien sûr que non, ai-je concédé. Mais il n'empêche que je désapprouve vos méthodes.

J'ai contemplé le voilier. Si seulement j'avais pu me trouver à bord, en route pour… n'importe où, mais loin d'ici.

– Comment ça marche, exactement ? ai-je repris. La maire a des pouvoirs spéciaux ou quoi ? Est-ce qu'elle s'est introduite chez nous en douce pour nettoyer aussi la mémoire de Darcy ?

– Non. Il n'y a pas d'intervention physique, m'a expliqué Tristan avec sérieux. La plupart du temps, les souvenirs s'effacent d'eux-mêmes. Quand un visiteur s'en va, par exemple, personne ne se souvient de lui le lendemain. C'est automatique. Dans le cas de ton père, c'était un peu particulier. La maire a dû lui implanter de nouveaux souvenirs et, du coup, ceux de Darcy ont été modifiés par souci de cohérence.

J'ai frissonné, et pas seulement à cause du vent.

– Comment fait-elle pour installer de faux souvenirs ? ai-je voulu savoir.

Tristan a passé la main dans ses cheveux blonds.

– C'est assez informel, en réalité. Elle s'assied avec la personne et la regarde au fond des yeux tout en lui racontant une histoire. Quand elle a terminé, la personne en question croit dur comme fer qu'elle a vécu les évènements décrits.

– Elle hypnotise les gens, quoi.

– Plus ou moins. Mais uniquement dans les cas extrêmes.

J'ai hoché la tête avant de demander d'une voix étranglée :

– Et moi ? Pourquoi je me rappelle encore tout ?

– Parce que tu es une CAP, m'a répondu Tristan sur le ton de l'évidence. Nos esprits sont inaltérables.

– Mais comment je peux en être sûre ? Comment je peux savoir avec certitude que tout ce qui m'arrive est vrai ?

Tristan a posé la main sur mon bras.

– Parce que je te le dis, Rory. Je te le jure. Ici, tu es en sécurité.

Voyant que je considérais son geste avec réprobation, Tristan s'est empressé de retirer sa main et de la plonger dans sa poche.

– Toi aussi tu es capable d'implanter de faux souvenirs dans la mémoire de quelqu'un ? l'ai-je interrogé. Et moi, je peux le faire ?

Avec un profond soupir, Tristan s'est dirigé vers le petit escalier en bois qui donnait accès à notre terrasse, puis il s'est assis sur la première marche, se collant à la rampe de façon à me laisser de la place.

– Non. Il n'y a que la maire qui en a le pouvoir.

– Donc, tu reconnais qu'elle a des pouvoirs, ai-je argué en m'asseyant près de lui mais en prenant garde qu'aucune partie de nos corps ne se touche.

– Quelques-uns, oui, a-t-il admis. On l'a envoyée à Juniper Landing après l'affaire Jessica. Elle a la faculté de repérer les CAP animés de mauvaises intentions et donc de les expédier directement aux Oublis.

Une fois de plus, ma gorge s'est serrée. Le vent m'a semblé encore plus froid qu'avant.

– C'est terrifiant, ai-je soufflé pendant que Tristan recommençait à tracer des lignes parallèles dans le sable avec son bout de bois flotté.

– Quoi ?

– De posséder ce genre de pouvoir, ai-je rétorqué avec impatience, surprise qu'il n'ait pas saisi le sens de ma remarque. Est-ce que ça s'est déjà produit ? Qu'elle condamne quelqu'un aux Oublis, je veux dire ?

Tristan a acquiescé :

– Oui. Deux fois. Je n'ai jamais su leur nom, mais je sais que c'était des hommes. La maire s'est… occupée d'eux, voilà tout.

– Ils n'ont même pas pu plaider leur cause ? Elle ne leur a pas donné une seule chance de se racheter ?

– Depuis ce qui s'est passé avec Jessica, on ne peut pas se permettre de prendre le moindre risque, Rory.

Ce principe de précaution me semblait un peu exagéré, mais après tout, je n'étais pas présente lorsque Jessica avait mis leur monde en péril. Cette révolte des visiteurs contre les CAP avait dû être effroyable pour qu'ils en viennent à adopter de telles mesures.

Je me suis recroquevillée sur moi-même sous l'effet d'une bourrasque particulièrement forte.

– Tu as froid ? s'est enquis Tristan.

Quand il a fait mine de m'entourer de son bras, j'ai eu un mouvement de recul.

– Arrête, Tristan.

Je me suis levée, tremblant de la tête aux pieds.

– Quoi ? Je voulais juste...

– Tu n'as pas le droit de faire ça, ai-je coupé. M'annoncer que tu ne veux pas sortir avec moi, et continuer à avoir ce genre de geste. Ce n'est pas honnête, Tristan.

Ma voix s'est brisée. Tristan s'est redressé et tourné face à moi. On était si près l'un de l'autre que nos doigts de pied se sont frôlés. J'ai senti tous les poils de ma peau se hérisser et mon cœur palpiter douloureusement. J'ai croisé les bras comme pour m'en faire un rempart.

Maîtrise-toi, Rory, maîtrise-toi.

– Écoute, Rory..., a amorcé Tristan avec douceur.

– Non. S'il te plaît, Tristan... Non.

Il a avancé imperceptiblement, et cela a eu l'effet d'un déclencheur : j'ai grimpé l'escalier, traversé la terrasse à toute vitesse et claqué la porte de la cuisine derrière moi. Je ne me suis retournée qu'une fois à l'abri à l'intérieur. Tristan se tenait encore au bas des marches. Et il me regardait.

Le prochain

Courir. C'était bon de courir. Ça me vidait la tête, ça libérait mes endorphines, ça m'aidait à penser de façon positive. J'étais sur le point de me dire que tout allait bien se passer, quand une bouffée d'angoisse m'a arrêtée en plein élan : en tournant à l'angle d'une rue du centre-ville, je venais d'apercevoir la masse imposante de la maison de la maire au sommet de la colline.

Comment une personne pouvait-elle exercer un tel pouvoir ? Si cette femme était capable d'expédier quelqu'un aux Oublis sans autre forme de procès, sans consulter qui que ce soit, qu'est-ce qui l'empêchait de bannir celui ou celle qui n'était pas d'accord avec elle ? Ou qui la regardait de travers ? Ou qui portait un jean déchiré ? Ou qui piétinait une fleur ? Ou qui jetait un papier par terre ?

J'ai trotté jusqu'à l'épicerie-snack et me suis réfugiée dans l'ombre de son store à rayures afin d'observer les hautes fenêtres et les tourelles de la maison bleue.

Je me suis demandé si la maire se trouvait chez elle en ce moment et ce qu'elle était en train de faire. D'effacer la mémoire d'un visiteur ? De décider du sort d'un malheureux CAP ?

« Du calme, Rory, ai-je songé en me redressant. Tristan t'a affirmé que c'était uniquement dans des circonstances exceptionnelles. Tu n'as rien à craindre. »

Le vent avait tourné. Machinalement, j'ai regardé la girouette. Le brouillard qui s'était formé dans la matinée avait disparu peu de temps avant qu'on prépare le barbecue du déjeuner sur la terrasse, mon père et moi. À présent, la girouette pointait vers le sud. Quelle malheureuse âme avait échoué à Shadowland ? J'étais bien contente qu'on ne m'ait pas désignée pour l'escorter.

À l'occasion d'une brusque rafale, une pêche à moitié pourrie s'est décrochée de sa branche pour venir rouler jusqu'à mes pieds. Il en est sorti un gros ver noir dont la vue m'a répugnée. Du bout de ma basket, j'ai envoyé le fruit et son locataire dans le caniveau. Alors que je commençais à m'étirer les quadriceps, j'ai soudain vu l'homme à qui Dorn avait serré la main, l'autre soir, monter en courant les marches de la bibliothèque et disparaître à l'intérieur. Quelques secondes plus tard, Kevin a fait son apparition à l'angle du bâtiment. Après avoir jeté un rapide regard derrière lui, il est entré à son tour dans la bibliothèque. Dorn n'a pas tardé à le suivre. Ensuite, Bea. Aiguillonnée par la curiosité, j'ai continué d'observer les environs tout en poursuivant mes étirements.

La porte du commissariat de police s'est ouverte, livrant passage à Fisher et Joaquin, chacun chargé de deux gros sacs. Ils ont tourné sur la droite et marché en direction de la bibliothèque.

Que complotaient-ils ? J'étais tellement intriguée que j'ai perdu l'équilibre en attrapant mon autre cheville. Aaron a sauté sur le trottoir et m'a retenue de justesse.

– Heureusement que je suis là ! s'est-il écrié avec son entrain habituel.

Au moment où il m'a saisi le bras, j'ai eu un flash : Aaron au sol, entouré de flammes et de fumée, griffant le parquet de ses ongles tandis qu'il rampait en direction d'une fenêtre par laquelle on distinguait la lumière rouge intermittente d'un gyrophare. Aaron a allongé un bras vers le rebord, sachant que, s'il parvenait à se mettre à genoux, il pourrait signaler sa présence aux pompiers. Mais l'asphyxie le guettait, ses forces l'abandonnaient… Il s'est effondré, suffoquant, puis il a fermé les yeux. Définitivement.

– Hé ! Ça va ?

J'ai cligné des paupières pour chasser le voile qui troublait ma vision, et le beau visage souriant et innocent d'Aaron m'est enfin apparu avec netteté. J'ai aspiré l'air par saccades, comme si j'étais en manque d'oxygène, puis je me suis penchée en avant en toussant violemment.

Aaron m'a tapé dans le dos et m'a demandé d'une voix inquiète :

– Rory, qu'est-ce que tu as ? Parle-moi. Il s'est passé quelque chose ?

Luttant contre les sanglots, j'ai secoué la tête en silence et rivé mon regard sur les dalles du trottoir. Une fois calmée, je me suis redressée et j'ai failli prendre appui sur l'épaule d'Aaron mais, par crainte d'un nouveau flash, je me suis accrochée au poteau qui soutenait l'auvent du snack.

– Je ne sais pas..., ai-je lâché. J'ai eu une sorte de vertige.

– Et là, tu te sens mieux ? Tu veux un verre d'eau ? Ou bien une glace ? C'est moi qui te l'offre.

Je l'ai regardé en tâchant de dissimuler mon chagrin.

– D'accord, ai-je répondu – essentiellement pour couper court à sa sollicitude et me permettre de me ressaisir complètement. Mais il faut encore que je m'étire une minute ou deux. Je te rejoins à l'intérieur.

– Tu es sûre que ça va aller ? a insisté Aaron en m'étudiant avec une anxiété sincère.

J'ai eu un léger sursaut d'angoisse quand il a posé la main sur mon bras, mais cette fois il ne s'est rien produit. Je suis restée plantée là, dans la fraîcheur de la brise, avec le bourdonnement sourd des conversations qui me parvenaient du restaurant.

– Oui, c'est bon, je te promets.

– OK. Je vais nous trouver une table.

Aaron est entré dans le snack en faisant tinter le carillon de la porte. Je me suis décalée de quelques mètres afin qu'on ne puisse pas me voir par la vitrine.

Malgré moi, je me suis repassé la scène de l'incendie dans lequel Aaron avait péri. Le pauvre. Comme il avait dû être terrifié, tout seul dans cette pièce en proie aux flammes ! Comme il avait dû souffrir. Un garçon aussi formidable ne méritait pas une mort aussi abominable. Ni lui ni personne, d'ailleurs.

J'ai sursauté en sentant une main se poser sur mon épaule. J'ai fait volte-face, c'était Krista dans son uniforme de serveuse, un crayon coincé sur l'oreille.

– Tout va bien, Rory ? Je t'ai aperçue à travers la vitre, j'ai cru que tu allais tomber dans les pommes.

– Ouais, c'était pas loin, ai-je avoué.

J'ai attendu qu'on soit seules. Le couple que j'avais vu descendre du ferry nous a dépassées en roller, main dans la main, et l'adepte du yoga s'est dirigée vers le parc, sans doute pour y prendre d'invraisemblables postures.

– Quand Aaron m'a touchée, j'ai eu une vision atrocement précise de la façon dont il est décédé.

– Ah, c'est pour ça, a lâché Krista avec un soupir. Moi aussi, ça m'a fichue en l'air la première fois. C'est toujours horrible, à vrai dire, mais le pire c'est les premières fois.

– Mais ça sert à quoi, punaise ?

Deux corbeaux sont venus se percher sur le dossier d'une chaise de la terrasse. Un troisième les a rejoints, les forçant à sautiller de côté pour lui faire de la place sur la barre en fer forgé.

– À t'indiquer la prochaine personne que tu dois escorter, m'a expliqué Krista en entortillant une mèche blonde sur son index. Puisque nos visiteurs ne peuvent pas te parler de leur propre mort, celle-ci t'est dévoilée par simple contact. Pour que tu comprennes mieux ce qu'ils ont enduré et que tu les aides à accomplir leurs dernières obligations.

J'ai à peine entendu un mot après « la prochaine personne que tu dois escorter ».

– Attends, attends, attends..., ai-je balbutié. Tu veux dire que la prochaine personne dont j'aurai la charge, c'est... Aaron ?

– On dirait, oui, m'a confirmé Krista. Je suis vraiment désolée pour toi, Rory.

À cet instant, la porte du snack s'est ouverte et Ursula, la prétendue grand-mère de Joaquin a passé la tête dans l'entrebâillement.

– Mon chou, tu as des commandes en cours, je te signale ! a-t-elle claironné.

– Bon, il faut que j'y aille, m'a chuchoté Krista sur un ton d'excuse. Tout se passera bien, tu verras, a-t-elle ajouté en tenant la porte. D'accord ?

– Ouais, sûrement, lui ai-je répondu d'une voix plate.

Krista m'a adressé un sourire compatissant avant de disparaître dans un tourbillon de vichy et de dentelle. Ursula, pour sa part, est restée sur le seuil, un poing sur la hanche, son bracelet de cuir serrant son robuste poignet.

– Tu veux que je t'apporte quelque chose, mon chou ? m'a-t-elle proposé gentiment.

– Non, merci, ça ira, ai-je décliné avec un sourire forcé.

Dès qu'elle a été hors de ma vue, je me suis adossée au mur et affaissée sur le trottoir. Autour de moi les corbeaux criaillaient. Je me sentais vide, quasiment anesthésiée.

Aaron allait partir. Sortir de ma vie à tout jamais. Et c'était à moi de le pousser dehors.

Confession

– Darcy va venir nous rejoindre, tu crois ? s'est enquis Aaron, les bras croisés derrière la nuque sur sa chaise longue.

C'était le soir. On s'était installés sur la terrasse pour admirer les étoiles, mais mon pouls palpitait nerveusement. J'avais l'impression que la pièce d'Aaron pesait des tonnes au fond de la poche de mon jean.

On avait passé toute la journée ensemble. Malgré mon envie de profiter au maximum du peu de temps qu'il nous restait, les mêmes questions me taraudaient insidieusement : « Quand ? À quel moment cela se produira-t-il ? Comment saurai-je que l'heure est venue ? » J'étais à cran, comme si une bombe risquait d'exploser à chaque seconde.

– Non, sûrement pas, elle a rendez-vous avec Fisher, ai-je répondu.

– Ah oui ? s'est étonné Aaron en levant la tête.

– Ouais, ai-je grogné. C'est le deuxième en deux jours.

– Ça n'a pas l'air de te plaire, dis donc !

Je me suis mordillé les ongles tout en observant la nuée de moucherons qui voletaient autour de la lampe extérieure.

– Non, ce n'est pas ça, ai-je repris. C'est juste que… j'aimerais bien qu'elle m'accorde un peu plus de temps.

– Oh, comme c'est mignon ! a plaisanté Aaron en me donnant un petit coup de coude. Tu n'as qu'à le lui dire.

– C'est ça, ouais, ai-je ricané.

Aaron s'est redressé pour me regarder en face.

– Je suis sérieux, Rory, tu devrais. Sois honnête avec toi-même et avec ta sœur, exprime tes sentiments ! Personnellement, c'est ce que je ferais si je pouvais parler à mon père.

Aaron a baissé les paupières un instant, et j'ai remarqué que tout son corps s'était raidi à l'évocation de son père.

– Qu'est-ce qu'il s'est passé entre vous ? lui ai-je demandé doucement malgré la douleur qui m'étreignait la gorge. Tu ne m'en as jamais parlé.

Quand il m'a regardée à nouveau, Aaron avait les yeux pleins de larmes.

– Oui, je sais, m'a-t-il répondu. C'est parce que j'avais honte. Papa s'est occupé de moi du mieux possible, mais je…

Incapable de poursuivre, Aaron s'est mis à pleurer sans bruit, sa poitrine se soulevant spasmodiquement au rythme de ses sanglots étouffés. Puis il s'est affalé sur sa chaise longue et s'est caché le visage derrière les mains. Je me suis assise, jouant nerveusement avec mon bracelet de cuir tressé. J'avais très chaud tout d'un coup. La brise de mer qui me soufflait dans le dos m'a agréablement rafraîchie.

– Excuse-moi, Aaron, je ne voulais pas te faire de peine. Tu n'es pas obligé d'en parler.

– Si, si, au contraire.

Il s'est redressé et a pris une profonde inspiration avant de répéter sur un ton plus calme :

– Au contraire. Voilà. Je sortais avec un type, Charles. Mon père ne l'appréciait pas, il le trouvait immature et insolent. Moi, je pensais que c'était parce que ça ne lui plaisait pas de me savoir avec un mec, quel qu'il soit, alors je n'ai pas tenu compte de son avis. J'aimais Charlie *justement* pour son côté voyou. Il conduisait une moto, il habitait dans une espèce de cabane au bord de l'eau, je trouvais ça *cool*.

Aaron a craché ce mot comme si c'était du venin.

Je me suis penchée vers lui et, à la seconde même où j'ai posé la main sur son dos, toute sa souffrance, toute sa colère, toute sa frustration ont déferlé en moi avec une violence quasi intolérable.

C'est là que j'ai compris : l'heure était venue. Sans le savoir, Aaron était prêt à partir pour l'au-delà, et j'étais censée l'aider par ma présence, censée l'écouter, lui permettre de confesser ce qu'il avait sur le cœur.

– Et ensuite ? l'ai-je doucement encouragé.

– Un soir, on est allés dîner en famille mais on est rentrés plus tôt que prévu parce que ma sœur ne se sentait pas bien. En arrivant devant chez nous, on a trouvé la porte grande ouverte.

Aaron m'a jeté un coup d'œil, l'air de dire «Tu devines la suite».

– Mon père nous a ordonné d'attendre dehors et il a pénétré dans la maison. Deux secondes plus tard, on a entendu des cris et Charlie est sorti en trombe. Puis il a descendu la rue et on a entendu sa moto démarrer avant même que mon père n'ait le temps de dévaler l'escalier. Charlie savait qu'on devait s'absenter ce soir-là et il en avait profité pour nous cambrioler.

– Oh, mon Dieu, c'est...

– Ignoble, je sais, a complété Aaron à ma place.

Il a balancé les jambes sur le côté et pivoté face à moi, ce qui m'a obligée à retirer ma main.

– Mais le pire, a-t-il enchaîné, c'est que j'ai pris sa défense !

Aaron a enfoui la tête dans ses mains et s'est remis à pleurer. Je me suis tue, à défaut de trouver les mots justes. De toute façon, mieux valait ne pas l'interrompre. Je savais qu'il avait besoin de tout évacuer. Au bout de quelques minutes, il s'est essuyé le nez d'un revers de main et a soupiré :

– Excuse-moi.

– Non, c'est bon, continue.

– J'ai dit à mon père qu'il l'avait bien mérité, qu'il était tellement snob et borné que ce n'était pas étonnant que Charlie ait eu envie de lui jouer un sale tour. Je lui ai reproché de faire étalage de notre richesse à tout bout de champ, c'était carrément de la provocation. Pour finir, je lui ai annoncé que j'allais partir avec Charlie et que je ne reviendrais plus jamais à la maison.

– Waouh ! ai-je soufflé. Et tu l'as fait ?

Aaron a regardé dans le vague, comme s'il cherchait à mettre une certaine distance entre lui et ce qu'il s'apprêtait à me dire. Je lui ai pris la main et j'ai instantanément senti à quel point il regrettait sa conduite.

– Quand je suis arrivé chez Charlie, il n'était pas là. Il ne restait plus rien dans sa cabane. En gros, il s'était barré.

Aaron a marqué un temps d'arrêt, les yeux fixés sur nos doigts enlacés.

– J'ai voulu l'appeler, mais son numéro n'était plus valable. Aucune explication, aucune excuse, même pas un mail de rupture, rien. Alors, je suis parti en Amérique, chez mon oncle, histoire de m'évader un peu. C'est en discutant avec lui que j'ai compris que j'avais tort. Ensuite, il y a eu cet incendie et je n'ai pas réussi à contacter mon père depuis.

L'incendie. L'incendie qui lui avait coûté la vie et qui l'avait privé de tout espoir de réconciliation avec son père.

– Si tu savais comme je m'en veux ! a gémi Aaron en me serrant la main à m'en faire mal. J'aimerais tant qu'il me pardonne. Qu'il me pardonne d'avoir été si nul.

Je me suis assise à côté de lui et je l'ai pris dans mes bras. Aaron a calé son visage au creux de mon épaule et de nouveau laissé libre cours à ses larmes. Le poids de sa tristesse et de ses remords m'a percutée avec une telle force que je n'ai pu retenir les miennes.

– Tout va bien, lui ai-je murmuré au bout d'un instant. Ton père t'a pardonné, j'en suis sûre. Il t'aime, il sait très bien que tout le monde commet des erreurs.

– Tu crois ?

– Oui, absolument, ai-je réussi à articuler avec conviction.

Peu à peu j'ai senti le chagrin de mon ami s'atténuer. Parallèlement, la douleur qui m'oppressait le cœur a cédé la place à une chaleur bienfaisante. Aaron s'est écarté et m'a regardée au fond des yeux. Il paraissait transformé. Plus serein, satisfait, presque heureux. Et c'était grâce à moi. Je l'avais écouté avouer ses torts, je l'avais réconforté en lui affirmant qu'il était pardonné, je l'avais aidé à être en paix avec lui-même.

Je lui ai adressé un sourire timide, et quand il m'a souri en retour avec un soulagement évident, j'ai soudain pris conscience de mon aveuglement. L'important, dans ma nouvelle existence de CAP, ce n'était pas Tristan, ce n'était pas moi, c'était Aaron et tous ceux qui allaient suivre. Toutes ces âmes que j'aiderais à se libérer de leurs tourments afin qu'elles tournent la page et passent le pont dans les meilleures conditions possibles.

C'était là mon rôle. J'avais un véritable objectif.

Un souffle de vent m'a tirée de mes pensées. Je me suis rendu compte que le brouillard entourait déjà les pieds d'Aaron et se déroulait sur la terrasse en teck, baignant les jardinières et butant sur la porte en verre. Mais cette fois, c'était différent. Au milieu de cette opacité, je distinguais clairement un chemin qui conduisait vers la plage.

Entendant soudain craquer les marches de l'escalier, je me suis retournée et j'ai aperçu Tristan qui s'avançait à notre rencontre.

– Salut, Aaron, a-t-il lancé.

– Salut, lui a répondu mon protégé.

Tristan s'est ensuite adressé à moi :

– Vous êtes prêts ?

– Ouais, je crois.

Aaron avait l'air intrigué mais pas effrayé. Personnellement, j'étais terrifiée. J'allais devoir lui dire adieu. J'allais bientôt l'envoyer dans l'au-delà.

Tristan m'a tendu la main, puis s'est ravisé en vitesse et l'a glissée dans la poche arrière de son jean.

– C'est l'heure.

Surprises

Alors qu'on se tenait tous les trois à l'entrée du pont, avec le brouillard qui tournoyait autour de nos chevilles, Aaron nous a regardés tour à tour, Tristan et moi. Il avait cette expression à la fois innocente et apeurée d'un petit garçon qui fait sa première rentrée scolaire et qui appréhende de quitter ses parents.

– Qu'est-ce qu'on fait ici ? nous a-t-il demandé.

Tristan a fixé son regard sur ma main. Je sentais le poids froid de la pièce contre ma paume. Après m'être éclairci la gorge, j'ai répondu, les yeux embués de larmes :

– On est ici pour se dire au revoir, Aaron.

Tristan s'est reculé d'un pas afin de nous laisser en tête à tête.

– Tu pars en voyage ? a voulu savoir Aaron.

– Non, c'est toi qui t'en vas.

Je lui ai tendu la pièce, il l'a prise entre le pouce et l'index et examinée d'un air perplexe.

– Et… où est-ce que je vais ?

– Dans un lieu étonnant, ai-je déclaré, le cœur battant la chamade. Un endroit où tu seras heureux et en paix.

C'était ainsi que je me représentais la Lumière. Du moins c'était ce que j'espérais.

Aaron a souri.

– Ça me paraît formidable !

Réfrénant mes larmes, j'ai posé une main sur son épaule et je l'ai fait pivoter doucement face au pont.

– Il te suffit de marcher tout droit et tu arriveras à destination sans même t'en rendre compte.

Aaron a avancé d'un pas, puis il s'est retourné.

– J'aimerais bien qu'on y aille ensemble, m'a-t-il dit.

– Moi aussi.

Je me suis approchée de lui et l'ai serré très fort dans mes bras, essayant de fixer cette douce sensation à tout jamais dans ma mémoire.

– Je suis contente de t'avoir connu, ai-je soufflé d'une voix enrouée.

– Moi aussi, Rory. Merci pour tout. Franchement, tu as été une amie merveilleuse.

On aurait dit qu'il avait deviné. Peut-être, quelque part au fond de lui, savait-il où il allait. Submergée par l'émotion, je me suis tournée vers Tristan.

– Au revoir, lui a dit Aaron sur un ton relativement formel.

Tristan a agité la main, après quoi Aaron s'est avancé sur le pont environné de brouillard. Dès qu'il a été hors de vue, j'ai éclaté en sanglots tout en me reprochant mon égoïsme. Aaron allait vers la Lumière. Désormais, tout irait bien pour lui. En réalité, je m'apitoyais sur moi-même.

Tout à coup, j'ai senti la main de Tristan remonter le long de mon dos et m'empoigner l'épaule.

– Rory, a-t-il murmuré d'une voix où perçait un mélange d'angoisse, de chagrin et d'empathie.

Je lui ai fait face. J'avais beau savoir que mon visage était trempé de larmes, que mon nez coulait, que mes yeux étaient rouges et bouffis, je m'en fichais éperdument.

Tristan m'a caressé la joue avec son pouce, puis il m'a pris le menton et m'a obligée à lever les yeux.

– Rory…

– Excuse-moi, c'est complètement stupide de ma part mais… Mais je n'avais vraiment pas envie qu'il parte, ai-je gémi de façon pitoyable.

– Je comprends, Rory. Je comprends très bien, rassure-toi.

Sur ces paroles réconfortantes, Tristan a inspiré un grand coup et, sans me laisser le temps de réagir, il m'a embrassée. Il m'a embrassée avec une telle fougue que j'aurais titubé en arrière s'il ne m'avait pas pressée contre lui pour me retenir. J'ai laissé mes bras remonter le long de son dos, puis mes doigts s'enfoncer dans l'épaisseur de ses cheveux au niveau de la nuque. Tristan m'embrassait comme un homme qui n'aurait pas embrassé quelqu'un depuis des siècles, comme un homme incapable de s'arrêter tant il était assoiffé d'amour. De mon côté, j'aurais souhaité que ce baiser dure éternellement tant il était parfait. Je n'avais jamais rien connu d'aussi sublime.

Quand il a finalement détaché ses lèvres des miennes, Tristan a agrippé mon T-shirt et m'a plaquée contre lui si étroitement que nos deux corps ont semblé n'en faire plus qu'un seul. L'un comme l'autre, nous étions à bout de souffle et nos haleines se mélangeaient.

– Je croyais que tu m'avais dit que…

– Oublie ce que j'ai pu dire, m'a-t-il coupée. J'en ai marre.

– Marre de quoi ?

– De te fuir, m'a-t-il avoué en glissant une main derrière mon cou. Ça fait dix jours que je résiste, Rory. Je n'en peux plus.

Il m'a de nouveau embrassée, et je n'ai pu retenir un sourire béat. Il avait compté les jours, lutté pendant tout ce temps pour rester fidèle à son serment, et voilà qu'il enfreignait la règle pour moi. Une règle qu'il s'était lui-même fixée.

Soudain, tout m'a paru plus léger. J'avais l'impression de remonter à la surface de l'eau après une trop longue apnée.

À la fin de ce second baiser, Tristan m'a enveloppée de ses bras et nous sommes restés un bon moment collés l'un à l'autre, sans bouger. J'avais encore les cils mouillés mais mon cœur débordait de joie.

Alors que je m'écartais pour regarder Tristan au fond des yeux, j'ai vu son expression s'assombrir. Je me suis retournée afin de comprendre ce qui avait provoqué ce brusque changement d'humeur. Les roseaux qui bordaient la route sur un côté étaient complètement desséchés. Bon nombre d'entre eux étaient cassés, leur tige formant des angles agressifs, tels des doigts osseux surgissant d'une tombe.

– Il y a un problème ? ai-je demandé.

– Non, non, ce n'est rien, a répliqué Tristan avec un sourire contraint. Viens, on rentre à pied.

– Et ta voiture ? ai-je enchaîné en désignant la Range Rover garée un peu plus loin.

– Je viendrai la rechercher plus tard. Pour l'instant, j'ai envie d'une longue balade avec toi.

– Bonne idée, ai-je approuvé, aux anges.

Nous avons commencé à descendre la colline d'un pas léger, main dans la main. En chemin, Tristan me montrait les endroits qui lui étaient chers – l'arbre dans lequel il avait grimpé, peu après son arrivée sur l'île, pour tenter de se repérer au milieu de l'océan ; la pente qu'ils avaient descendue à toute vitesse en VTT, Joaquin et lui, avant de s'étaler magistralement ; la pelouse où il avait pique-niqué avec Krista, juste après lui avoir dévoilé la vérité sur Juniper Landing et le rôle qu'elle y tiendrait. Tristan adorait ces lieux, c'était l'évidence même.

Le centre-ville était très animé ce soir-là. Beaucoup de gens se dirigeaient vers les restaurants du port ou flânaient dans le parc, un cornet de glace à la main. La musique aigrelette d'une flûte s'échappait d'une fenêtre grande ouverte ; ici et là on entendait des éclats de rire et les grincements des portes moustiquaires. Tout paraissait paisible, l'humidité laissée par le brouillard faisait scintiller l'herbe sous nos pieds.

– Et c'est là que je t'ai vue pour la première fois, m'a dit Tristan en s'arrêtant devant l'épicerie-snack.

– Tu t'en souviens ? ai-je demandé, rougissante.

– Jamais je ne l'oublierai.

Soudain, j'ai éclaté de rire.

– Qu'est-ce qu'il y a ? s'est enquis Tristan.

– Je n'en reviens toujours pas que tu m'aies embrassée !

Tristan a eu l'air gêné.

– Eh bien… C'est parce que j'ai finalement estimé que…

– Que quoi ?

– Que tu comptais plus que tout.

Cet aveu m'a coupé le souffle, mais dans le bon sens. Il impliquait un tel abandon, une telle confiance en moi que je suis restée sans voix.

Alors que je me hissais sur la pointe des pieds pour l'embrasser, j'ai senti Tristan se raidir. En suivant son regard, j'ai vu Nadia qui sortait du snack. Elle est restée plantée sur le trottoir, raide comme la justice, fixant avec stupéfaction nos doigts encore entrelacés.

– Salut, Nadia, a lâché Tristan.

Les yeux de ma rivale ont lancé des poignards.

– Non mais j'hallucine ! a-t-elle hurlé en gesticulant. Bonjour le respect des règles, hein, Tristan ?

Après avoir traversé la rue en trombe, elle a ramassé un vélo qui traînait dans le parc, puis s'est éloignée en pédalant comme une furie en direction de la plage.

– Aïe ! Ça ne promet rien de bon, ai-je dit, la bouche sèche.

– Non, en effet, a soupiré Tristan.

Je m'apprêtais à lui demander ce qu'il s'était passé exactement entre eux et ce que Nadia avait sous-entendu, l'autre soir, quand elle m'avait abordée, lorsque j'ai soudain aperçu la girouette en haut de la colline.

Aussitôt, j'ai occulté tout le reste. Je ne voyais plus que ce cygne doré, fièrement déployé au-dessus de sa flèche. Une flèche qui indiquait le sud.

Prise de vertige, je me suis accrochée au bras de Tristan.

– Regarde, ai-je soufflé en pointant l'index sur la girouette.

Tristan s'est retourné, et sa mâchoire s'est affaissée.

– Ce n'est pas possible..., ai-je balbutié. Aaron n'est pas allé à Shadowland... Dis-moi que ce n'est pas vrai...

Le front barré d'un pli soucieux, Tristan hésitait à parler. Son silence m'a rendue folle.

– Réponds-moi !

J'ai crié si fort qu'un couple assis à la terrasse du snack m'a dévisagée avec stupeur.

– Viens par ici, m'a dit Tristan en m'entraînant d'une main douce mais ferme jusqu'au coin de la rue, à l'abri des regards indiscrets.

Je me suis adossée contre un mur, complètement anéantie.

– Ce n'est pas possible, ce n'est pas possible, ai-je répété.

– Je suis désolé mais c'est comme ça, a répliqué Tristan.

– Non ! Aaron était quelqu'un de bien, tu t'en serais rendu compte si tu l'avais entendu tout à l'heure. Il était désespéré, il regrettait sincèrement de s'être brouillé avec son père. Je suis persuadée qu'il n'a rien fait de mal dans sa vie. En tout cas rien qui justifie de l'envoyer à Shadowland.

– Je regrette, Rory, mais ce sont des choses qui arrivent, a déclaré Tristan d'une voix apaisante.

Il a passé sa main dans mes cheveux, puis l'a posée sur mon épaule.

– Tu sais, a-t-il poursuivi, parfois on croit connaître les gens mais…

– Arrête !

Je l'ai repoussé et me suis écartée du mur, hors de moi.

– Il faut qu'on l'aide, il faut qu'on le sorte de là, il faut qu'on…

– Tais-toi !

Je suis restée médusée. Tristan a détourné le regard, soit parce qu'il avait honte de m'avoir aboyé dessus de cette façon, soit parce qu'il cherchait à juguler sa propre colère.

– Il n'y a rien à faire, a-t-il fini par me dire sur un ton plus mesuré.

– Comment ça ? Mais c'est une erreur ! Il y a forcément un moyen de…

– Non, Rory. On ne revient pas de Shadowland. Ni de la Lumière, d'ailleurs. Une fois qu'on y est, c'est définitif.

Les larmes me sont montées aux yeux.

– Mais Aaron est…

– Même si je pouvais le tirer de là je ne le ferais pas, m'a interrompue Tristan, de nouveau cassant. Les pièces ne se trompent jamais.

Je me suis pris la tête à deux mains, incapable de comprendre ni de supporter ces paroles. J'avais escorté Aaron jusqu'au pont en lui affirmant qu'il allait trouver le bonheur et la paix. Il était parti en toute confiance, le sourire aux lèvres, après m'avoir dit que j'étais une amie formidable. Il m'avait remerciée chaleureusement. Et je l'avais envoyé droit en enfer.

– Non, Tristan. Non ! me suis-je insurgée. C'est trop injuste, on doit faire quelque chose. Il le faut absolument !

– Je te le répète, c'est impossible, a répliqué Tristan, la mine sombre, en contemplant la girouette par-dessus les toits de la ville. Si Aaron est à Shadowland, c'est qu'il y a sa place.

Fantasmes

Ça y est, c'est arrivé. Enfin ! C'était inévitable, bien sûr. Il fallait qu'il y aille. Quand on est dans ma position, on est dans l'obligation de sacrifier quelques agneaux. Et quand cet agneau est particulièrement doux, aimable et apprécié, c'est encore plus fort, non ?

Rory pensait que son ami était en route pour la Lumière, quelle que soit l'idée qu'elle s'en fait. Je suppose que chacun a sa propre conception du paradis. Ceux qui ne vivent que pour leur famille, par exemple, espèrent se retrouver dans une sorte de village de vacances, entourés de tous les leurs, avec d'immenses tablées où l'on se réunit pour manger, discuter, rire et chanter. Ceux qui se passionnent pour le sport rêvent de passer l'éternité à assister au Super Bowl, aux jeux Olympiques ou aux championnats du monde de foot, sachant que leurs favoris remporteront la victoire haut la main.

En revanche, quand j'imagine Shadowland, je me représente un monde de ténèbres et de néant. Un lieu de solitude absolue où règnent la tristesse et l'effroyable sentiment d'avoir été abandonné de tous. Où l'on cherche sans cesse une étincelle de lumière sans jamais la trouver. À Shadowland, il fait froid. Pas un froid à mettre une petite laine, non, un froid glacial qui vous transperce jusqu'à la moelle. Un genre de froid inconnu sur terre, même dans les régions les plus inhospitalières. Un froid qui n'engendre que désespoir et accablement.

Mais je ne pourrai jamais m'en assurer. Car j'ai trouvé le moyen de quitter Juniper Landing, de fuir cet enfer personnel. Et maintenant que le processus est en marche, je sais que je recouvrerai ma liberté. Ce n'est qu'une question de temps.

L'équilibre

Faux. Tout était faux. Je commençais à croire en cet endroit, à croire aux discours de Tristan qui m'avait affirmé que nous avions un rôle important à jouer, que nous étions là pour contribuer au maintien de l'équilibre universel. Je commençais à croire à notre mission. Mais si quelqu'un comme Aaron échouait à Shadowland, alors cela signifiait que cet équilibre était sérieusement déréglé.

Je me suis traînée jusqu'à la rue des Magnolias et j'ai attendu un instant dans l'ombre d'un grand pêcher pour m'assurer que rien ne bougeait dans la maison. Je ne voulais parler à personne, de peur de craquer, de dire des choses que j'aurais dû garder pour moi ou de fondre en larmes sans explication valable.

Quand je me suis enfin décidée à entrer, j'ai ouvert la porte avec d'infinies précautions, puis je l'ai refermée en maintenant la poignée, de sorte que le pêne se relâche sans bruit. Je me croyais seule… jusqu'à ce que je me retourne et que je voie Darcy et Fisher au bas de l'escalier.

– Tu rentres en douce maintenant ? a ironisé ma sœur.

– Tu m'as fait peur, punaise ! ai-je riposté, notant au passage qu'elle était complètement décoiffée et qu'elle avait enfilé son T-shirt à l'envers.

– Oups ! Désolée, Rory.

Fisher s'est écarté précipitamment en voyant que je fonçais sur eux pour monter les marches.

– Attends ! m'a lancé Darcy. Tu es sûre que ça va bien ?

Je me suis arrêtée. J'aurais tellement voulu tout lui dire. Absolument tout. Mais c'était impossible. Je ne pouvais même pas lui confier qu'Aaron avait quitté l'île et que j'étais triste à cause de son départ : à l'heure qu'il était, ma sœur ne se rappelait déjà plus son existence. J'étais donc condamnée à garder le secret et à mémoriser tout ce dont elle ne se souviendrait pas. Voilà à quoi allaient se borner nos relations désormais.

À moins que Darcy ne devienne à son tour une CAP. « Par pitié, faites qu'elle accomplisse un acte de pur altruisme et qu'elle gagne ce foutu bracelet afin que je n'aie plus à jongler avec tout ça ! »

J'ai remarqué que Fisher me regardait d'un air inquiet. Nul doute qu'il avait deviné mon désarroi. Je mourais d'envie de discuter avec lui ou n'importe quel autre CAP afin de connaître leur opinion. Mais je me voyais mal lui proposer de monter dans ma chambre en présence de Darcy.

– J'ai juste mal à la tête, ai-je finalement répondu à ma sœur. Je vais aller m'allonger un instant.

Darcy a commencé à dire quelque chose, mais j'ai grimpé l'escalier en courant et le bruit de mes pas a couvert le reste de sa phrase. Le temps que j'arrive au deuxième étage, j'étais en pleurs. Je me suis jetée sur mon lit et, les poings appuyés sur mes tempes, je me suis efforcée de respirer plus calmement.

– C'est bon, me suis-je exhortée à voix haute. Reprends-toi, tout va s'arranger.

Mais je me berçais d'illusions, je le savais, et cela ne faisait qu'augmenter ma frustration. En ce moment même, Aaron était à Shadowland. À quoi ressemblait cet endroit ? Est-ce qu'on y torturait les âmes, ou bien n'était-ce qu'un gigantesque vide, un vaste espace de solitude ? Et Aaron, est-ce qu'il souffrait ? Est-ce qu'il avait peur ? Se demandait-il pourquoi je lui avais fait ça ?

Évidemment qu'il se le demandait. À ses yeux, c'était forcément de ma faute. J'étais la dernière personne à qui il avait parlé, la dernière personne qu'il avait serrée dans ses bras, celle qui l'avait envoyé à la damnation éternelle avec un sourire hypocrite.

J'ai roulé sur le côté, étreint mon oreiller et pleuré à nouveau toutes les larmes de mon corps. Ma stupide imagination s'est mise à délirer, m'imposant des visions de flammes et de démons, de tombeaux obscurs et glacés, de cadavres aux orbites creuses et aux bouches béantes d'où s'écoulaient des substances putrides. J'ai tenté en vain de chasser ces images d'épouvante. Aussi nulles que soient ces fantasmagories, ce qu'Aaron était en train de subir resterait un mystère. Et c'était ça le pire : le fait de ne pas savoir.

– Non.

Je me suis assise sur mon lit, l'oreiller sur mes genoux, et j'ai serré les dents. Il y avait sûrement un moyen d'inverser la situation. C'était une erreur, il fallait la corriger. Je n'allais pas laisser Aaron souffrir pour l'éternité, endurer un sort pire que la mort. J'étais résolue à trouver une solution coûte que coûte.

Culpabilité

Le lendemain matin, je me suis réveillée haletante, le visage barbouillé de larmes, le nez bouché, les oreilles encore vrillées par les cris d'Aaron qui avaient hanté mes rêves tout au long de la nuit.

Alors que je reprenais péniblement mes esprits, j'ai soudain eu un pincement au cœur et je me suis brusquement tournée vers la table de nuit. Pas de pièce d'or. Ouf. J'aurais été incapable d'escorter quelqu'un d'autre aujourd'hui.

J'ai jeté un coup d'œil à mon réveil. Il était dix heures passées. Il m'a fallu une bonne minute pour me rappeler qu'on était mercredi et que j'aurais déjà dû être chez Krista.

Après avoir rejeté ma couette, j'ai enfilé mon jean et un T-shirt propre, je me suis fait une tresse à la va-vite et j'ai enfoncé ma vieille casquette de baseball Princeton sur ma tête pour camoufler mes cheveux sales.

J'ai descendu l'escalier sur la pointe des pieds. Au premier étage, mon père pianotait sur le clavier de son ordinateur derrière sa porte close. Celle de la chambre de Darcy était grande ouverte. Ma sœur était allongée sur son lit, en train de lire un magazine. Je me suis esquivée le plus discrètement possible, de crainte qu'elle me demande à nouveau où j'allais. Je ne voyais pas quelle excuse j'aurais pu invoquer cette fois-ci.

Le soleil me chauffait le dos tandis que je traversais la ville au pas de course, les yeux rivés sur le trottoir. Si Nadia, Dorn ou Pete rôdaient dans les parages afin de me surveiller, je ne tenais pas à le savoir. Je voulais juste arriver au plus tôt chez Krista et tenter d'obtenir des informations sur les évènements d'hier soir.

Quand j'ai attaqué la côte, la grande maison bleue au sommet de la falaise m'a semblé plus inquiétante que jamais, avec sa girouette qui pointait inexorablement, impitoyablement vers le sud.

Je n'ai même pas pris la peine de frapper. J'ai tourné la poignée dorée d'une main tremblante et je suis entrée. Je m'apprêtais à monter dans la chambre de Krista quand des éclats de voix en provenance du bureau de la maire m'ont freinée dans mon élan.

– Je vous répète qu'ils sont tous irréprochables ! ai-je entendu Mme Parrish hurler à travers la porte.

– Permettez-moi d'en douter, a rétorqué une voix d'homme. Avez-vous pensé à contrôler les…

– Évidemment ! Vous me prenez pour une imbécile ou quoi ?

– Salut, Rory !

J'ai sursauté. Krista se tenait en haut de l'escalier, vêtue d'une robe d'été à rayures bleues et blanches, ses longs cheveux blonds lâchés sur les épaules. À côté, la conversation houleuse s'est immédiatement arrêtée. J'ai tourné mon regard vers le bureau, m'attendant à en voir sortir la maire, mais elle ne s'est pas montrée.

Je me suis demandé quelle serait sa réaction si j'allais frapper à sa porte pour l'avertir de ce qu'il était arrivé à Aaron. En tant que responsable de Juniper Landing, elle devait être informée qu'une grave erreur d'aiguillage venait de se produire, non ?

– Monte vite ! m'a lancé Krista. On est en train de fabriquer des guirlandes et des tas d'autres trucs.

J'hésitais encore à aller trouver la maire.

– Rory ?

– Oui, j'arrive !

J'ai fini par rejoindre Krista à contrecœur. Sa chambre était immense, toute rose, avec une belle cheminée ancienne et de nombreux tapis à fleurs disposés ici et là sur le parquet de bois sombre. Lauren, assise sur le plus grand d'entre eux, était en train d'enfiler des perles sur un épais fil blanc. En face d'elle, Krista cousait ensemble des fleurs en tissu. Bea, quant à elle, était vautrée sur un lit à baldaquin monumental et feuilletait des magazines. Il y avait des centaines de fleurs artificielles éparpillées par terre, ainsi que des caisses renfermant des perles en verre coloré, grosses comme des balles de ping-pong, et des sacs de plumes roses et blanches.

– Si tu veux, tu peux aider Lauren à faire les guirlandes, m'a proposé Krista en me voyant plantée sur le seuil de la pièce.

– D'accord, ai-je déclaré sans enthousiasme.

Je suis allée m'asseoir près de Lauren, qui m'a aussitôt donné les instructions.

– L'ordre, c'est rose-rose-jaune-rose-rose-blanc, m'a-t-elle précisé en montrant la boîte de perles posée devant elle. Parce qu'on a nettement plus de rose que d'autres couleurs.

– Fais gaffe, elle est super maniaque ! m'a dit Bea en rigolant.

J'ai attrapé une bobine de ficelle et commencé à piocher dans la boîte tout en me demandant comment aborder le problème qui m'obsédait.

– Où vous avez trouvé tout ce matos ? a soudain lancé Joaquin en apparaissant dans l'encadrement de la porte.

– Dans la salle des reliques, c'est dingue, non ? lui a répondu Krista d'un ton enjoué.

Je la trouvais particulièrement en forme ce matin. Depuis mon arrivée, elle avait le sourire scotché aux lèvres, et les tons de sa robe mettaient son bronzage en valeur. Elle a agité la tête comme si une idée amusante lui traversait l'esprit, mais elle s'est abstenue de nous en faire part.

J'enviais sa bonne humeur, quelle qu'en soit la cause.

– C'est quoi, la salle des reliques ? ai-je demandé.

– Une grande pièce du rez-de-chaussée que Tristan a transformée en entrepôt, m'a appris Bea tout en tournant une page négligemment. C'est là qu'on stocke les affaires des visiteurs après leur départ.

– C'est un peu notre magasin, a ajouté Lauren. Quand on a besoin d'un truc, on est quasiment sûr de trouver ce qu'on veut.

Cette dernière remarque m'a donné froid dans le dos. À vrai dire, je connaissais cette pièce pour y être entrée par erreur la semaine dernière. J'avais été troublée d'y voir la sangle de guitare jaune, rouge et verte du musicien aux dreadlocks qui avait l'habitude de jouer dans le parc. J'ai songé avec amertume que la guitare d'Olive, l'équipement de surf et les beaux T-shirts d'Aaron devaient maintenant y être rangés dans un coin, attendant de trouver preneur.

– Tu plaisantes ! a rétorqué Joaquin. Depuis quand le cirque Barbie a débarqué ici ?

Bea s'est mise à glousser.

– Eh ben, il y a au moins une personne qui me trouve drôle, ici, a lâché Joaquin devant mon visage de marbre.

– Rose-rose-jaune-rose-rose-blanc, marmonnait Lauren en enfilant ses perles.

Joaquin a ramassé un sac de plumes qu'il a fait exploser au-dessus de nos têtes.

– C'est malin ! a pesté Lauren. J'essaie de me concentrer, je te signale !

Une plume blanche s'est posée sur mon nez. Je l'ai chassée d'un geste agacé. Dire que j'étais là, en train de fabriquer des guirlandes, alors qu'Aaron était coincé à Shadowland.

– Oh là là, excuse-moi ! l'a raillée Joaquin avant de reporter son attention sur Krista, qui continuait à manier l'aiguille d'une main experte. Tu fais quoi, là ?

– Un collier de fleurs ! a répondu Krista joyeusement.

– Et toi, Bea ?

– Je me repose après toutes ces cochonneries que j'ai dû trimballer jusqu'ici, a-t-elle répliqué sans lever les yeux de son magazine. Si tu veux savoir, j'apprends comment me faire de magnifiques yeux de biche à l'eye-liner, a-t-elle ajouté sur un ton ironique, vu qu'elle ne se maquillait apparemment jamais.

– Bon, eh bien, les filles, je crois que je vais…

– Il vous est déjà arrivé d'escorter une âme et de vous rendre compte qu'elle avait atterri au mauvais endroit ? ai-je lâché à brûle-pourpoint.

Ils m'ont tous dévisagée avec stupeur.

– Tu délires ? Jamais ! s'est récriée Krista en posant sur ses genoux le collier qu'elle venait juste d'achever.

J'ignorais si cette réponse devait me rassurer ou, au contraire, m'inquiéter davantage. Comme aucun de ses amis ne renchérissait, Krista a précisé :

– Je parle pour moi, mais je ne suis pas ici depuis très longtemps. Pourquoi tu demandes ça ?

Les autres ont continué à me regarder sans rien dire, et j'ai commencé à me sentir stupide – ce que je tenais précisément à éviter. J'ai remarqué que Joaquin m'observait avec plus d'intensité, comme si ma question l'avait non seulement pris au dépourvu mais aussi effrayé.

– Ouais, pourquoi ? a appuyé Lauren.

– Oh, pour rien, ai-je menti en haussant les épaules. J'essaie de comprendre les rouages du système, voilà tout.

Alors que je saisissais une perle d'une main tremblante, Bea est soudain sortie de son mutisme :

– Ça arrive, oui. Ça craint, mais ça arrive.

– Parfois tu t'attends à ce que quelqu'un aille vers la Lumière et en définitive il se retrouve à Shadowland, a développé Lauren.

Elle s'est replongée dans son ouvrage, pointant le bout de sa langue en signe d'application.

– Vraiment ? ai-je relancé, l'estomac noué.

– Tu sais, Rory, est alors intervenu Joaquin, certaines personnes sont très fortes pour cacher leur véritable nature.

Il s'est baissé pour rassembler les plumes et s'est mis à les fourrer dans ce qui restait du sac, mais avec des gestes si nerveux qu'il a complètement déchiré le plastique et que les plumes se sont de nouveau envolées dans tous les sens. Indifférent au soupir excédé de Lauren, Joaquin a poursuivi :

– Par contre, les vrais méchants sont faciles à repérer. Je ne me rappelle pas avoir vu quelqu'un que j'avais estimé mauvais dès le départ rejoindre la Lumière. C'est toujours dans l'autre sens qu'on a des surprises.

– Ah… Intéressant, ai-je commenté.

Tristan avait peut-être raison. Peut-être qu'Aaron m'avait roulée. Pourtant, quelque chose au fond de moi refusait d'admettre cette hypothèse.

– Rory ! s'est soudain écriée Lauren en se penchant sur moi. C'est rose-rose-jaune-rose-rose-blanc, pas blanc-blanc-jaune-rose-rose-blanc !

J'ai examiné mon travail. Oui, je m'étais trompée.

– Ce n'est pas grave, m'a dit Krista en me tapotant le genou. Nos guirlandes n'ont pas besoin d'être strictement identiques.

– Mais si ! a protesté Lauren. Donne-moi ça, je vais la refaire.

Krista et moi avons échangé un regard complice. J'ai presque ri. Presque.

– OK, les filles, a dit Joaquin en se relevant. L'atelier déco, c'est un peu trop sophistiqué pour moi, je crois que je vais vous laisser.

– Pas question ! a objecté Krista. Maintenant que tu es là…

Mais Joaquin avait déjà gagné la porte. Une fois sur le palier, on l'a entendu s'exclamer :

– Oh ! Salut, mec.

– Salut.

Tristan s'est alors matérialisé sur le seuil de la chambre, les traits tendus. À sa vue, je n'ai pu m'empêcher de rougir. Le souvenir de notre baiser m'a déclenché des picotements partout. Mais juste après, je me suis aussi rappelée qu'il s'était montré cinglant et qu'il m'avait même crié dessus. Je le soupçonnais de rôder près de la porte depuis un moment et j'aurais parié qu'il avait surpris notre conversation.

– Tu viens nous donner un coup de main ? a gazouillé Krista. Je comprends que ces trucs de filles ne te tentent pas, mais si tu veux nous aider, tu n'as qu'à vérifier qu'il y a tout ce qu'il faut pour monter la tente.

– À vrai dire je suis venu te rafraîchir la mémoire, a rétorqué Tristan. Je te signale que tu étais censée t'occuper d'autre chose ce matin.

Krista a écarquillé les yeux, puis elle a plaqué une main sur sa bouche avant de s'écrier :

– Merde ! C'est vrai, fallait que je vide les affaires d'Aaron !

Je me suis raidie. Tristan m'a regardée d'un air confus. De toute évidence, il aurait préféré que Krista tienne sa langue.

– Excuse-moi, j'y vais tout de suite, a-t-elle ajouté en allant déposer son collier de fleurs sur le tas de ceux qui étaient déjà terminés. Bon, eh bien, la séance est levée, les filles, a-t-elle conclu à regret.

– Yesss ! a exulté Bea.

Elle a balancé son magazine sur la pile de revues qui encombrait la table de nuit. Le magazine a glissé et atterri sur le parquet avec un *plaf* retentissant, mais Bea n'a pas esquissé un geste pour le ramasser. Lauren, quant à elle, a rangé mes perles dans la boîte, puis elle a commencé à rassembler le bazar de plumes que Joaquin avait laissé en plan.

– Je veux bien m'en charger, ai-je déclaré.

– Hein ? s'est étonné Tristan.

– Tu es sûre ? lui a fait écho Krista.

– Ouais, j'y tiens.

J'espérais surtout découvrir, parmi les objets personnels d'Aaron, un indice quelconque qui expliquerait pourquoi mon ami avait échoué à Shadowland. Si j'avais la preuve que la pièce d'or ne s'était pas trompée, alors j'aurais le cœur moins lourd.

– Il faut bien que j'apprenne à gérer ce genre de chose, non ?

– Ce serait génial, Rory, a approuvé Krista en m'implorant de ses grands yeux bleus. J'ai encore une tonne de trucs à préparer pour la fête, notamment plusieurs fournées de cupcakes. Tu pourrais m'aider à les décorer demain, disons à deux heures ?

– OK. Pas de problème.

J'ai enjambé la boîte de perles et commencé à naviguer entre les monceaux de fleurs et les sacs de plumes. Bea s'apprêtait à m'imiter, mais Krista lui a agrippé le bras au passage.

– Une minute, ma petite ! L'atelier perles est rouvert, tu vas pouvoir prendre la place de Rory.

Bea a grogné.

– Tu me le paieras, Miller !

– Désolée, ma vieille ! lui ai-je jeté par-dessus mon épaule.

– Je t'accompagne, m'a dit Tristan.

– Tu n'es pas obligé, ai-je riposté sèchement.

– Tu sais où Aaron habitait, au moins ?

J'ai plissé les yeux, fouillant dans ma mémoire.

– Il m'a parlé d'une chambre en ville, mais… non. C'est toujours lui qui venait chez moi.

Cette constatation m'a troublée. Aaron avait-il des choses à me cacher ?

– Je peux l'emmener, moi, a proposé Joaquin.

J'ai réprimé un sursaut. J'avais oublié qu'il était encore là.

– Non, pas la peine, j'y vais, a rétorqué Tristan en se rangeant à mes côtés, comme pour barrer le chemin à son ami.

On a descendu ensemble le vaste escalier, mais à distance respectueuse l'un de l'autre. Juste avant d'arriver au rez-de-chaussée, je me suis retournée. Joaquin était posté en haut des marches et nous fixait d'un œil sombre.

Alors qu'on traversait le hall d'entrée, j'ai vu que la porte du bureau de la maire était entrouverte. Elle s'est refermée une seconde plus tard.

– Tu as remarqué ? ai-je glissé à Tristan qui s'effaçait pour me laisser sortir.

– Non. Quoi ? m'a-t-il demandé en refermant la grande porte d'entrée derrière lui.

La réponse n'a pas franchi la barrière de mes lèvres. Dehors, le brouillard rampait avec lenteur, noyant les pelouses et les massifs de fleurs. Cette vision a immédiatement chassé la maire de mes pensées.

– Quelqu'un d'autre vient de s'en aller, ai-je commenté d'une voix blanche.

– On le dirait, oui, a confirmé Tristan.

Je me suis mordu la langue pour éviter de formuler tout haut ce que je pensais tout bas : « Pourvu qu'il ait été bien orienté. »

Perspective

Tristan m'a conduite au Motel de la Baie, un modeste hôtel de plain-pied situé dans une rue particulièrement calme de Juniper Landing. Alors qu'il restait à l'extérieur, indifférent au brouillard qui continuait à s'épaissir, je me suis avancée sur le pas de la porte de la chambre d'Aaron. J'espérais avoir une sorte d'illumination en pénétrant ainsi dans le cadre de son intimité, être frappée par un détail qui m'aurait permis de réviser mon jugement et de relativiser les choses, mais je me suis vite rendue à l'évidence : Aaron était un minimaliste.

Il ne traînait strictement rien dans cette petite pièce carrée.

Ni vêtements, ni journaux, ni papiers d'emballage, ni linge sale. Pas de miettes sur le dessus-de-lit, pas de gobelets usagés, pas de mouchoirs froissés ici ou là. Les seuls objets personnels étaient son sac de plage en toile, accroché au dossier d'une chaise, et un livre – *Les Chroniques de San Francisco*, d'Armistead Maupin – posé en parfait alignement avec le bord de la table de chevet, à côté du téléphone vieillot du motel.

Je me suis tournée vers Tristan.

– Bon... Qu'est-ce que je fais ?

– Tu trouves sa valise, tu ranges ses affaires dedans et...

– Et on dépose le tout dans la salle des reliques, ai-je complété.

– Exact.

– Pour que tout le monde puisse se servir, c'est ça ?

– Non. Personne ne vient rafler quoi que ce soit dès le départ d'un visiteur. On se contente d'entreposer les objets, au cas où ils s'avéreraient utiles un jour ou l'autre.

– N'empêche que je trouve ça mal, ai-je soutenu avec amertume.

Tristan m'a regardée d'un air peiné, puis il a baissé les yeux et s'est mis à frotter de son orteil droit le trottoir en planches qui bordait le motel sur toute la longueur.

– Rory, je voulais te dire, pour hier soir...

Je me suis raidie. Je n'étais pas prête à parler de ça. Pas pour l'instant.

– Faut que je m'y mette, ai-je coupé.

Après avoir respiré un grand coup, je suis entrée dans la chambre. La moquette grise était tachée et usée jusqu'à la corde, comme dans tous les hôtels miteux du monde réel. Pourquoi les gens d'ici n'entretenaient-ils pas mieux cet endroit, sachant que c'était pour certains la dernière halte avant l'au-delà ? Ils pensaient peut-être qu'une moquette neuve aurait éveillé les soupçons des visiteurs en transit, mais personnellement j'avais du mal à le croire.

– Tu veux que… ?

– Non, Tristan, c'est bon.

Je suis allée ouvrir la petite penderie et j'y ai trouvé la valise à carreaux d'Aaron, que j'ai posée sur le lit. Dans le silence ambiant renforcé par la présence étouffante du brouillard, le sifflement de la fermeture éclair m'a fait l'effet d'une explosion. Lorsque j'ai ouvert le premier tiroir de la commode, mon cœur s'est serré douloureusement à la vue du polo de rugby de mon ami – celui qu'il portait quand on avait passé la soirée ensemble avec Darcy au Cygne Noir. Il y avait aussi sa serviette de plage, ses T-shirts blancs soigneusement pliés. J'en ai sorti un. Il était encore imprégné de l'odeur de son eau de toilette. Les larmes me sont montées aux yeux.

Tout à coup, j'ai éprouvé le besoin d'en finir au plus vite. J'ai continué à vider les tiroirs et à fourrer les autres vêtements dans la valise tout en essayant de lutter contre l'émotion quand mes mains se sont emparées de la combinaison qu'Aaron m'avait prêtée, le jour où il m'avait donné ma première leçon de surf. Mais je n'ai pu retenir un sanglot en voyant la paire de baskets qu'il portait le soir de notre rencontre. Je venais alors de débarquer sur l'île et, grâce à lui, je m'étais sentie moins bête d'avoir des chaussures alors que tout le monde autour de nous était pieds nus.

Je n'ai trouvé ni drogue, ni alcool, ni même un paquet de cigarettes. Aaron n'avait pas de journal intime attestant des tendances perverses, pas de carnets de croquis remplis de dessins ultra violents, pas de magazines à scandale, pas de listes de gens dont il comptait se venger parce qu'ils lui avaient fait du tort. Pas de poupées décapitées, pas de chiots morts, pas de sacs de cheveux. En revanche, Aaron avait glissé la photo de David Beckham entre deux caleçons.

Ouais. Ce type était une vraie menace pour la société.

Ensuite je suis allée dans la salle de bains enlever les flacons de shampooing, après-shampooing, gel douche et autres produits de toilette bien rangés sur la tablette. Après avoir vérifié qu'il ne traînait rien sous le lit, j'ai ouvert le tiroir de la table de chevet. J'ai eu un choc en y découvrant le téléphone d'Aaron.

Un bref coup d'œil en direction de la porte m'a confirmé que Tristan se tenait toujours à distance respectueuse. D'une main tremblante, j'ai alors allumé le portable qui a aussitôt émis un joyeux *bing !* Bien entendu, il n'y avait pas nouveaux messages, mais quand j'ai consulté le journal d'appels, j'ai constaté qu'Aaron avait cherché à joindre son père vingt-trois fois au cours des trois derniers jours, ainsi que son frère et sa sœur à plusieurs reprises. En face de chaque numéro apparaissait l'horrible notification : ÉCHEC DE LA CONNEXION.

Je me suis assise sur le lit, le téléphone entre les mains, des larmes silencieuses ruisselant sur mes joues. Aaron était un fils repentant qui voulait renouer avec son père. J'en avais eu l'intuition lorsque je l'avais serré dans mes bras au moment de nos adieux, à présent j'en avais la preuve. Aaron regrettait sincèrement sa conduite, il ne désirait qu'une chose : le pardon de son père. Il n'y avait pas un atome de méchanceté en lui. Aaron était quelqu'un de bien. Quelqu'un qui nous avait offert son amitié, à ma sœur et moi, tout en souffrant en silence.

Il s'est soudain produit un changement de luminosité dans la chambre. En regardant par la fenêtre, j'ai remarqué que le brouillard commençait à se dissiper. On distinguait maintenant le parking désert du motel, la haie parfaitement taillée en bordure de rue et, de l'autre côté de la chaussée, une pelouse au milieu de laquelle était planté un petit moulin à vent en forme de mouette.

Tristan est apparu sur le seuil de la chambre, les traits marqués par l'inquiétude.

– Tout va bien ? s'est-il enquis.

– Non, ai-je rétorqué du tac au tac. Regarde un peu. Ouvre les yeux. Tu trouves que ça correspond à un type dangereux, vicieux, malfaisant, intrigant ? Aaron avait sans doute des défauts, comme tout le monde, mais il était foncièrement gentil. Pendant son séjour ici, il n'avait qu'une seule idée en tête : se réconcilier avec son père. Il n'a aucune raison d'être à Shadowland.

Tristan a soupiré, puis il est venu s'asseoir à côté de moi, faisant grincer le vieux sommier sous son poids.

– Je suis désolé, Rory. Désolé que tu doives encaisser cette épreuve en plus du reste.

Au lieu de m'apaiser, ces paroles m'ont révoltée. J'ai bondi sur mes pieds.

– Arrête, Tristan ! Je me fiche que tu sois désolé ou non. Tout ce que je te demande, c'est de rectifier la situation !

– C'est impossible, je te le répète. Impossible.

– Tu as reconnu que des dizaines de malheureux avaient déjà été envoyés à Shadowland par erreur, il y a plus de cent ans, et depuis tout ce temps, ni toi ni les autres n'avez levé le petit doigt pour réparer cette injustice ? Mais c'est ignoble !

Tristan s'est mis debout lui aussi, le visage complètement défait.

– Comment oses-tu me dire ça ? Tu sais combien c'est affreux pour moi de vivre avec cette culpabilité. Tu crois que je ne les aurais pas tirés de là si cela avait été en mon pouvoir ?

– Il doit pourtant bien y avoir un moyen, Tristan. Il y en a forcément un !

– Écoute, Rory, a-t-il embrayé avec impatience, tu es logique, méthodique, rationnelle. Pour toi, chaque question a sa réponse, chaque problème sa solution. Mais ce n'est pas aussi simple, il ne s'agit pas d'un exercice de maths ou de physique.

– Je rêve ! On dirait que tu t'en laves les mains. Et même que ça te *plaît* de savoir qu'Aaron est en train de rôtir en enfer !

Tristan m'a fixée d'un regard noir tout en serrant les dents.

– Comment peux-tu être aussi lâche ? ai-je craché.

Cette fois, ses yeux ont lancé des éclairs.

– Tu sais quoi, Rory ? Je pense qu'on devrait s'en tenir là et se calmer un peu. Je m'en vais.

En deux enjambées, Tristan est sorti de la chambre.

– Et les affaires d'Aaron ? lui ai-je crié.

– Laisse-les là, je viendrai les chercher plus tard ! m'a-t-il répondu sans se retourner.

Gagnant la porte à mon tour, j'ai vu Tristan s'éloigner rapidement, puis disparaître au coin de la rue. Le téléphone fixe du motel a choisi ce moment-là pour sonner. Je suis restée clouée sur place, à écouter son carillon désuet résonner avec insistance dans la chambre vide, puis je suis revenue lentement sur mes pas et j'ai décroché.

– Allô ?

Dehors, quatre corbeaux sont venus se percher sur la clôture d'en face et m'ont m'observée de leurs yeux noirs et luisants. À l'autre bout du fil, j'ai perçu le bruit d'une respiration assourdie. Mon cœur s'est mis à tambouriner contre mes côtes.

– Allô ? ai-je répété, les doigts crispés sur le récepteur.

Un rire m'a répondu. D'abord léger, il a rapidement gagné en puissance. J'ai raccroché violemment, après quoi j'ai quitté la pièce en toute hâte, laissant derrière moi la porte grande ouverte.

Un allié

Je suis rentrée en courant, les tempes battantes, les oreilles bourdonnantes, le regard voilé par la panique. La brise océane n'arrivait pas à rafraîchir la surface brûlante de ma peau. Est-ce que cet appel m'était destiné ? Provenait-il de quelqu'un qui me savait là avec Tristan, ou bien était-ce une simple coïncidence ? Alors que je traversais la place, un autre corbeau est passé au-dessus de moi en croassant, et j'y ai vu comme une sombre prémonition : à Juniper Landing, il n'y avait pas de coïncidences. J'ai continué à foncer. Après le parc, juste au moment où je m'engageais dans la rue des Freesias, je suis tombée nez à nez avec l'officier Dorn.

– Tu m'as l'air bien pressée, m'a-t-il dit en me détaillant avec curiosité. Où vas-tu ?

Tremblant comme une feuille, j'ai reculé d'un pas et répondu machinalement :

– Nulle part. Enfin, chez moi.

L'homme s'est écarté de quelques millimètres et j'ai repris mon marathon. Arrivée en bas de la rue, je me suis retournée et j'ai constaté avec anxiété que Dorn ne m'avait toujours pas lâchée des yeux. Je suis repartie de plus belle.

– Hé !

Joaquin s'est retenu contre le tronc d'un pêcher pour éviter de tomber à la renverse tellement notre collision a été violente. Un oiseau effarouché s'est envolé de sa branche, et une pluie de feuilles mortes s'est abattue sur nos épaules. Joaquin a esquissé un geste auquel je me suis dérobée en vitesse.

– Je n'ai pas envie de te parler maintenant, ai-je grogné en m'éloignant.

– Minute ! Moi, j'ai une question à te poser, Rory : pourquoi tu tiens tant à savoir si des gens ont été dirigés à tort vers Shadowland ?

Je me suis immobilisée net. Cette fois, la brise qui me soufflait dans la nuque m'a donné le frisson. Je suis revenue en arrière et j'ai pris le soin d'examiner Joaquin avec plus d'attention. Son regard reflétait une franche inquiétude, et des gouttes de sueur perlaient à son front et au-dessus de sa lèvre supérieure, comme s'il venait de courir le quatre cents mètres.

– Pourquoi tu me demandes ça ? ai-je avancé.

– Parce que je viens d'escorter Jennifer, la fille aux cheveux hyper courts, tu te souviens ? Elle est allée à Shadowland.

Cette information m'a sciée.

– Attends, c'est quoi, ce délire ? Tu étais avec nous quand le brouillard est tombé.

– Oui, mais... on m'a *appelé* quelques secondes après ton départ, alors je suis allé la chercher. Ça ne m'a pas surpris, c'était un cas limpide. Jennifer n'avait pas de problèmes à régler, donc pas besoin de mon aide pour tourner la page la conscience tranquille. Je l'ai amenée jusqu'au pont... Mais ensuite, quand je suis revenu en ville...

– La girouette indiquait le sud, ai-je terminé à sa place d'une voix monocorde.

– Ouais.

Joaquin a baissé la tête et posé les mains sur ses hanches. Quand il s'est redressé, j'ai remarqué qu'il avait perdu son insolence habituelle.

– Écoute, Rory. Tout à l'heure, chez Krista, tu as fait allusion à quelqu'un qui avait atterri au mauvais endroit... Tu veux bien m'expliquer pourquoi ?

– Oh, c'était juste que...

J'ai pataugé dans ma réponse, voulant avant tout maintenir la paix et éviter de faire encore plus de vagues que je n'en avais déjà déclenché.

– Je t'en prie, ne joue pas avec mes nerfs, m'a pressée Joaquin avec un accent de sincérité qui m'a émue. Jennifer ne méritait pas ce sort-là.

– Aaron a été envoyé à Shadowland hier soir, lui aussi, ai-je fini par lâcher. Et je suis convaincue qu'il n'a rien à y faire non plus.

– Et laisse-moi deviner : Tristan t'a affirmé que c'était comme ça et qu'on n'y pouvait rien, pas vrai ?

– Exact.

Joaquin a pivoté sur ses talons et s'est mis à marcher tout en serrant et desserrant nerveusement ses longs doigts. Puis il est revenu vers moi et m'a annoncé en me regardant bien en face :

– Il y a quelque chose que tu dois savoir, Rory. Tout ça (il a désigné d'un large geste le tapis de feuilles mortes qui couvrait le trottoir), ce n'est pas *normal*.

J'ai battu des cils, en pleine confusion.

– Comment ça ? La chute des feuilles ? C'est peut-être un peu tôt pour la saison mais...

– Non ! Tu n'y es pas, m'a interrompue Joaquin en recommençant à tourner comme un ours en cage. Ce genre de chose ne se produit jamais à Juniper Landing. Les feuilles ne jaunissent pas, les fleurs ne se flétrissent pas, les oiseaux ne tombent pas du ciel, les poissons ne s'échouent pas sur la plage, et il n'y a jamais, mais alors jamais eu de frelons sur cette île !

– Pourtant, il y en a un qui t'a piqué l'autre jour.

– Oui, je suis bien placé pour le savoir. Mais je suis ici depuis presque cent ans et c'était la première fois que j'en voyais un. On a des abeilles parce qu'il y a beaucoup de fleurs, mais on n'a ni guêpes, ni frelons, ni moustiques ni aucune bestiole de ce type.

– C'est dingue ! Je...

Très progressivement, la lumière a commencé à se faire. L'étrange réaction de Joaquin à sa piqûre ; les soucis qui s'étaient fanés d'une minute à l'autre dans la jardinière de notre véranda, les roseaux desséchés, près du pont, qui avaient fait soudainement blêmir Tristan.

– Et ces phénomènes… ils sont apparus quand ? ai-je demandé en repensant aux accusations de Nadia. Après mon arrivée ?

– Je n'en sais rien, m'a répondu Joaquin. Personne ne pourrait dire avec exactitude quand ils ont débuté, mais ce qui est sûr, c'est qu'ils sont récents. On estime que c'est à cause d'un déséquilibre entre le bien et le mal. Peut-être qu'un CAP a…

– Mal tourné, ai-je complété, hantée par l'histoire de Jessica. Écoute, Joaquin, l'autre soir, Nadia m'a accusée d'être à l'origine de ces évènements bizarres. Tu crois qu'elle me juge responsable de la mort des fleurs, des poissons, des oiseaux, de l'apparition des frelons et tout le reste ? Elle me prend pour l'incarnation du mal ou quoi ?

Joaquin m'a dévisagée sans rien dire. J'étais à deux doigts de vomir. Et si Nadia réussissait à convaincre la maire que j'étais la source de tous leurs ennuis ? Et si la maire la croyait ?

– On va m'expédier aux Oublis, ai-je soufflé avec angoisse.

– Mais non, Rory, bien sûr que non ! s'est indigné Joaquin. Personne ne croit aux racontars de Nadia.

– Si, Dorn. Et Grantz aussi, peut-être. Que se passera-t-il si elle influence les autres ? Si tout le monde se range dans son camp ?

Joaquin m'a fermement saisie par les épaules.

– Ça n'arrivera pas, Rory. Je te défendrai, et Tristan aussi. Nadia est une jalouse, c'est tout. Et maintenant, respire un bon coup.

J'ai obéi et expiré lentement. Ça m'a fait du bien. Juste un peu.

– Ça va ? s'est enquis Joaquin.

– Oui.

– Bon.

Il m'a relâchée avant d'ajouter :

– Rory, je sais que tu n'as rien à voir avec tout ça, mais il n'empêche que quelque chose ne tourne pas rond. Et pour couronner le tout, des visiteurs qui auraient dû aller vers la Lumière se retrouvent à Shadowland. C'est vraiment inquiétant.

– Qu'est-ce qu'on va faire ?

– Il n'y a qu'une seule personne à qui s'adresser en cas de problème, m'a informée Joaquin en partant vers le centre-ville. Et quoi qu'en pense saint Tristan, il y a quelque chose de pourri ici.

– On va trouver la maire ? ai-je questionné d'une voix chevrotante.

– Tout juste.

Nanoseconde

Joaquin est entré sans frapper chez Tristan et s'est dirigé d'un pas résolu vers le bureau de la maire. Quelque part au rez-de-chaussée, j'ai entendu chuchoter des voix énervées qui se sont tues dès que j'ai refermé la porte derrière moi.

– Va-t'en ! ai-je entendu Tristan siffler.

Une fille lui a répondu dans un murmure pressant :

– Mais enfin, essaie de comprendre que…

– Ça suffit ! Va-t'en, je te dis !

Alors que j'en étais encore à me demander à qui Tristan s'adressait, je l'ai soudain vu émerger du salon en compagnie de Krista. Il avait l'air furieux.

– Ah, J, a-t-il lancé en apercevant Joaquin. Il faut que je te parle.

Je suis restée plantée au milieu de l'entrée pendant que Krista tripotait nerveusement son bracelet. À l'arrière de la maison, une porte a claqué.

– Plus tard, a rétorqué Joaquin.

Et, continuant sur sa lancée, il a cogné sans façon au bureau de la maire.

– Qu'est-ce qui te prend, tu es dingue ou quoi ? s'est écrié Tristan en le rattrapant.

– Pas du tout. Je viens signaler un problème.

Tristan s'est interposé entre son ami et le panneau de la porte.

– Tu n'as pas le droit de faire irruption comme ça dans son bureau !

Joaquin l'a écarté rageusement.

– Fous-moi la paix !

– Tu es chez moi, je te rappelle ! a hurlé Tristan.

– Oh, arrête tes conneries !

– Quelles conneries ? a contré Tristan en s'intercalant à nouveau. Explique-toi.

Joaquin l'a fusillé du regard.

– Tu sais très bien ce que je veux dire.

– Rory, fais quelque chose, m'a implorée Krista.

– Arrêtez, tous les deux ! leur ai-je ordonné en essayant de les séparer. On n'est pas venus ici pour se battre.

– OK. Alors fais-le sortir, a craché Tristan. La maire va nous tuer, elle a horreur qu'on…

La porte du bureau s'est ouverte en grand, livrant passage à la maire de Juniper Landing, très élégante dans un tailleur bleu dur et un chemisier rose pâle. Ses cheveux blonds relevés en chignon étaient tellement tirés qu'ils semblaient également lui tirer la peau. Elle en paraissait plus grande, plus imposante. Et encore plus intimidante.

Cette femme pouvait m'envoyer aux Oublis. Moi, ou n'importe lequel d'entre nous si elle en avait envie.

Tristan s'est effacé devant elle, puis s'est rangé derrière Joaquin, je n'aurais pu dire si c'était pour le jeter dehors ou se protéger lui-même. Avant que la maire ne rabatte la porte, j'ai eu le temps d'apercevoir quelqu'un assis de dos, face au bureau, portant aux pieds des Converse noires.

– Que puis-je pour vous, monsieur Marquez ? s'est-elle enquise en joignant les mains comme pour s'armer de patience.

Elle m'a ensuite jeté un coup d'œil qui m'a glacé le sang.

– Il se passe des choses étranges ici, et j'estime que je dois vous mettre au courant, a déclaré Joaquin.

Se doutant de ce qui allait suivre, Tristan m'a regardée comme si je l'avais trahi.

– Très bien, je vous écoute, a agréé la maire.

– Inutile, a abrégé Tristan en tentant d'orienter Joaquin vers la sortie. Cela n'a aucune importance.

J'ai senti un coin de mon cœur se fêler. Tristan n'avait pas confiance en moi. Ni en Aaron. Il demeurait persuadé que la pièce d'or avait eu raison. Il était gêné qu'on vienne ennuyer sa « mère » à ce sujet.

– Au contraire, a protesté Joaquin en fixant la maire avec une détermination impressionnante. Je viens d'envoyer une fille à Shadowland alors qu'elle n'avait rien à y faire. La même chose est arrivée à Rory hier soir. Et j'ai remarqué que, ces derniers temps, la girouette indiquait beaucoup trop souvent le sud. Parmi tous ceux qui ont été condamnés à Shadowland dernièrement, il y en a sûrement qui ne le méritaient pas.

La maire m'a encore lancé un regard réfrigérant, puis a incliné la tête en s'esclaffant doucement.

– Voyons, monsieur Marquez, vous savez bien que les pièces ne se trompent jamais, a-t-elle affirmé d'une voix posée.

Mes doigts se sont rétractés telles des griffes, un flot d'adrénaline s'est déchargé dans mes veines.

– Cette fois, si, ai-je objecté avec un aplomb dont je me croyais incapable.

– Ne parlez pas de choses auxquelles vous ne connaissez rien, a répliqué la maire sur un ton condescendant au possible. Si je ne m'abuse, vous n'avez escorté qu'une seule âme en solo jusqu'à présent, n'est-ce pas ?

Elle a quêté l'approbation de Tristan, qui s'est contenté de hocher la tête en silence.

– Mais Aaron était une bonne personne, je le sais ! Je l'ai senti au fond de moi ! Ça ne signifie rien pour vous ?

Les yeux bleus de la maire se sont assombris sous l'effet de la colère.

– Cela signifie que vous êtes une débutante et que vous n'avez aucune conscience de vos actes, mademoiselle Miller !

– Attendez une minute, a placé Tristan en avançant d'un pas.

– La girouette est peut-être coincée ? a émis Krista dans un timide filet de voix.

Cette suggestion m'a remplie de gratitude envers elle et fait renaître en moi un peu d'espoir. S'il s'agissait d'un simple problème mécanique, alors Aaron et Jennifer étaient bel et bien allés vers la Lumière malgré l'indication de la girouette.

Nouveau gloussement de la maire.

– Comment peux-tu imaginer une chose pareille, ma chérie ? Tu sais pertinemment qu'elle fonctionne toujours à merveille !

– Plus maintenant, ai-je soutenu. Je vous en prie, écoutez-moi. C'est forcément une erreur. Aaron était un pur, je sais que je peux me fier à mon intuition. Je vous demande juste de…

– Stop ! a tonné la maire.

Elle a contourné Tristan et Joaquin comme si leur masse de muscles n'était qu'une misérable flaque répandue au sol, puis elle s'est plantée face à moi. La peur m'a saisie à la gorge, j'ai reculé en titubant.

– Vous entendez ce que vous dites ? m'a-t-elle aboyé au visage. Vous étiez pourtant un petit génie scientifique dans votre précédente vie, non ?

Je suis restée muette. J'arrivais tout juste à respirer.

– Qu'est-ce qui vous paraît le plus plausible, mademoiselle Miller ? Qu'un système qui fonctionne à la perfection depuis l'aube des temps se détraque sans raison, ou bien qu'un individu comme vous, qui n'existez dans ce royaume que depuis une nanoseconde, ait pu commettre une erreur de jugement ?

Ses lèvres ont grimacé un sourire qui n'avait rien de bienveillant.

– Alors, mademoiselle Miller, qu'en dites-vous ? Vers quelle hypothèse penchez-vous ?

Son regard perçant qui me détaillait de la tête aux pieds m'a glacée jusqu'à la moelle et privée de l'usage de la parole.

– Hmm, c'est bien ce que je pensais, a-t-elle conclu avec suffisance.

– Écoutez, nous savons tous que quelque chose ne tourne pas rond, a insisté Joaquin sans se départir de son calme. Les fleurs se fanent, des animaux meurent, les feuilles tombent des arbres, on se fait piquer par des frelons… Ce matin, Kevin a même trouvé un paquet de vers dans son jardin ! Sans compter les araignées, les mouches, les…

– Je suis au courant, monsieur Marquez, je n'ai besoin de personne – surtout pas de vous – pour m'informer de la situation.

– Alors vous refusez d'entendre ce que nous avons à dire ? Vous ne voulez même pas envisager la possibilité que des innocents soient envoyés à Shadowland ?

– Vous m'avez fait perdre assez de temps. À présent, je vous demande de partir, a tranché la maire, déjà prête à rejoindre son bureau et le mystérieux inconnu qui l'y attendait. Tous autant que vous êtes, a-t-elle ajouté en toisant Tristan au passage.

À côté de moi, Krista a poussé une sorte de couinement.

– Allons-y, a lâché Tristan.

Il a traversé le hall et nous a tenu la porte. Krista s'est échappée la première, tel un papillon affolé. Après un instant d'hésitation, Joaquin s'est décidé à sortir. Je m'apprêtais à l'imiter, quand la maire m'a interpellée :

– Oh, mademoiselle Miller !

Je me suis tournée vers elle. Dans l'ombre des doubles rideaux qui garnissaient la plus proche fenêtre, elle avait un faciès de tête de mort.

– Oui, madame ?

– La prochaine fois, prenez rendez-vous avant de venir ici.

Sur ce, la maire a disparu dans son bureau et rapidement fermé la porte derrière elle.

Toujours

Une fois dehors, Joaquin nous a distancés et s'est approché du bord de la falaise. Le ciel était chargé de nuages noirs que transperçaient, dans le lointain, de puissants éclairs. J'ai respiré à fond et tenté de me détendre les nerfs, mais les dernières paroles de la maire tintaient encore désagréablement à mes oreilles. Deux jours plus tôt elle s'était déclarée « absolument enchantée de me rencontrer », et voilà qu'elle me claquait la porte au nez. Qu'elle m'imposait de prendre rendez-vous pour avoir l'insigne honneur d'un entretien. Était-ce parce que j'étais dans le camp de Joaquin, ou y avait-il une autre raison ?

Tristan s'est lancé à la poursuite de son ami.

– Qu'est-ce qui t'a pris ? Elle déteste qu'on se pointe sans prévenir, tu le sais, pourtant !

Joaquin lui a fait face, indifférent au vent qui tourmentait ses cheveux.

– Je m'en contrefous ! Il se passe des trucs bizarres, Tristan, et je ne parle pas seulement des feuilles mortes ou de l'énorme mille-pattes que tu as trouvé l'autre jour dans le belvédère. Quelque chose de beaucoup plus grave, tu ne le sens pas ? Moi si. Jusqu'au plus profond de mon être.

– Attention, mon pote, tu deviens franchement mélodramatique, a ironisé Tristan.

Krista et moi suivions cet affrontement à distance respectueuse. Je me doutais que la maire nous observait par la fenêtre de son bureau. Personnellement j'évitais de me retourner, mais Krista n'arrêtait pas de jeter des regards furtifs par-dessus son épaule. Autour de la maison, la pelouse naguère verdoyante n'était plus qu'un tapis d'herbe roussie.

– Et si elle nous ferme sa porte pour de bon ? a murmuré Krista d'une voix anxieuse.

– Impossible ! Tu es chez toi, tout de même.

– Pas vraiment, Rory. Et elle n'est pas vraiment ma mère non plus, comme tu le sais. En tout cas, je ne l'ai jamais vue aussi furieuse.

Dans le silence pensif qui a suivi, j'ai entendu Joaquin crier avec fougue :

– Il faut qu'on agisse, Tristan ! La girouette indique le sud de plus en plus souvent, tu l'as sûrement remarqué aussi bien que moi. S'il y a des erreurs d'aiguillage, alors quel est l'intérêt de ce système ? À quoi on sert, nous ?

La force du vent augmentait de seconde en seconde et les nuages continuaient à s'accumuler de façon menaçante. Le ciel et la mer se fondaient dans un gris acier uniforme. Krista a frissonné et reculé de plusieurs pas.

– Il n'y a pas d'erreurs d'aiguillage, comme tu dis, a rétorqué Tristan, inflexible. Notre méthode fonctionne et a toujours très bien fonctionné.

– Toujours ? a répété Joaquin en haussant les sourcils.

J'ai senti qu'il se passait quelque chose entre eux. Une sorte de communication muette. Tristan, raide comme une statue, semblait peser ses mots tandis que Joaquin se balançait d'un pied sur l'autre, attendant une réponse qu'il connaissait visiblement déjà. Je me suis demandé s'il faisait allusion à Jessica ou à d'autres évènements.

– De nous tous, c'est toi le plus ancien, Tristan, a poursuivi Joaquin. Tu sais que, malgré son apparente perfection, ce système a des failles.

– Non, a maintenu Tristan. Un dérèglement de ce type ne s'est jamais produit. Jamais. C'est juste... impensable. Absolument impossible.

Tous deux se sont jaugés du regard tandis que le vent plaquait leur chemise sur leur torse. Finalement, Joaquin a ricané avec amertume et tourné les talons.

– Quel enfoiré ! a-t-il grogné en passant près de moi. Je me tire, salut.

Krista l'a regardé s'éloigner sans rien dire.

– Alors tu ne feras rien pour nous aider ? ai-je lancé à Tristan au milieu des hurlements du vent.

– Vous n'avez pas besoin de mon aide, Rory, a-t-il objecté d'un ton à la fois ferme et affligé. La gestion de cet endroit est infaillible, il ne peut pas y avoir de dysfonctionnement.

Hésitant à argumenter, j'ai pincé les lèvres, puis je me suis jetée à l'eau :

– Mais Jessica a pourtant enrayé cette belle mécanique, non ?

À ces mots, le visage de Tristan s'est assombri.

– Cela n'a aucun rapport ! m'a-t-il répondu avec virulence. Jessica a délibérément violé le règlement. Elle a été punie en conséquence, ainsi que tous ceux qui étaient compromis dans cette affaire, sans que cela remette en cause la fiabilité du système. Toi, tu as l'air d'insinuer que les pièces sont altérées et que la décision finale s'en trouve faussée. Je te le répète, c'est impossible.

– Et moi je te répète qu'Aaron n'a pas sa place à Shadowland !

J'ai enfoncé mes ongles dans mes paumes. La douleur n'était rien comparée à celle qui m'étreignait la poitrine.

– Mais si on arrivait à le ramener ? ai-je insisté.

– On ne peut pas, Rory, essaie de le comprendre, a répliqué Tristan d'une voix lasse.

– On peut quand même essayer ! Il y a peut-être un moyen de…

– Ça ne changerait rien de toute façon, m'a interrompue Krista. Si Tristan est persuadé qu'Aaron est là où il doit être, nous n'avons pas à intervenir.

– Exact, a appuyé Tristan en m'offrant un visage de marbre.

– Mais puisque je me tue à vous dire qu'il n'est pas à sa place !

– Écoute, Rory, cette conversation tourne en boucle, a repris Tristan. Fais-moi confiance. Il n'y a rien de déréglé et personne ne reviendra de Shadowland.

J'ai eu l'impression de basculer au fond d'un gouffre sans fond. Je n'avais plus aucun espoir de le convaincre. Je me sentais nulle, lamentable, affreusement coupable. Aaron était victime d'une injustice, et rien ne me ferait changer d'opinion, quoi que Tristan puisse dire. Le seul point sur lequel j'étais d'accord avec lui, c'est que cette conversation avait assez duré.

Il s'est approché de moi, l'air conciliant. Instinctivement, je me suis reculée.

– Il faut que j'y aille, ai-je lâché d'une voix aussi brisée que mon cœur.

– Rory, j'aimerais tellement que tu...

– Au revoir, Tristan.

Le ciel était maintenant d'un gris de plomb. Je suis partie en courant sur les traces de Joaquin, mais en arrivant au coin de la maison, j'ai buté sur une pierre et je me suis étalée de tout mon long. Alors que je me relevais, j'ai aperçu deux yeux noirs qui me regardaient depuis la fenêtre du bureau. Dans la seconde même, ils ont disparu derrière le rideau qu'une mystérieuse main a sèchement tiré.

Joaquin avait pas mal d'avance sur moi. Il avait déjà traversé l'immense terrasse de derrière et marchait en direction des bois qui s'étendaient au sud-ouest de l'île.

– Joaquin ! Attends-moi !

Je l'ai vu s'arrêter à la lisière, mais sans se retourner. Pendant que je forçais l'allure pour le rattraper, un coup de tonnerre a éclaté juste au-dessus de moi et une énorme goutte de pluie s'est écrasée sur ma joue. Hors d'haleine, les cheveux en bataille, j'ai poussé un soupir de fatigue et de rage en arrivant enfin à la hauteur de Joaquin.

– Qu'est-ce qu'on va faire ? lui ai-je demandé, les poings sur les hanches.

– Aucune idée, s'est-il borné à répondre.

– Mais pourquoi il ne veut rien entendre ?

– C'est compliqué, Rory... Si jamais Tristan admettait qu'il y a un dysfonctionnement, s'il acceptait seulement d'envisager cette hypothèse, alors, il serait obligé de remettre en question tout le système. C'est comme si on lui demandait de renoncer à ses plus profondes croyances, tu comprends ? En dehors de cette île... en dehors de ce fameux équilibre à maintenir entre le « bien » et le mal, il n'a *rien*.

« Il m'a, moi », ai-je songé tandis que la pluie s'intensifiait.

– Pourquoi il ne m'en a pas parlé ? ai-je vouloir savoir.

– Tu n'as qu'à le lui demander.

J'ai écarté les cheveux de mon visage pour mieux regarder Joaquin. J'avais déjà eu l'occasion de me rendre compte que, même lorsqu'il était en colère, il prenait toujours le parti de Tristan.

– Vous êtes vraiment amis, tous les deux, hein ? ai-je commenté.

– Quand on ne s'engueule pas, ouais, a répliqué Joaquin en grimaçant un sourire. Tristan est comme un frère pour moi.

C'était pareil pour Darcy et moi. On se chamaillait à tout bout de champ, mais en cas de coup dur on pouvait compter l'une sur l'autre. J'ai subitement compris pourquoi Krista faisait tout pour se rapprocher de moi depuis mon arrivée à Juniper Landing. En tant que nouvelles venues, nous avions beaucoup en commun. Krista mourait d'envie d'avoir une meilleure amie, de trouver son *alter ego*. Pour ma part, j'avais ma sœur, et je comptais bien la garder auprès de moi pour toujours. Restait à savoir comment.

– Il faut qu'on agisse, avec ou sans Tristan, ai-je repris avec obstination.

– On en discutera demain matin. Pour l'instant, j'ai un truc à faire. Tu ferais mieux de rentrer chez toi.

Alors que Joaquin s'apprêtait à repartir, le ciel s'est déchiré et des trombes d'eau se sont déversées sur nous et les arbres alentour, malmenant les feuilles et courbant jusqu'au sol les branches les plus frêles. En l'espace de trois secondes, Joaquin et moi étions trempés.

– Pas question d'attendre jusqu'à demain, ai-je protesté en grelottant. Tu imagines, si un visiteur doit s'en aller ce soir et qu'il atterrisse au mauvais endroit ?

– Aucun risque, m'a affirmé Joaquin, le visage ruisselant de pluie. Il n'y a jamais de départ pendant une nuit d'orage.

– Ben voyons ! Et tu crois vraiment qu'il n'y a aucune exception à cette règle ?

Joaquin m'a lancé un regard dur.

– Je regrette, Rory, mais je n'ai pas le temps de m'occuper de ça maintenant. Il va falloir que tu me fasses confiance. Je serai chez toi demain à la première heure.

Sur ce, Joaquin s'est enfoncé dans la forêt, me laissant seule et totalement désemparée. Qu'avait-il donc de si urgent à faire au milieu des bois alors qu'il était prêt à en découdre avec Tristan cinq minutes plus tôt ?

Claquant des dents et tremblant de la tête aux pieds, je me suis tournée vers l'imposante demeure de la maire. Je ne l'avais encore jamais vue sous cet angle. Pour la première fois, j'ai remarqué un grand garage dont la porte était restée ouverte. À l'intérieur, bien à l'abri du vent et de la pluie, j'ai reconnu la décapotable gris métallisé qui était stationnée aux abords de la falaise d'où Kevin et toute la bande avaient sauté.

La maire avait donc rencontré Dorn ce soir-là. L'officier Dorn, qui me surveillait de près, comme Nadia. Tout cela était de plus en plus inquiétant. Avant de me remettre en route, j'ai aperçu Tristan qui regardait dans ma direction depuis la grande galerie couverte de la maison bleue.

« De nous tous, c'est toi le plus ancien », avait précisé Joaquin. Tristan ne l'avait pas contredit. Est-ce que c'était vrai ? Combien de temps, combien de siècles cela représentait-il ? Était-il possible que Tristan soit arrivé à Juniper

Landing à une époque où il n'y avait personne ? Personne pour l'informer, personne pour le guider ?

J'ai commencé à marcher vers la ville. Joaquin n'était pas disponible ce soir ? Tant pis. À partir de maintenant, j'étais décidée à prendre les choses en main. Seule.

1766

La descente vers la crique, à flanc de falaise, dans le noir et sous cet orage diluvien, était une rude épreuve. Le vent soufflait tellement fort que la pluie tombait presque à l'horizontale et me fouettait comme une volée de fléchettes. À mi-parcours, mon pied a glissé sur la roche mouillée. J'ai tenté désespérément de me raccrocher à quelque chose mais mes bras n'ont rencontré que le vide et j'ai bien cru que ma dernière heure avait sonné. C'est en tombant à plat dos sur un caillou pointu que je me suis rappelé que je ne pouvais pas mourir. Malheureusement, j'étais toujours sensible à la douleur.

Je me suis mise à quatre pattes et j'ai tâté la poche de mon ciré pour vérifier que ma lampe de poche y était toujours. Puis je me suis relevée péniblement et j'ai continué à descendre à pas de souris. Quand j'ai enfin aperçu la bande de sable blanc qui bordait la crique, j'ai desserré les dents, franchi les derniers mètres presque avec légèreté et sauté à pieds joints sur la plage. Les semelles de mes baskets se sont enfoncées dans le sol humide avec un bruit de succion, comme si j'avais atterri dans une bouillie de flocons d'avoine.

J'ai vaguement distingué la silhouette bossue des tentes, un peu plus loin. Elles étaient plongées dans le noir et apparemment désertes. Après avoir allumé ma torche, j'ai balayé la paroi rocheuse sur ma gauche jusqu'à ce que je trouve l'entrée de la grotte. Celle-ci m'a paru plus petite que dans mon souvenir. Plus effrayante aussi, maintenant que je me trouvais seule devant elle. Pendant un bref instant, j'ai cru voir une lueur tremblotante à l'intérieur et j'ai failli m'enfuir en courant.

«Arrête de délirer, il n'y a personne», me suis-je raisonnée tandis que la pluie qui s'abattait sur ma capuche me résonnait dans les oreilles. «Il faudrait être dingue pour sortir par un temps pareil.»

Aussi dingue que moi, puisque j'étais justement là. Et après avoir vu des CAP faire du surf en pleine tempête, la semaine dernière, ou s'élancer de la falaise l'autre soir, je savais bien que bon nombre d'entre eux étaient passablement fêlés. Mais maintenant que je faisais partie de leur groupe, j'avais autant qu'eux le droit de venir ici, que ça leur plaise ou non.

J'ai respiré un grand coup et me suis faufilée dans l'étroite ouverture. Elle était remplie de fumée – ce genre de fumée âcre et chargée de cendres qui se dégage quand on jette de l'eau sur un feu. Je me suis couvert la bouche avec ma manche et, parvenue au bout du boyau, j'ai dirigé ma lumière sur le sol de la grotte. Aucun doute, quelqu'un avait éteint un feu de bois très récemment. Un petit tas de braises orangées luisait encore, et une épaisse colonne de fumée montait d'un amas de bûches à moitié calcinées avant de disparaître dans les hauteurs de la voûte.

– Il y a quelqu'un ? ai-je lancé.

Pas de réponse. Quelque part au fond de la caverne, on entendait des gouttes d'eau tomber à un rythme régulier.

C'était absurde : si quelqu'un était venu ici peu de temps avant moi, il me serait rentré dedans en sortant, ou alors je l'aurais croisé sur la plage ou en chemin. À moins qu'il n'y ait une seconde entrée ou une autre issue que personne n'avait cru bon de me montrer ?

« Laisse tomber, me suis-je dit. N'oublie pas que tu es venue dans un but bien précis. »

D'une main que j'aurais souhaitée moins tremblante, j'ai braqué le faisceau de ma lampe sur la paroi de droite. J'y ai retrouvé le nom de Krista en grosses lettres rondes comme des bulles et, un peu plus loin, celui de Nadia, écrit en script : NADIA LINKOVA (NASH) 1982. Cori avait ajouté le sien juste en dessous : CORI HERTZ (MORRISON) 1982. Pas étonnant qu'elles soient si proches. Elles avaient débarqué ici la même année, comme Krista et moi. Au fur et à mesure de ma progression, je découvrais des noms qui m'étaient inconnus. Corina Briggance (Horrance) 1993, par exemple, ou Wallace Brooks (Garretson) 1979. Je me suis arrêtée devant celui de Kevin, en grandes lettres irrégulières surmontées d'un dragon qui crachait du feu, la queue entourant la date d'arrivée : 1965. Kevin était ici depuis la naissance de mon père !

J'ai continué à longer le mur lentement tandis que défilaient tous ces noms sous mes yeux. Plus j'avançais, plus je remontais dans le temps. 1921, 1915, 1906, 1899... Certaines inscriptions semblaient tracées à la va-vite, à gros traits de peinture blanche ou de craie, probablement selon les moyens du bord. J'étais sidérée. Parmi les personnes que je croisais dans la rue, certaines se trouvaient donc sur l'île depuis plus d'un siècle. Comment était-ce tenable ?

J'étais maintenant obligée de plisser les yeux pour déchiffrer des noms qui s'étaient quasiment effacés au fil des décennies, guettant avec appréhension celui que je cherchais. J'ai fini par le trouver, gravé à hauteur d'yeux dans le coin le plus reculé de la grotte :

TRISTAN SEVARDES (PARRISH) 1766

Je n'ai pu retenir une exclamation de surprise. Tristan avait vécu à l'époque où les États-Unis n'existaient même pas en tant que nation. Il était mort avant la guerre d'Indépendance. Il avait plus de deux cent cinquante ans !

Tout à coup j'ai sursauté en entendant du bruit. Une sorte de frottement. J'en ai lâché ma lampe de poche qui est tombée sur mon pied. Aussitôt mon gros orteil s'est mis à palpiter douloureusement. Étouffant un juron, je l'ai ramassée et j'ai dirigé le faisceau de lumière vers l'entrée de la grotte, où le feu couvait encore.

– Il y a quelqu'un ? ai-je répété d'une voix apeurée.

Après m'être éclairci la gorge, j'ai demandé avec plus d'autorité :

– Qui est là ?

Pas de réponse.

– Allez, montrez-vous, c'est pas drôle !

J'avais beau tendre l'oreille, tout restait silencieux à part le faible écho des vagues au-dehors. De nouveau, j'ai contemplé le nom de Tristan. 1766.

J'ai soudain eu une crise de tremblements. J'avais l'impression que toutes ces lettres, tous ces chiffres inscrits sur la roche sombre dansaient une folle sarabande autour de moi, que les parois de la caverne se resserraient peu à peu. Ma gorge s'est contractée, j'avais de plus en plus de mal à respirer, il fallait que je sorte de là. Par pitié, de l'air !

Je me suis ruée vers la sortie, et c'est alors que j'ai encore entendu ce bruit. Je suis restée clouée sur place.

– Qui est là ? ai-je insisté, la boule au ventre.

Timidement, j'ai fait un pas en avant. Nouveau craquement.

À mes pieds, un reflet blanc a attiré mon attention. Un bout de papier collé sous ma semelle.

Bonjour la parano, Rory ! Je me suis baissée pour l'enlever avant de me précipiter dehors.

Il ne tombait plus qu'un léger crachin. J'ai inspiré à fond et incliné la tête en arrière, offrant mon visage à cette bruine fraîche et apaisante. Peu à peu, ma respiration s'est faite plus régulière. Après m'être adossée au rocher, j'ai éclairé le papier que j'avais gardé à la main. C'était une page arrachée d'un bloc-notes, comme ceux sur lesquels les journalistes griffonnaient dans les vieux films. La feuille était séparée en deux par un trait vertical et portait, de part et d'autre, des bâtons regroupés par quatre et barrés d'un trait horizontal – méthode classique pour calculer de cinq en cinq. Dans la colonne de gauche, il y avait treize bâtons. Dans celle de droite, seulement neuf.

Quelqu'un comptait donc les points, mais de quoi ?

– Qu'est-ce que tu tiens, là ?

Sous l'effet de la surprise, j'ai eu un mouvement de recul et me suis à moitié assommée contre la paroi rocheuse. Trois lampes électriques se sont allumées en même temps, et Nadia, Pete et Cori se sont matérialisés devant moi, la capuche de leur sweat-shirt rabattue sur la tête. Pete s'est avancé et m'a arraché la feuille des mains sans me laisser le temps de réagir.

– Hé ! ai-je protesté.

Nadia a éclairé le papier.

– La vache ! s'est-elle exclamée en écarquillant ses grands yeux noirs. C'est bien ce que je pensais…

Elle m'a braqué sa torche en pleine figure, si bien que j'ai été complètement aveuglée. J'ai levé le bras et plissé les paupières, mais des dizaines de petites taches violettes s'étaient déjà imprimées sur ma rétine.

– Tu tiens le compte de toutes les âmes que tu condamnes à l'enfer ? a-t-elle embrayé sur un ton accusateur.

– Hein ? Non ! Je viens de trouver ce papier dans la grotte. Collé sous ma basket. Regarde, on voit l'empreinte de la semelle.

J'ai allongé le bras mais Pete a levé le sien pour mettre la feuille hors de ma portée.

– Bien tenté, a-t-il ricané. Tu crois que je vais te laisser détruire une pièce à conviction ?

Ils me dévisageaient tous avec mépris. Même Cori, plutôt amicale d'habitude, avait un air dur et tendu. J'étais acculée à la roche, je n'avais aucune échappatoire.

– On sait que c'est toi, a repris Nadia. Les problèmes ont commencé dès ton arrivée.

– Ouais, pas d'autre explication, a déclaré Cori d'un ton sans appel.

– C'est faux ! ai-je soutenu en luttant contre les tremblements de ma voix. Je n'ai rien à voir là-dedans, je vous le jure !

La pluie a redémarré.

– Ah ouais ? a craché Nadia. Eh bien, on va voir ce que la maire en pense !

Elle m'a saisi le poignet et pincé la peau dans la foulée. C'est alors qu'un garçon comme tombé du ciel a atterri à ma droite. Ma torche m'a échappé des doigts. Cori a poussé un cri, mais Nadia s'est à peine crispée.

– Lâche-la, lui a ordonné Joaquin.

Nadia a obéi immédiatement et reculé d'un pas, pile dans le faisceau de lumière. Mon cœur s'est arrêté de battre en voyant qu'elle portait des Converse noires. C'était donc elle qui se trouvait dans le bureau de la maire, tout à l'heure. Mes pires craintes se sont confirmées : la fille qui me tenait pour responsable de tous les maux était dans les petits papiers de la femme la plus puissante de l'île. Voilà qui expliquait sans doute le brusque revirement d'attitude de la maire à mon égard.

J'étais coincée. Fichue. Totalement foutue.

– Elle est coupable, a décrété Pete en fourrant la feuille de bloc-notes dans sa poche. Arrêtez de défendre cette fille, Tristan et toi !

– Écoute, mon vieux, Rory vient juste d'arriver. Tu ne peux pas l'accuser d'être à l'origine de tous les problèmes !

– C'est précisément parce qu'elle *vient d'arriver* qu'on sait que c'est elle la responsable, a argué Nadia en me jetant un regard venimeux. Ça ne peut pas être l'un de nous.

– Je propose qu'on aille trouver la maire sur-le-champ, a dit Pete.

Il s'est avancé vers moi.

Joaquin s'est aussitôt interposé.

– Laisse-la tranquille, Pete, a-t-il grondé. Je ne plaisante pas.

Nadia a éclaté de rire. Un coup de tonnerre a retenti au loin.

– Tu es tellement prévisible, mon pauvre J ! Est-ce que je dois te rappeler ce qui s'est passé, la dernière fois que Tristan et toi vous êtes disputé une fille ?

À la lueur d'un éclair, j'ai vu Joaquin serrer les poings.

– Ce n'est pas du tout la même chose, *Nadia*, a-t-il protesté en articulant ce prénom comme s'il s'agissait d'un gros mot. Et je te signale que tu n'étais même pas là. Quand on ne sait pas de quoi on parle, on se tait.

– J'en sais assez pour te donner le conseil suivant, mec : ne t'approche pas trop de Rory, tu risques d'avoir de mauvaises surprises.

Nouvel éclair, immédiatement suivi d'un coup de tonnerre assourdissant. J'ai eu tellement peur que j'ai attrapé la main de Joaquin. Il s'est raidi. Nadia a fixé son regard sur nos mains. J'étais sûre que Joaquin allait se dégager, mais non. Au contraire, il a relevé le menton et serré mes doigts dans les siens. Sa peau était chaude et rêche.

– Je ne suis absolument pas inquiet, a-t-il riposté avec assurance.

– Ouais, ben, tu ferais mieux de l'être, a glissé Pete sur un ton de défi. Nadia, Cori, venez, on a quelque chose à montrer à notre maire.

Le sinistre trio a tourné les talons et commencé à gravir le flanc de la falaise. Je suis restée plantée sous la pluie battante, haletante, luttant contre une irrésistible et douloureuse envie de pleurer. Joaquin se tenait à dix centimètres de moi, nous étions encore main dans la main. Quand il s'est tourné, il m'a regardée au fond des yeux. Ses prunelles noires semblaient percer ma peur à jour.

– Ça voulait dire quoi, « on a quelque chose à montrer à la maire » ? m'a-t-il questionnée.

– J’ai trouvé un papier dans la grotte, lui ai-je avoué. Une sorte de décompte de points. Je ne comprends pas du tout ce que ça signifie, mais Nadia et les autres en ont visiblement tiré des conclusions.

Une fois encore, l’angoisse m’a saisie à la gorge. Si la maire me croyait coupable, j’étais finie.

Joaquin, muet, les yeux baissés, fixait l’étroite bande de sable humide qui nous séparait. Je me suis mise à trembler. Plus son silence durait, plus il m’inquiétait. Est-ce qu’il commençait à me soupçonner à son tour ? Jusqu’à présent, il avait été le seul à me croire, le seul à vouloir m’aider à sauver Aaron. Sans son soutien, je n’étais pas de taille à affronter la suite, quelle qu’elle soit.

– Tiens, m’a-t-il dit en enlevant et posant délicatement son gros blouson sur mes épaules.

Le blouson avait gardé la chaleur de son corps, ainsi qu’une odeur de musc légèrement acidulé. Je m’y suis lovée avec reconnaissance et mes tremblements ont enfin cessé.

– Maintenant, tu ferais bien de rentrer chez toi, a ajouté Joaquin.

– Mais… les autres ? ai-je demandé en jetant un regard anxieux dans la direction qu’avaient prise Nadia, Cori et Pete.

– Ne t’inquiète pas, je m’occupe d’eux.

Les comptes

Neuf de moins, onze en instance de départ. Et tout ça sur le dos de cette parfaite et sainte Rory ? C'est du gâteau !

Plein nord

Cette nuit, impossible de fermer l'œil. J'ai passé des heures et des heures à regarder le plafond, avec pour seul réconfort un oreiller que je serrais contre moi, persuadée que Dorn allait cogner à ma porte d'un instant à l'autre. Ou qu'une foule de CAP en colère me traîneraient chez la maire pour entendre ma sentence.

Mais rien de tel ne s'est produit. Le lendemain matin, quand Joaquin m'a tenu la porte de l'épicerie-snack, j'étais à la fois abrutie comme un zombie et tendue comme un ressort. J'arrivais à peine à soulever les paupières et à mettre un pied devant l'autre, mais j'avais néanmoins une conscience suraiguë de mon entourage : aucun mouvement, aucun regard curieux ne m'échappait. Je redoutais un guet-apens.

Le carillon a tintinnabulé au-dessus de nos têtes. Comme le soleil était revenu, il y avait beaucoup d'animation dehors et de nombreux clients dans le magasin. Certains buvaient un café au comptoir, d'autres feuilletaient distraitement des magazines tout en commentant l'orage de la veille.

– Tu as vu, tous ces débris échoués sur la plage ?

– Et cet arbre immense qui s'est abattu rue du Bernard-l'hermite !

– Il paraît que Le Cygne Noir organise une fiesta autour du thème « J'ai-survécu-à-la-tempête ».

– On va sûrement m'appeler en renfort, a soupiré Joaquin en entendant ce scoop.

J'ai étouffé un bâillement.

Toutes les tables étaient prises, et même au bar on avait peu de chances de trouver une place. Alors que je parcourais la salle des yeux, j'ai aperçu Krista et Fisher dans le box le plus éloigné de la porte. La présence de Fisher à cette heure matinale m'a étonnée : je l'avais entendu rentrer à pas de loup avec ma sœur à plus de trois heures du matin. En le voyant nous adresser un grand signe, Krista s'est tortillée sur son siège avec un large sourire, telle une gamine de maternelle.

– Qu'est-ce qu'ils font ici ? ai-je voulu savoir.

– Ils ont tenu à venir, m'a informée Joaquin.

– Salut, Rory ! Viens vite t'asseoir, a chantonné Krista en tapotant la banquette recouverte de Skaï bleu.

Je me suis glissée à côté d'elle pendant que Joaquin se tassait près de Fisher. À eux deux, ils occupaient toute la largeur de la banquette. Fisher avait devant lui un verre de smoothie orange à moitié vide ; Krista ne buvait que de l'eau.

– Quoi de neuf ? a lancé Fisher, les paupières lourdes, lui aussi.

– Personne n'a été transféré depuis hier matin, lui a rapporté Joaquin.

– Et j'ai pu dormir dans mon lit cette nuit, m'a rassurée Krista en m'effleurant l'avant-bras, comme si je n'avais eu d'autres soucis que de les savoir à la rue, Tristan et elle.

– Ah, tant mieux, ai-je lâché.

J'ai attrapé la salière, histoire de me donner une contenance.

– Il y a deux jours, Fisher a escorté quelqu'un qui s'est retrouvé à Shadowland, m'a expliqué Joaquin.

– Alec n'aurait jamais dû aller là-bas, a enchaîné Fisher avant d'aspirer une longue gorgée de jus avec sa paille. Ce type était un saint homme.

– Vraiment ? ai-je demandé tout en faisant glisser la salière sur le dessus de table en Formica.

– Non, pas au sens propre, a précisé Fisher. Mais il se comportait comme s'il en était un, tu vois le genre ?

Krista s'est mise à glousser, et tous nos regards ont convergé vers elle.

– Désolée, a-t-elle murmuré en baissant les yeux.

– Qu'est-ce que je vous sers, les enfants ? a claironné Ursula en s'approchant de notre table dans son uniforme en vichy bleu.

Puis elle a toisé Joaquin comme si les autres, moi comprise, n'existaient plus.

– Bonjour, Ursula, a dit Joaquin d'une voix suave. Je te trouve ravissante aujourd'hui.

– Ça ne marche pas, mon petit. Tu as encore oublié de rabattre le siège des toilettes, ce matin.

Fisher a pouffé dans son verre.

– Oh ? Désolé, a repris Joaquin. Je ne le ferai plus, promis.

– Ouais, ouais, j'ai déjà entendu ça, a grommelé la vieille serveuse.

Elle s'est soudain rappelé notre présence.

– Alors, ce sera quoi ?

– Euh… Un café, s'il vous plaît, a émis Krista.

– Pour moi aussi, ai-je déclaré.

Ursula a regardé la salière qui continuait à zigzaguer sur la table.

– Excusez-moi, ai-je soufflé en m'arrêtant illico, le rouge aux joues.

– Je vais prendre une omelette espagnole avec supplément poivrons, une portion de frites et trois crêpes, a embrayé Joaquin. Oh, et un chocolat chaud.

– C'est ton ventre après tout, a critiqué Ursula en calant son crayon sur son oreille. Et pense à acheter du thé en sachets avant de rentrer.

– C'est quoi, cette obsession du thé ? Depuis une semaine, tu es totalement accro.

– T'occupe, achètes-en.

– Esclavagiste ! a plaisanté Joaquin.

L'espace d'une fraction de seconde, j'ai cru que la femme allait enfin se dérider, mais elle était déjà repartie.

– Pas de bonne humeur, a commenté Fisher.

– Ouais, c'est le moins qu'on puisse dire, a acquiescé Joaquin. Elle est comme ça depuis quelques jours. Je ne la reconnais plus.

– Moi aussi, ça m'a frappée, est intervenue Krista. Hier, quand on travaillait ensemble, elle avait le regard perdu dans le vide.

– Elle a des ennuis, vous croyez ? me suis-je enquise en observant Ursula, qui était en train de servir des clients au bar.

Parmi ceux-ci, l'adepte du yoga, assise tout au bout du comptoir, me fixait d'un œil noir. Je lui ai tourné le dos en vitesse, non sans une désagréable sensation de malaise.

– Je ne sais pas ce qu'elle a, cette brave Ursula, elle devrait être heureuse : elle vit avec moi ! a ironisé Joaquin en se rengorgeant à outrance.

– Si on revenait au sujet qui nous intéresse ? ai-je suggéré avec un brin d'impatience. On sait qu'il n'y a pas eu de transfert hier, mais aujourd'hui ? Moi, je n'ai pas reçu de pièce ce matin. Et vous ?

– Moi non plus, a dit Joaquin.

– Moi, oui, a annoncé Krista en levant un bras timide.

– Et moi aussi, a complété Fisher.

Il a posé la pièce sur la table. Joaquin l'a examinée.

– C'est possible de les falsifier, à votre avis ? ai-je demandé en repensant à la théorie de Nadia, selon laquelle j'envoyais exprès des gens en enfer. En admettant que quelqu'un soit animé de mauvaises intentions, il lui faudrait sans doute trafiquer les pièces, non ?

– À première vue, rien d'anormal, a estimé Joaquin en faisant glisser la pièce, côté soleil, vers Krista et moi. Elles sont toutes pareilles à la base. C'est au contact de la personne en partance qu'elles se modifient, selon que la personne en question est bonne ou mauvaise. Avant ça, ce ne sont que de simples rondelles d'or.

Le carillon de la porte a tinté. Du coin de l'œil, j'ai vu la fan de yoga sortir du snack. Bon débarras.

– Alors j'avais peut-être raison, a déclaré Krista pendant qu'Ursula nous apportait les cafés.

Elle a repoussé la pièce en direction de Fisher et attendu que la serveuse s'éloigne avant de poursuivre :

– Si ça se trouve, c'est la girouette qui est complètement détraquée !

– Possible, a émis Joaquin.

– Oui, a ajouté Fisher, elle a très bien pu se tordre au cours d'un orage. Ils ont été nombreux, ces derniers temps, et particulièrement violents ! Si la flèche indique le sud en permanence, c'est sans doute parce que l'axe est faussé ou un truc dans le genre.

– On va la surveiller de près, ai-je proposé avec un regain d'espoir. Si elle reste bloquée sur le sud, c'est qu'il y a un problème. On ne sait pas encore de quel ordre, mais en tout cas, les gens qui transitent par cette île en ce moment ne peuvent pas tous être des monstres. Vous êtes d'accord ?

– Oui, a répondu Joaquin.

– Absolument, a renchéri Fisher.

J'ai recommencé à triturer la salière, hésitant à leur faire part d'une autre suggestion.

– Et si on arrêtait d'escorter les âmes ? ai-je fini par lâcher.

Krista, Joaquin et Fisher ont échangé des regards alarmés.

– Impossible ! a objecté Krista. Si on faisait ça, le brouillard nous envahirait vingt-quatre heures sur vingt-quatre sans jamais se dissiper.

– Sans compter que l'île serait vite surpeuplée, a souligné Fisher en prenant une nouvelle gorgée de smoothie.

– Tu préfères vivre un peu à l'étroit ou envoyer un tas d'innocents en enfer ? lui ai-je vertement rétorqué.

Ursula est venue déposer deux assiettes généreusement garnies devant Joaquin. L'odeur de l'omelette fumante, des poivrons et des oignons frits m'a mis l'eau à la bouche. Au moment de s'en aller, Ursula a éternué bruyamment.

Un grand silence s'est abattu sur la salle. J'ai senti Krista se raidir à côté de moi. Joaquin est devenu blême.

– À vos souhaits ! a crié l'un des clients de passage.

Joaquin s'est levé et a pris Ursula par les épaules.

– Qu'est-ce que… Est-ce que tu as… ?

Pour toute réponse, la vieille serveuse a fondu en larmes et quitté le restaurant en courant. Certains habitués se sont regardés avec consternation. Quant à Krista et Fisher, on aurait dit qu'ils venaient d'assister à un attentat terroriste.

– Pourquoi vous tirez ces têtes ? leur ai-je demandé en m'agrippant à la table.

– Ursula a éternué, a soufflé Krista sans autre précision.

– Et alors ?

Tandis que les conversations reprenaient autour de nous, Joaquin s'est approché de la banquette où j'étais assise et s'est appuyé de tout son poids sur le dossier.

– Alors, les CAP ne sont jamais malades, je te rappelle. On peut se blesser, s'érafler les genoux en tombant de vélo, par exemple…

– Pour que ça reste plausible aux yeux des visiteurs, a complété Fisher.

– Mais on ne tousse pas, on n'éternue pas, on n'attrape même pas le hoquet, a terminé Joaquin.

– Peut-être que son nez la chatouillait, voilà tout, ai-je hasardé.

Fisher a secoué la tête.

– Ça n'arrive jamais.

J'ai lâché la salière pour attraper ma serviette, que j'ai pliée et repliée nerveusement sur mes genoux. Encore un aspect de la vie quotidienne de Juniper Landing qui partait en vrille. Un accroc de plus dans ce système prétendument inattaquable.

– À ton avis, Ursula est vraiment… malade ? ai-je demandé en me tournant face à Joaquin. C'est pour ça qu'elle insistait autant pour que tu achètes du thé ?

À ces mots, le visage du beau brun s'est éclairé.

– Mais oui, bien sûr ! Je trouvais ça bizarre, et de son côté elle n'osait rien dire.

– La pauvre, elle doit être terrifiée, a soupiré Fisher.

Joaquin a croisé les mains derrière sa tête, écarté les coudes comme des ailes, puis inspiré un grand coup.

– Bon. Il faut que je la rattrape.

Fisher a jeté un coup d'œil vers la porte et s'est subitement décomposé.

– Regardez... le brouillard, a-t-il dit d'une voix rauque.

Je me suis mise à genoux sur la banquette, face à la rue. Effectivement, le brouillard avait envahi la ville à la vitesse de l'éclair, engloutissant le parc, la bibliothèque et tous les bâtiments alentour. Peu à peu, les clients se sont tus pour observer le phénomène.

Quand Joaquin a mis le cap sur la sortie, de nombreuses paires d'yeux l'ont suivi. Nous lui avons emboîté le pas et l'avons rejoint dehors, sous l'auvent du snack. L'air était si dense et si humide qu'il me collait à la peau et m'obturait les bronches.

– Euh... Qu'est-ce qu'on fait ? a questionné Krista.

– On attend, a répliqué Joaquin.

Il s'est avancé sur le trottoir et a regardé approximativement en direction de la maison de Tristan. Le souffle court, je me suis récité en silence le tableau périodique des éléments. Ensuite, j'ai compté jusqu'à cent. Deux fois. Trois fois. Pendant ce temps-là, Joaquin tapait du poing sur le pilier de l'auvent et Krista tournait en rond derrière nous. Après une éternité ou presque, la grisaille a commencé à s'éclaircir.

– On va bientôt être fixés, nous a annoncé Joaquin en scrutant la falaise à travers les nappes de brume qui dérivaient vers l'océan. Si la girouette est tournée vers le sud, c'est vraiment qu'elle débloque. Quatre clients de suite pour Shadowland, c'est du jamais vu.

– Si elle indique encore le sud, je grimpe sur le toit pour la réparer, a déclaré Fisher avec sérieux.

Des bandes de ciel bleu apparaissaient entre les dernières traînées de brume qui flottaient au-dessus du parc. Au sommet de la maison des Parrish, la girouette s'est mise à pivoter lentement sur son axe et a exécuté un tour complet. Puis un deuxième. Puis un autre encore. Un fort vent d'est rabattait vers l'ouest les drapeaux qui jalonnaient la Grande rue, mais la flèche s'en moquait. Elle a amorcé un quatrième tour et s'est immobilisée en direction du nord.

– Super, c'est bon signe, a interprété Krista.

– Au contraire, a répliqué sèchement Joaquin. Ça prouve que ce n'est pas un problème mécanique, puisqu'elle est capable d'indiquer le nord le cas échéant. Et ça ne change rien au fait que Jennifer, Aaron et Alec ont été mal orientés. Le mystère reste entier.

– Oh, a fait Krista en rougissant jusqu'à la pointe des oreilles.

– Mais qu'est-ce qui se passe, à la fin ? a pesté Fisher en se redressant de toute sa hauteur, comme s'il était prêt à tabasser le premier qui lui chercherait des crosses.

– On va organiser une réunion, a décrété Joaquin. Dites à tout le monde de venir à minuit au Cygne Noir. Je veux savoir si d'autres que nous ont eu la même expérience, et combien de fois. Si nous arrivons à rassembler assez de témoignages, la maire sera obligée de nous écouter. En attendant, je vais aller voir comment se porte Ursula.

– Bonne chance, mon pote, lui a dit Fisher en lui tapant dans la main. Moi, je vais du côté de la plage, Pete et sa bande y sont sûrement.

– Non, inutile de t'occuper d'eux, a objecté Joaquin.

– Pourquoi ?

– Parce que… C'est perdu d'avance, tu ne réussiras pas à les convaincre. Essaie plutôt de trouver Bea, Lauren et Kevin.

Fisher a froncé les sourcils et cogné ses poings l'un contre l'autre.

– Bon… d'accord, a-t-il finalement cédé.

Pendant que Joaquin s'éloignait au pas de course, Fisher s'est tourné vers Krista et moi, attendant visiblement une explication.

Je me suis bornée à hausser les épaules.

– OK, a grogné Fisher. Kevin est sans doute en train de cuver ses bières à la crique, je vais commencer par là.

– Je me charge de chercher Lauren et Bea, a annoncé Krista. Tu veux venir avec moi, Rory ?

– Et Tristan ? ai-je avancé.

– Je lui en parlerai en rentrant à la maison. À moins que tu veuilles le faire ?

De nouveau, j'ai contemplé l'énorme demeure bleue qui dominait la ville. Dire que Tristan, qui ne croyait pas en moi, habitait sous le même toit qu'une femme capable de m'envoyer droit aux Oublis !

– Non, je vais rentrer chez moi retrouver mon père et ma sœur, ai-je répondu, la gorge sèche.

– D'accord. À tout à l'heure, alors ?

Devant mon air éberlué, Krista a précisé :

– On est censées préparer les cupcakes, tu te souviens ? Pour la fête. À deux heures.

– Ah oui, c'est vrai. J'y serai, compte sur moi.

– Je t'accompagne, m'a gentiment proposé Fisher en posant sa grosse paluche au creux de mes reins. De toute façon, c'est sur mon chemin.

– OK.

Nous avons quitté Krista et obliqué vers le nord afin de rejoindre la rue des Freesias. Au bout de trois mètres à peine, je me suis arrêtée net en apercevant une silhouette que je connaissais bien. Darcy.

Elle se tenait près de la fontaine au milieu du parc, vêtue de sa robe d'été préférée, les yeux rivés sur nous. Moi et Fisher, le garçon qui plaisait à ma sœur… et qui me tenait par la taille.

– Darcy ! l'ai-je appelée.

Elle a tourné les talons et filé dans la direction opposée.

Comprimés

Une fois arrivée chez moi, j'ai attendu Darcy tout en me préparant à l'inévitable confrontation qui aurait lieu dès son retour. Mon père, comme d'habitude, travaillait à son roman. Malgré le soleil qui entrait à flots, il régnait une ambiance sinistre dans la maison. J'ai tourné en rond toute la matinée, guettant avec anxiété le bruit de la porte d'entrée, mais ma sœur ne s'est pas montrée. Preuve qu'elle était sacrément fâchée.

À l'heure où je suis partie chez Krista, Darcy n'était toujours pas rentrée. En traversant le parc, au lieu de céder à la terreur que m'inspirait la maire de Juniper Landing, j'ai commencé à réfléchir à ce que j'allais dire à Tristan pour le convaincre des erreurs d'orientation.

« Je comprends tes craintes, mais ce n'est pas une raison. Aaron ne méritait absolument pas d'aller à Shadowland. »

J'ai secoué la tête avec dérision en passant près de la fontaine. Combien de fois avais-je tenu ce discours ?

Au moins un million. Pourquoi Tristan changerait-il d'avis maintenant ?

« Je comprends tes craintes, mais il y a clairement quelque chose qui ne tourne pas rond ici. Tu veux bien nous aider à trouver une solution ? »

Je me suis mordillé la langue. Oui. C'était plus adroit. Mieux valait éviter de parler d'Aaron.

Au moment où je me sentais prête psychologiquement, j'ai aperçu Pete et Cori à califourchon sur leur vélo, cinq ou six mètres plus loin. Tous deux me fixaient d'un regard hostile.

J'ai aussitôt ralenti le pas. Je bouillais intérieurement, j'ai failli leur crier : « Vous ne m'avez jamais vue ? C'est quoi, votre problème ? »

Mais l'officier Dorn et le commissaire Grantz sont venus se joindre à eux. Puis la fana de yoga, puis l'épicier. Plus deux autres personnes qui m'étaient inconnues. Je me suis arrêtée net, en proie à une angoisse glaçante. Il ne manquait plus que Nadia et ses yeux noirs.

Dorn s'est penché sur Grantz, et ils m'ont regardée d'un air mauvais. Les autres se sont retournés comme un seul homme, on les aurait crus prêts à me sauter à la gorge.

La voix de Tristan a fait écho dans ma mémoire : « Quand des révoltés se rassemblent et réclament du sang, ils ne se calment qu'après l'avoir obtenu. »

Je me suis remise en route, tête baissée, et j'ai marché de plus en plus vite, si bien que j'ai fini par grimper la colline au pas de course. J'avais envie de retrouver Krista et mes amies. Mais en voyant la girouette qui grinçait sinistrement à la cime du toit, j'ai soudain eu une bouffée d'angoisse et je suis restée figée sur place.

Quelle folie d'aller me jeter dans la gueule du loup ! Depuis hier, je redoutais une embuscade. Qui savait ce qui m'attendait derrière la porte des Parrish ?

Tout à coup, Krista est apparue au coin de la maison, le visage soucieux. Elle portait une robe d'été bleu lavande, ses cheveux étaient tirés en arrière, et elle avait une trace de farine sur la joue. Dès qu'elle m'a aperçue, son regard s'est illuminé.

– Ah ! Te voilà enfin ! s'est-elle exclamée en venant à ma rencontre.

Puis elle m'a pris les deux mains et m'a dit :

– Je m'apprêtais justement à aller chez toi.

– Pourquoi ? ai-je voulu savoir, un peu désorientée.

– Tu es en retard, et Joaquin nous a dit de veiller sur toi, il avait l'air inquiet.

– Euh… ouais, ai-je admis en regardant nerveusement derrière moi. Je flippe un peu à cause de tout ce qui s'est passé ces derniers temps. Tristan est là ?

– Non, il s'est sauvé depuis un moment. Nadia est passée, et ils sont allés faire du surf, je crois.

– Hein ?

Un goût amer m'est monté à la bouche. J'étais révulsée. En voyant ma tête, Krista a affiché une mine désolée.

– Ah. D'accord, excuse-moi… Je suis sûre que ce n'est rien.

Non, ce n'était pas *rien*. S'ils étaient partis ensemble, va savoir où, Nadia allait forcément essayer de persuader Tristan de ma culpabilité. De lui faire croire qu'il allait encore se laisser rouler par une fille. Et comme on s'était engueulés la dernière fois qu'on s'était vus, Tristan ne serait sûrement pas enclin à prendre ma défense.

– Viens, m'a dit Krista en m'entraînant vers la maison.

Alors qu'on longeait le parterre de fleurs mortes devant la véranda, on a soudain entendu des cris à l'intérieur et, peu après, une porte qui claquait. Les corbeaux se sont envolés du toit avec des croassements furieux.

– Hum, on ferait peut-être mieux de rester dehors pour l'instant, m'a glissé Krista.

– Et Bea et Lauren ?

– Elles survivront.

Cette répartie m'a fait rire. Tout en gardant un œil sur la porte d'entrée, Krista a monté les marches de la véranda et m'a ensuite conduite vers un banc en osier installé face à la falaise et à l'immensité de l'océan. Sitôt assise, Krista s'est affalée sur les coussins en soupirant. Ce genre d'attitude ne lui ressemblait pas.

– Qu'est-ce qu'il y a ? lui ai-je demandé.

– J'ai repensé à ce que Joaquin a dit, hier, m'a-t-elle répondu en tripotant un bout d'osier cassé sur le dessus de l'accoudoir.

– Qu'est-ce qu'on fiche ici puisque tout va de travers ?

– Ouais, je vois ce que tu veux dire.

Avec un nouveau soupir, Krista a croisé les bras.

– Est-ce que tu regrettes ta vie d'avant, Rory ?

Question intéressante. Étant donné les évènements de ces derniers jours, je n'avais guère eu le temps de songer à mon ancienne vie. Et ça m'était encore plus difficile maintenant, sachant que Tristan et Nadia étaient tous les deux en train de discuter quelque part. En tête à tête.

Pourtant, après réflexion, je me suis rendu compte qu'en dehors de l'école, je n'avais pas grand-chose à regretter. J'avais des amies, mais pas très proches. Ma mère me manquait depuis des années, et Darcy et mon père étaient encore avec moi ; en cela, rien n'avait changé. Christopher m'a rapidement traversé l'esprit, mais je n'arrivais plus à m'en former une image précise. Quand je pensais à lui, j'éprouvais une agréable chaleur dans la poitrine, rien de plus.

– Pas vraiment, ai-je fini par répondre.

Krista m'a regardée avec des yeux de biche attristée ; elle aurait sans doute souhaité une autre réponse.

– Si j'étais ici depuis plus longtemps, j'aurais sûrement la nostalgie de mon ancienne vie, ai-je ajouté.

– Oui, c'est vrai, a lâché Krista.

J'ai contemplé son corps gracile. Elle paraissait si fragile à cet instant. Si vulnérable.

– Krista, ai-je amorcé doucement, si tu as envie de parler… Enfin, si tu veux me parler de la façon dont tu es…

– Morte ? a-t-elle complété d'une voix à briser le cœur. Je me suis tuée.

– Comme Joaquin ?

Krista a eu un rire amer.

– Pas tout à fait, non. Je n'avais pas l'intention de mettre fin à mes jours, comme on dit.

– Comment ça ?

Krista n'arrêtait pas de tourner et de retourner ses mains sur ses genoux.

– J'ai... Andreas, mon copain, venait de me quitter... Alors j'ai avalé des comprimés en pensant que j'allais juste perdre connaissance, qu'il me découvrirait un peu plus tard et qu'il réaliserait combien il m'aimait. Une histoire à la *Roméo et Juliette*, quoi. On devait aller ensemble au bal de fin d'année. J'avais déjà ma robe. Au lieu de ça, je me suis retrouvée à Juniper Landing. Je croyais que mon plan se déroulerait à la perfection, mais j'ai fini ici. Sans Andreas.

Krista a posé la tête sur mon épaule et a fondu en larmes. Je l'ai entourée de mon bras et laissée pleurer tout en la plaignant sincèrement. Elle aurait pu se trouver un autre copain, continuer à faire des projets, vivre sa vie. Si seulement elle n'avait pas pris trop de cachets.

Je savais que ce raisonnement s'appliquait à moi aussi : en sortant de cours, si j'avais pris le chemin normal au lieu du raccourci à travers bois, M. Nell ne m'aurait jamais agressée. Ma sœur, mon père et moi, on habiterait encore à Princeton, dans « l'autre monde ». Je n'aurais pas à me soucier de foules en colère, de la maire, de Shadowland, des Oublis ou de l'endroit où Tristan se trouvait en cet instant même et de ce que je lui dirais dès que l'occasion se présenterait.

En fin de compte, peut-être que je regrettais mon ancienne vie.

– Excuse-moi, a murmuré Krista en reniflant. Je suis vraiment désolée. J'ai beaucoup repensé à tout ça récemment, avec la préparation de mon premier anniversaire sur l'île et le reste... mais aujourd'hui, je ne sais pas pourquoi, ça me déprime encore plus.

– Ça va s'arranger, ai-je dit en lui frottant le dos. Au fait, c'était quoi ta bonne action ? ai-je ajouté dans l'espoir de lui remonter le moral.

– Pff ! Un truc naze. Je n'ai pas sauvé de vies, ni débarrassé le monde d'un dangereux psychopathe, contrairement à certaines personnes.

– Raconte.

– J'ai sauvé une poupée.

– Hein ?

Krista a levé les yeux au ciel mais elle m'a souri juste après.

– J'étais ici depuis trois jours. Je suis allée à la plage avec un couple qui était arrivé des années plus tôt, et à côté de nous il y avait une famille. La mère, le père et deux jeunes enfants. J'ai appris plus tard qu'ils étaient morts dans un accident de voiture.

– Dur, ai-je commenté.

– La petite fille avait laissé sa poupée au bord de l'eau, et une vague l'a emportée. Ça l'a rendue folle, elle s'est mise à pleurer, à hurler. Le père lui a lancé : «Tant pis, ça t'apprendra à prendre soin de tes affaires. » Tu vois le genre. Quel âge elle avait, cette gamine ? Dans les trois ans.

– Sans blague ?

– Absolument. Sympa, le papa, hein ? Moi j'étais là, à regarder s'éloigner cette pauvre poupée ballottée par les flots pendant que la petite sanglotait, et ça m'a rappelé ma vieille Marilyn. Je la trimballais partout avec moi. À la fin du CM1, elle était devenue une véritable loque !

Le visage de Krista s'est fendu d'un sourire nostalgique.

– Bref, j'ai beau ne pas être une grande nageuse, j'ai plongé dans l'eau et nagé jusqu'à la poupée. Au retour, ça a été plus dur, j'ai cru que je n'arriverais jamais à regagner la plage à cause des courants. J'étais tellement fatiguée et essoufflée que je voyais des étoiles danser devant mes yeux. Mais la petite a retrouvé sa poupée.

– Formidable ! Et le père ?

– En gros, il m'a grogné dessus. Mais la gamine était tellement contente... Ils ont été transférés le soir même.

Au fond de moi, j'ai souhaité que cette famille soit allée vers la Lumière, y compris le père malgré son sale caractère. J'ai soupiré, Krista aussi, et on est restées un moment silencieuses, face à l'océan qui miroitait sous le soleil.

– Tu sais quoi ? ai-je finalement lancé. C'est un mauvais jour, voilà tout.

– Comment ça ? m'a demandé Krista avec des yeux légèrement rougis.

– C'est ce que ma mère disait : un jour on a l'impression que tout va bien, et le lendemain c'est tout le contraire alors que rien n'a vraiment changé. Moralité : il faut se souvenir des bons jours quand on traverse une mauvaise passe et se dire que c'est provisoire, que tout finira par s'arranger.

– Mais quelque chose a changé, justement ! s'est insurgée Krista en se redressant avec une telle vivacité que le banc d'osier a grincé sous son faible poids. Mon boulot me plaisait, j'aimais avoir la responsabilité d'escorter les gens vers leur destination finale. Maintenant que le système est détraqué, à quoi je sers ? Qu'est-ce qu'il me reste ? En plus, personne ne m'apprécie ici.

– C'est faux ! ai-je protesté. Tristan t'adore.

– Absolument pas. Il me trouve énervante, je le sais très bien, a répliqué Krista en baissant la tête.

Son joli petit nez retroussé était tout rouge, et une larme a ruisselé sur sa joue.

– Tu imagines ? a-t-elle poursuivi. Tristan est resté fils unique pendant deux cent cinquante ans, et voilà qu'on lui impose une sœur !

– D'accord, en ai-je convenu. Mais les filles t'aiment bien, elles.

– Arrête ! a rétorqué Krista en roulant les yeux.

– Hum, je te rappelle qu'en ce moment il y en a deux qui sont en train de préparer des cupcakes pour ton anniversaire, alors que tu as abandonné ton poste depuis plus d'un quart d'heure. Si ce n'est pas du dévouement, qu'est-ce que c'est ?

Krista s'est mordu la lèvre.

– Je parie que Lauren trie les vermicelles en sucre par couleur et que ça rend Bea complètement dingue.

– Il y a des chances, oui ! ai-je acquiescé en riant.

Toutes deux songeuses, on s'est remises à contempler la mer en silence. Je pensais à Tristan, bien sûr, mais aussi à mon étrange relation avec Joaquin et à cette amitié qui était en train d'éclore lentement, timidement, entre Krista et moi.

– En fait, ai-je repris après un moment, tu as besoin de trouver ta place, la meilleure façon de t'intégrer et de t'investir dans la durée. Comme nous tous, d'ailleurs. Mais ça prendra du temps.

– Ce n'est pas ce qui manque ici, le temps, a marmonné Krista.

J'ai soudain perçu un léger bruit derrière nous. En me retournant vers les fenêtres du bureau de la maire, j'ai aperçu deux yeux bleu clair qui me fixaient entre les lames en bois du store. J'ai retenu mon souffle. La maire a soutenu mon regard pendant un bon moment avant de refermer le store d'un coup sec.

J'ai alors eu l'affreux pressentiment que, pour moi, le temps était compté sur cette île.

Soupçons injustifiés

Joaquin n'avait pas dit un mot depuis qu'on était partis de chez Krista. Il s'était pointé en fin de journée, pile au moment où on terminait notre dernier plateau de cupcakes à la fraise, et mine de rien m'avait proposé de me raccompagner chez moi. Mais en voyant avec quelle vigilance il lorgnait tous les CAP qu'on croisait en ville, comme s'il était mon garde du corps attitré, j'ai compris qu'il voulait me protéger.

J'ignorais si je devais me sentir rassurée ou cent fois plus inquiète.

– Alors, quelles nouvelles du front ? ai-je finalement lancé alors qu'on s'engageait dans la rue des Freesias, où, me semblait-il, traînaient encore quelques fantômes.

– Quoi ? a répliqué Joaquin d'un ton cassant.

Je me suis mise à rougir.

– Rien… C'est juste un truc que mon père a l'habitude de dire pour lancer la conversation.

– Ah, d'accord, a repris Joaquin en rougissant à son tour. Excuse-moi, je suis un peu tendu.

On a continué à longer la rue et ses imposantes demeures victoriennes aux corniches finement ouvragées et aux vérandas joliment ornées de fleurs en pot – bien que certaines soient déjà à moitié fanées. Le square qui se trouvait un peu plus bas était toujours aussi désert, et j'ai vite détourné les yeux de la vieille balançoire qui grinçait sinistrement.

– Tu as vu Tristan aujourd'hui ? m'a subitement demandé Joaquin.

– Non, ai-je soufflé avec un pincement au cœur.

Quand j'étais chez Krista, j'étais tellement persuadée que la maire allait surgir d'un instant à l'autre pour réclamer ma tête que je sursautais dès qu'une porte claquait ou qu'une lame de parquet craquait. En définitive, elle ne s'était pas montrée, mais au moins cette anxiété constante m'avait empêchée de penser à Tristan et à l'agréable moment qu'il passait avec Nadia.

– Krista m'a dit qu'il devait aller faire du surf avec Nadia, ai-je précisé.

Joaquin a levé les yeux au ciel.

– Ben voyons ! a-t-il ironisé. Tristan et Nadia sont comme… Cite-moi deux éléments qui explosent quand on les mélange.

– Eh bien, l'oxygène et le phosphore, par exemple. Il se produit un…

– C'est exactement leur cas, m'a interrompue Joaquin en regardant l'océan au loin. S'ils avaient passé ne serait-ce qu'une heure ensemble, on le saurait, parce que l'île aurait été anéantie !

J'ai souri, un peu réconfortée. Après tout, Joaquin connaissait Tristan mieux que quiconque.

– À mon avis, a-t-il déclaré, il doit encore être parti dans ses réflexions.

– Ses réflexions ?

Après avoir débouché dans la rue des Magnolias, on a continué en direction de chez moi. Le ciel commençait à s'assombrir, et le soleil couchant diaprait les nuages de rose et de violet. Un tournesol mourant s'était affalé sur le trottoir. Joaquin a fait un grand pas pour l'enjamber, comme si la plante allait subitement se redresser et le mordre. Puis il a soupiré avant de me répondre :

– De temps à autre, Tristan… disparaît comme par enchantement. Il n'a jamais dit où il allait. Il s'éclipse un jour ou deux, et quand il revient, il ne fait aucune allusion à son absence. Un jour je l'ai poussé à me confier ce qu'il fabriquait pendant ses escapades. Il m'a juste répondu qu'il « réfléchissait ».

Quelque chose en moi s'est effondré. Tristan tenait absolument à me protéger depuis mon arrivée à Juniper Landing : il avait repoussé le moment de me dire la vérité au sujet de ma nouvelle existence, il avait cherché à me cacher que certaines choses ici mouraient pour la première fois, il avait évité de me parler de Jessica et des

Oublis. Et maintenant que j'avais réellement besoin de protection, c'était Joaquin, et pas lui, qui me raccompagnait à la maison. Tristan était en train de « réfléchir » quelque part. Seul. C'était sans doute mieux que de le savoir avec Nadia, mais quand même.

– Et voilà, *home sweet home* ! a annoncé Joaquin en s'arrêtant devant le portail de ma maison.

– Ouais, ai-je marmonné, la main sur le loquet.

Puis je l'ai regardé dans les yeux avant d'ajouter :

– Merci, Joaquin. C'est sympa d'avoir fait le détour.

– Oh, de rien, a-t-il répliqué en haussant les épaules. De toute façon, je comptais aller à la plage, j'adore nager en fin d'après-midi. Je repasserai te prendre avant la réunion de ce soir.

– Ce n'est pas la peine, lui ai-je assuré, même si les regards assassins de Nadia et sa bande me faisaient encore froid dans le dos.

– Juste pour le moment, a-t-il insisté. En attendant qu'on ait réglé le problème. Et on le réglera.

J'ai acquiescé, essayant d'avoir l'air aussi confiant que lui.

– OK.

J'ai voulu ouvrir le portail, mais Joaquin ne bougeait pas. Quand j'ai tourné la tête vers lui, j'ai remarqué qu'il retenait son souffle.

– Tu es sûre que ça va aller, Rory ?

La paume des mains commençait à me démanger et mon rythme cardiaque s'est légèrement accéléré, mais je n'en ai pas tenu compte. C'était Joaquin. Le roi des séducteurs. Il avait dragué ma sœur alors qu'il se fichait royalement d'elle. Et moi, j'étais avec Tristan – même s'il brillait par son absence. Soudain, un croassement m'a tirée de mes pensées. Cinq taches noires se sont découpées sur le ciel empourpré. Encore ces maudits corbeaux ! Ils sont venus se percher l'un après l'autre à la cime de notre toit. Une mouette a plané un instant au-dessus d'eux en criaillant. Voyant qu'elle était en minorité, elle a finalement obliqué vers le large.

– Ouais, c'est bon, ne t'inquiète pas, ai-je répondu. À plus.

Cette fois, j'ai poussé le portail avec fermeté, si bien que Joaquin a été obligé de s'effacer. J'ai marché vers la maison sans me retourner. Dès que j'ai senti l'odeur typique de renfermé qui régnait dans l'entrée, je me suis détendue. J'étais chez moi. En sécurité.

C'est alors que j'ai aperçu ma sœur à la table de la cuisine. Je me suis raidie malgré moi. À vrai dire, il y avait peut-être quand même une menace dans l'air.

– Salut, Darcy ! ai-je lancé avec désinvolture.

J'espérais que si je faisais comme si de rien n'était, elle m'imiterait.

Raté. Après avoir émis un vague grognement, elle a repoussé sa chaise et s'est levée comme un ressort.

– Darcy, s'il te plaît !

– Fous-moi la paix !

Et elle s'est ruée vers l'escalier.

Je suis restée désemparée pendant quelques secondes, comme toujours lorsque ma sœur était furieuse contre moi, mais il était hors de question de se fâcher pour un malentendu ridicule. Surtout maintenant que Nadia s'activait à monter toute la population de l'île contre moi. J'ai rattrapé Darcy juste avant qu'elle me claque la porte de sa chambre au nez.

– Écoute, ai-je amorcé, si c'est à cause de Fisher, je peux t'assurer qu'il n'y a strictement rien entre lui et moi.

– Han !

D'un geste rageur, elle a jeté un livre sur son lit. J'ai reconnu l'illustration décolorée de la couverture : *Les Hauts de Hurlevent*.

Impressionnant.

– Je me trompe ou bien tu es sortie en douce prendre ton petit-déjeuner avec les deux garçons qui me plaisent ?

J'ai pâli. Elle avait aussi repéré Joaquin ce matin ?

– Ce n'est pas du tout ce que tu crois, je…

– Réponds à ma question !

– D'accord, c'est vrai. Mais tu crois réellement que je cours après Joaquin ? Ou après Fisher ?

Darcy s'est laissée tomber sur la banquette devant la fenêtre et a posé les mains à plat sur ses cuisses.

– Non, à mon avis ils ne t'intéressent ni l'un ni l'autre, a-t-elle admis. Enfin, pas vraiment. Mais mets-toi un peu à ma place : c'est dur, j'ai l'impression que tu cherches à me blesser. Toi. Ma propre sœur.

Elle a replié ses jambes contre elle et ostensiblement regardé ailleurs, feignant un calme olympien alors qu'elle vibrait de colère et de chagrin. J'étais désespérée, il fallait absolument qu'on se réconcilie. Je mourais d'envie de lui dire la vérité.

L'ennui, c'est que je ne pouvais pas. Parce que si je lui révélais tout, je la condamnais à Shadowland. Si seulement Darcy avait déjà accompli sa bonne action, l'affaire aurait été réglée d'office. J'aurais donné n'importe quoi pour lui passer un bracelet de cuir au poignet et enfin tout lui expliquer ! Mais pour l'instant, j'étais obligée de me taire en espérant que ce jour arriverait. Et vite.

– Je suis désolée, ai-je murmuré, faute de mieux. Je vais te laisser.

– C'est ça, va-t'en !

Arrivée à la porte, je me suis arrêtée sur le seuil.

– Il faut quand même que tu saches quelque chose, ai-je déclaré en me tournant à demi vers ma sœur.

– Quoi ? a-t-elle soupiré.

– Je ne ferai jamais rien pour te blesser volontairement. Jamais.

Sur ce, j'ai refermé la porte derrière moi.

Cinq âmes

Je fixais le plateau de Scrabble au centre de la table de la cuisine, mais ma vision n'arrêtait pas de se troubler, les lettres m'étaient aussi hermétiques que des hiéroglyphes. Plus rien n'avait de sens. Darcy me haïssait, Joaquin était probablement amoureux de moi. Mais mon pire sujet d'inquiétude, c'était Nadia. De toute évidence, elle était décidée à me mettre tout le monde à dos, en particulier la maire, et maintenant Tristan aussi. Que se passerait-il si elle arrivait à le convaincre ? Et si, au lieu de me fusiller du regard à distance, elle et sa bande se décidaient à s'en prendre à moi physiquement ?

– Et toc ! s'est soudain écrié mon père, me faisant sursauter sur ma chaise. « EXOTIQUE » ! Mot compte double, X sur lettre compte triple, cent trente-deux points d'un coup ! Regarde ça et pleure.

Je l'ai dévisagé, m'efforçant de reprendre pied dans son monde. Un monde où il était bel et bien vivant, en train de dévorer de la glace, jouer au Scrabble et mettre une raclée monumentale à sa fille. Apparemment ravi, il a léché une goutte de sauce au chocolat égarée au coin de ses lèvres.

– Excuse-moi, c'était un peu exagéré, a-t-il ajouté en voyant ma tête. Mais reconnais que…

Il a désigné le plateau d'un geste triomphant.

– Oui, papa tu es un génie, ai-je répliqué d'une voix morne. Calme-toi.

J'ai jeté un œil sur la feuille où il avait dessiné deux colonnes, l'une avec un R pour Rory et l'autre avec un P pour Papa. Cela m'a rappelé le papier que j'avais trouvé dans la grotte. Je me demandais ce que Pete en avait fait et si la maire l'avait vu.

– Tu veux qu'on arrête ? m'a proposé mon père. J'ai l'impression que tu n'as pas la tête à ça aujourd'hui.

C'était l'évidence même, il suffisait de regarder le plateau. Les magnifiques mots que j'avais formés s'éparpillaient comme des petites planètes en voie d'extinction au milieu d'une brillante galaxie : *mes, lit, pot, ton, du, je, sel*. En un seul mot, mon père avait marqué dix fois plus de points que moi en six coups.

– Non, pas vraiment, ai-je admis en me laissant lourdement aller contre le dossier de la chaise.

Par la baie vitrée, on apercevait les vagues qui venaient se briser sur la plage à intervalles lents et réguliers.

– Tu as un problème, Rory ? s'est inquiété mon père, les sourcils en V. On dirait que tu portes le poids du monde sur tes épaules.

« Pas le monde auquel tu penses, ai-je songé. Juste celui-ci. » Je l'ai regardé, hésitante. Ces dernières années, je lui avais à peine adressé la parole, sauf pour lui dire à quelle heure je rentrerais, que j'avais rendez-vous chez le médecin ou besoin d'argent pour une coupe de cheveux. Cela faisait une éternité qu'on n'avait pas discuté ensemble.

– Est-ce qu'il t'est déjà arrivé de croire que tu pouvais faire confiance à quelqu'un et de penser exactement le contraire du jour au lendemain ? ai-je avancé tout en jouant avec mes lettres sur la réglette en bois.

Mon père m'a observée en plissant les yeux.

– C'est à cause d'un garçon ?

– Papaaaa ! Réponds juste à ma question, OK ?

J'avais légèrement rougi. Mon père s'est carré dans son siège et a imité ma pose, l'air songeur.

– Oui, ça m'est arrivé, a-t-il fini par lâcher.

– Et alors ? Développe un peu.

– Eh bien... les apparences étant souvent trompeuses, j'ai laissé une seconde chance à la personne en question afin de décider si je pouvais de nouveau lui accorder ma confiance ou pas.

– Et ?

Avec sa cuillère, mon père s'est mis à remuer le peu de glace fondue qui restait dans la coupelle.

– J'en ai conclu que non, m'a-t-il annoncé à mon grand désespoir. Mais ça ne veut pas dire qu'il en sera de même pour toi.

– Je sais.

J'ai posé les coudes sur la table et appuyé le menton au creux de mes mains. Mes sept lettres formaient le mot SPITBLA. Mon père a regardé par la fenêtre en soupirant.

– Ta mère était tellement plus douée que moi pour ces choses-là, a-t-il énoncé tristement.

– Tu t'en sors très bien, papa, lui ai-je affirmé.

Darcy a choisi ce moment-là pour refaire une apparition. Elle a traversé la cuisine sans nous jeter un regard, pieds nus, son pantalon de pyjama tombant très bas sur les hanches, puis elle a versé le restant de sa glace dans l'évier.

– C'est vrai ? a voulu s'assurer mon père.

Je lui ai adressé un sourire. Petit, mais sincère.

– Oui, tu es super.

Il m'a regardée en hochant la tête, comme s'il hésitait à me croire, puis il a lâché sa cuillère et s'est redressé sur son siège en disant :

– Tiens, revoilà le brouillard.

Je me suis levée en un quart de seconde, le cœur battant à tout rompre. En effet, une brume épaisse couvrait les vitres, occultant la vue en même temps que la lumière du jour. J'ai couru jusqu'à la porte de derrière. C'était pareil de ce côté-là : le brouillard avait tout englouti. Je ne l'avais jamais vu s'installer aussi rapidement. J'avais la bouche sèche, je sentais arriver la crise de panique.

C'était impossible. Pas maintenant, alors qu'on n'avait averti personne, alors qu'on n'avait même pas eu le temps d'élaborer un plan !

Darcy s'est approchée de notre père, qui venait de se lever à son tour.

– C'est hyper flippant, tu ne trouves pas ?

Soudain, un grand bruit nous a tous fait sursauter. On aurait dit des poubelles métalliques qui s'entrechoquaient. Juste après, on a entendu un bref cri de douleur.

– Qu'est-ce qui se passe ? a lancé mon père en se précipitant vers la porte.

Je lui ai agrippé le bras pour l'arrêter dans son élan.

– Non, papa, n'ouvre pas !

Sourd à cet avertissement, il a ouvert la porte en grand. Des langues de brouillard ont aussitôt léché ses chaussures. Avec Darcy, on s'est regardées. Elle avait l'air aussi terrifiée que moi.

– Il y a quelqu'un ? a crié mon père. Tout va bien ?

Un faible miaulement lui a répondu. J'ai tout de suite pensé à un chaton blessé. Sauf que je n'avais jamais vu l'ombre d'un chat sur l'île.

– Restez ici, les filles, je vais aller voir ce qui se passe, a décrété notre père en cherchant une lampe de poche dans le tiroir.

– Papa, non, c'est inutile, tu ne verras rien, ai-je protesté.

– Sans blague, papa, a enchaîné Darcy, tu ne vas pas...

– Ne bougez pas ! nous a ordonné notre père avant de disparaître dehors.

On est restées un bon moment sur le pas de la porte, prises entre l'air sec et frais de la cuisine et la moiteur de la brume. J'ai entendu mon père dévaler les marches, puis demander de nouveau s'il y avait quelqu'un, mais après ça, plus rien. Le miaulement s'était tu, je ne captais plus que le sifflement menaçant du brouillard tournoyant, les pulsations de mon cœur et le souffle haletant de ma sœur.

– Où est-il ? a-t-elle gémi en scrutant la grisaille opaque qui nous entourait.

– Ne t'inquiète pas, je suis sûre que tout va bien, lui ai-je répondu machinalement.

– Et si c'était Steven Nell ?

Je me suis raidie.

– Quoi ?

– Il nous a peut-être suivis jusqu'ici, a conjecturé ma sœur. Si ça se trouve, il nous espionne depuis un moment en attendant que l'un de nous sorte pour mieux lui tomber dessus.

– Écoute, Darcy, c'est absolument impossible, ai-je objecté d'une voix qui se voulait rassurante.

Si seulement j'avais pu lui expliquer pourquoi.

– Fais-moi confiance, ai-je poursuivi. Il n'y a aucun risque que…

– Papa ! a hurlé Darcy de toutes ses forces. Papa, où es-tu ? Réponds-moi !

Silence. Darcy a tourné la tête vers moi, et on s'est dévisagées sans rien dire. Tout à coup, son expression s'est durcie.

– Bon, ras le bol !

En un clin d'œil, elle a plongé dans le brouillard.

– Papa ! Papa ! Où es-tu ?

Déjà sa voix me semblait lointaine. Après avoir étouffé un juron, j'ai empoigné la rampe de l'escalier et, l'estomac noué, j'ai crié à mon tour :

– Darcy ! Papa !

Quelqu'un a ri. Exactement le même rire que celui que j'avais entendu au téléphone dans la chambre d'Aaron. Juste après, l'inconnu m'a imitée sur un ton moqueur :

– *Papaaa !*

J'ai commencé à descendre les marches, mais au moment où je croyais avoir atteint la dernière, mon pied n'a rencontré que le vide. J'ai basculé en avant et j'ai atterri la tête la première dans le sable. La douleur m'a coupé le souffle. Pendant que je reprenais péniblement mes esprits, un nouvel éclat de rire a retenti, mais plus loin cette fois.

– Papa ! ai-je de nouveau appelé en me mettant péniblement à genoux.

– Rory ?

Sa voix, curieusement enrouée, paraissait à des kilomètres. Je me suis remise debout.

– Papa, tu es blessé ? Où est Darcy ? ai-je demandé en tournant sur moi-même à l'aveuglette.

Soudain, un doigt sec m'a effleuré la joue. Je l'ai chassé si violemment que je me suis donné une gifle.

– Ça suffit ! ai-je hurlé, à bout de nerfs. Arrêtez de vous foutre de moi !

Encore un bruissement à proximité. J'ai entendu mon père dire :

– Qu'est-ce que vous… ?

Et aussitôt après, le son caractéristique d'un coup de poing faisant mouche, suivi d'un cri de douleur.

– Papa ?

J'étais terrorisée, désemparée. J'ai tendu les bras, cherchant mon père à tâtons, mais je ne brassais que de l'air.

Il y a eu un bruit de lutte. Un craquement. Un déchirement. J'ai pivoté, tentant de me repérer à l'oreille, mais en vain.

– Lâchez-le ! a soudain glapi Darcy.

Nouveau craquement.

– Darcy ? ai-je lancé d'une voix pitoyable.

En avançant au hasard, j'ai buté sur quelque chose de dur, mais au lieu de m'étaler de tout mon long comme la dernière fois, j'ai eu le temps d'amortir ma chute avec les mains. Puis j'ai reculé à quatre pattes, comme un crabe, pour voir sur quoi j'avais trébuché. Ce n'était pas un corps mais un gros morceau de bois flotté, gorgé de sel. Je me suis mise à ramper sans chercher à retenir mes larmes.

– Papa ? Darcy ? Je vous en supplie, répondez-moi !

Silence. Plus de rires, plus de moqueries, plus de cris. Et ce brouillard qui n'en finissait pas ! J'ai continué à avancer en labourant le sable, mais mes doigts engourdis par le froid ne rencontraient que des algues et des coquillages. Plus le temps passait, plus j'étais persuadée qu'on avait enlevé mon père et ma sœur. Que je ne les reverrais plus jamais.

En désespoir de cause, je leur ai adressé une prière silencieuse : « Battez-vous, résistez, ne les laissez pas vous conduire à Shadowland. »

– Rory ? a soudain appelé ma sœur. Où es-tu ?

– Darcy !

À cet instant précis, ma main s'est posée sur une chaussure. J'ai hurlé à pleins poumons.

– Rory ?

– Papa !

Je me suis redressée d'un bond. Ma sœur m'a serrée dans ses bras, puis je me suis jetée au cou de mon père. À la seconde même où je l'ai touché, j'ai eu un flash. J'ai vu Steven Nell s'approcher de lui par-derrière, l'empoigner par les cheveux et lui briser la nuque en tirant d'un coup sec. J'ai entendu le craquement des vertèbres, vu le corps de mon père s'affaler sur le sol, les yeux grands ouverts, la bouche de travers, comme après une anesthésie dentaire. Je me suis écartée de lui en vacillant. Jusqu'à présent, le seul souvenir que j'avais gardé de cette nuit cauchemardesque, c'était la scène d'après, la découverte de mon père déjà mort. Je ne l'avais pas *vu* mourir. Cette révélation m'a remplie d'horreur. Les mains crispées sur mon ventre, je me suis mise à déglutir à toute vitesse pour éviter de vomir.

Je savais ce que cela signifiait : mon père ne deviendrait jamais un CAP. Il allait bientôt partir, et ce serait à moi de l'escorter vers son ultime demeure.

– Rory ? Ça va ? s'est inquiétée ma sœur.

Je lui ai tourné le dos et me suis laissée tomber à genoux dans le sable. À cet instant, j'ai béni le brouillard qui m'enveloppait.

– Où es-tu passée, Rory ? a demandé mon père.

– Ici. J'ai… j'ai trébuché.

J'ai respiré à fond. Une fois. Deux fois. Afin de refouler mes sanglots.

Alors qu'il tentait de me localiser, mon père m'a heurté la jambe avec son pied.

– Oh, excuse-moi. Avec ce brouillard à couper au couteau… Et ma tête…

– Ta tête ?

– Un connard l'a attaqué, m'a expliqué Darcy.

– Mais je me suis bien défendu, a ajouté mon père avec fierté.

– Ouais, c'est vrai, a reconnu ma sœur.

Le brouillard a commencé à se disperser au moment même où je me relevais. Tandis qu'il refluait rapidement vers l'océan, les dernières volutes ont pris un malin plaisir à s'enrouler autour de mes chevilles avant de disparaître. Mon père s'est tâté l'arrière du crâne. La vision de sa mort m'est immédiatement revenue à l'esprit, mais je l'en ai chassée tout aussi vite.

– Ça va, papa ?

Il a retiré puis regardé sa main : elle était pleine de sang.

Darcy a examiné la plaie.

– Rien de grave, c'est superficiel, a-t-elle diagnostiqué.

– Tu as vu son agresseur ?

– Non. Sans doute un crétin complètement soûl, a-t-elle lâché en me fixant avec insistance, l'air de dire : « Inutile de parler de Steven Nell. »

– Oui, tu as sûrement raison, ai-je déclaré avec aplomb alors que je tremblais de la tête aux pieds. Allez, papa, rentrons vite, qu'on nettoie ça.

On a monté l'escalier d'un pas mal assuré, mon père à cause sa blessure, moi à cause de la frayeur que j'avais eue.

Dès qu'on est entrés dans la cuisine, je suis restée clouée sur place. Le soulagement d'avoir retrouvé les miens m'avait fait oublier la signification de ce brouillard subit : quelqu'un venait de quitter Juniper Landing, mais avait-il atteint la bonne destination ?

– Il faut que je m'absente une seconde, ai-je déclaré. Darcy, tu veux bien t'occuper de papa ? Je reviens tout de suite.

– Tu plaisantes ou quoi ?

– Écoute, je suis désolée mais c'est important. Je fais le plus vite possible.

Sourde aux cris indignés de ma sœur, je suis partie sur-le-champ. Tant pis si Nadia et sa bande de furieux m'attendaient quelque part pour se jeter sur moi.

Après avoir remonté la rue au pas de course et débouché dans la Grande rue, je me suis accordé une pause. De loin, j'ai aperçu Fisher, Bea et Lauren dans le parc. Bea m'a adressé un petit signe avant de se remettre à contempler la maison de Tristan. À mon tour, j'ai levé les yeux vers la falaise.

La girouette tournait tellement vite qu'elle en était floue. Ce phénomène pour le moins anormal avait attiré l'attention de plusieurs passants. Ces gens, qui ignoraient la vérité au sujet de Juniper Landing, reparleraient sans doute de cette bizarrerie le lendemain matin, quasiment persuadés d'avoir eu une hallucination. Pourtant, la girouette continuait de tournoyer à toute allure. J'ai cru qu'elle allait se décrocher et s'envoler dans les airs, mais elle s'est soudain arrêtée, sa flèche encore vibrante orientée vers le sud.

J'ai jeté un coup d'œil à Bea et aux autres. Fisher m'a regardée en faisant la grimace. Puis quelqu'un a poussé une exclamation. C'était reparti ! Cette fois, la girouette s'est immobilisée plus tôt.

Pointant vers le sud.

Elle s'est de nouveau affolée.

Sud.

Et encore.

Sud.

Et encore.

Sud.

Lauren, effarée, avait les mains plaquées sur la bouche. Bea était rouge de colère, Fisher aussi. Cinq âmes avaient été emportées pendant le brouillard. Et elles avaient toutes été expédiées à Shadowland.

Nouvelle règle

– Je refuse de l'escorter ! ai-je soufflé à Joaquin tandis qu'on suivait Bea, Fisher et Krista, qui jouaient des coudes pour atteindre l'arrière-salle du Cygne Noir bondé de clients. Il ne peut pas partir. Pas maintenant, alors que tous ceux qui s'en vont se retrouvent à Shadowland.

– Ne t'inquiète pas, a murmuré Joaquin. Personne ne s'attend à ce que tu te charges de ton père. Je ne comprends même pas qu'on t'ait désignée pour cette mission. On dirait que l'univers entier s'est ligué contre toi.

J'ai ricané avec amertume. Comme si l'univers se souciait de moi ! Le regard de Joaquin m'a refroidie d'un seul coup. Se pouvait-il que l'univers soit *réellement* ligué contre moi ?

– Si tu avais vu Darcy ! me suis-je exclamée, histoire de changer de sujet. Elle était sûre que Steven Nell allait s'en prendre à mon père, et malgré tout elle s'est précipitée dehors pour lui venir en aide. C'était complètement fou !

– Ah oui ? s'est étonné Joaquin.

– Je t'assure, elle m'a épatée. On aurait dit Super Darcy !

– Intéressant…

Joaquin s'est écarté pour laisser passer un client avec une pinte de bière à la main.

– Je regrette d'avoir raté ça, a-t-il poursuivi. J'étais en train de faire chauffer de la soupe pour ma prétendue grand-mère.

– Au fait, comment va-t-elle ?

– Pas fort… À mon avis, elle s'en remettra, ça n'a pas l'air trop grave. Mais dans le contexte actuel, va savoir !

Bea, Fisher et Krista nous attendaient avec impatience. Après avoir sorti de sa poche un trousseau de clefs, Joaquin a ouvert la porte de la réserve et nous l'a maintenue. Je suis entrée la première. La pièce était étroite, tout en longueur, encombrée de caisses, de cartons et de gros tonneaux cerclés de fer qui semblaient dater de Mathusalem. Ça sentait la bière éventée, la sciure, les cacahuètes et le sel marin. Les autres sont entrés en silence. Krista s'est juchée sur un tonneau, Bea s'est adossée à un rayonnage plein de bocaux de condiments, et Fisher est allé se poster contre la porte du fond, les poings sur les hanches, tel un videur. Kevin nous a rejoints peu après. Il s'est aussitôt mis à faire les cent pas tout en marmonnant dans sa barbe, comme s'il avait forcé sur le Red Bull. Ensuite, Lauren est apparue. Elle s'est faufilée devant moi en me jetant un drôle de regard.

– Qu'est-ce qu'il y a ? lui ai-je demandé.

Ses yeux ont dévié vers la porte. Joaquin s'apprêtait justement à la refermer, quand une main l'a bloquée. J'ai retenu mon souffle, espérant voir entrer Tristan. Ce n'était pas lui mais Pete, suivi de près par Nadia et Cori. Ils ont tous les trois longé le mur jusqu'à ce qu'ils se trouvent coincés par une pile de cartons plus haute qu'eux. Au passage, Nadia m'a toisée avec mépris.

La température de la pièce a augmenté de plusieurs degrés – du moins, c'était mon impression. J'avais les mains moites, j'étais au bord de la crise de tachycardie. Joaquin m'a adressé un regard à la fois anxieux et rassurant, l'air de dire : « D'accord, ça s'annonce mal, mais on s'en sortira. » J'aurais aimé le croire.

– Bon, tout le monde est là ? a-t-il lancé.

– À part Tristan, oui, a répondu Krista.

Des acclamations de joie ont retenti à côté, dans le bar surpeuplé, comme si l'équipe de foot locale avait marqué un but à la télé. Sauf qu'il n'y avait pas la télé et aucune équipe locale à soutenir.

– Ça m'étonnerait qu'il vienne, a déclaré Joaquin en fermant la porte.

La tension qui régnait était presque palpable.

– Qu'est-ce qui se passe, punaise ? a explosé Bea en faisant craquer ses jointures.

– Il se passe que je viens d'envoyer quelqu'un à Shadowland ! a riposté Kevin avec véhémence. Quelqu'un qui n'était pas du tout censé y aller !

– Pareil pour moi, a lâché Krista d'une voix posée.

– Qui d'autre ? a questionné Joaquin.

Nadia a levé la main en me décochant un regard si venimeux que j'ai fini par détourner la tête.

– Moi aussi, a annoncé Cori.

Cela faisait quatre.

– Qui encore ? a insisté Joaquin. Il y a eu cinq départs.

Hormis les éclats de rire qui parvenaient du bar, un lourd silence s'est abattu sur la pièce.

– Parlez, bon sang ! a tonné Joaquin.

– Pete, a sifflé Cori entre ses dents.

– Ouais, bon, d'accord, a admis Pete. Mais dans mon cas, je vois pas le problème : le type que j'ai escorté méritait de finir à Shadowland.

– OK. Ça nous fait donc quatre personnes sur cinq qui ont été mal orientées.

– Sans compter les trois nôtres, a précisé Fisher. À toi, moi et Rory.

Tous les regards ont convergé sur moi.

– Quelle surprise, a persiflé Nadia.

– S'il te plaît, ne commence pas, lui a reproché Bea.

J'aurais voulu me cacher dans un trou de souris.

– Mais enfin, vous êtes aveugles ou quoi ? a repris Nadia en me désignant d'une main accusatrice. Tout vient d'elle ! D'abord les plantes qui meurent, ensuite l'arrivée des insectes, puis celle des virus, et maintenant ces départs en rafale ! C'est depuis qu'elle est ici que tout va mal. Seulement, elle vous a tous embobinés avec ses airs de sainte nitouche. Même Tristan ! On se croirait revenu au temps de Jessica.

– Ne parle pas de Jessica ! a tonitrué Joaquin. Tu ne sais rien d'elle.

Nouveau silence. J'étais tétanisée. Joaquin vibrait de colère. Mâchoires serrées, il cognait son poing gauche sur la paume de sa main droite tandis que sa poitrine se soulevait spasmodiquement. Je me suis rappelé ce que Nadia avait dit l'autre soir dans la grotte, une histoire de rivalité entre Tristan et Joaquin à propos d'une fille. Nul doute qu'elle faisait allusion à Jessica.

– Vous étiez là quand l'affaire Jessica a éclaté ? a poursuivi Joaquin. Non, aucun de vous. Moi, oui. Et je peux vous affirmer que le problème d'aujourd'hui n'a rien à voir avec celui d'alors. Ce que Jessica a fait résultait d'une erreur de jugement.

Kevin s'est esclaffé.

– Oui, bon, une *énorme* erreur de jugement, lui a concédé Joaquin. Mais elle a agi en fonction d'une décision purement individuelle. Là, c'est différent. Une personne ne peut pas, à elle seule, provoquer tous les bouleversements qui se produisent sur l'île. Et encore moins une personne qui en connaît le fonctionnement depuis cinq jours seulement.

– Je ne sais pas, a lâché Kevin en me détaillant de la tête aux pieds. N'oublie pas que Rory a tué quelqu'un dans l'autre monde.

Ça m'a révoltée.

– Je te signale que c'était un tueur en série !

– Et un cas de légitime défense, a ajouté Krista.

– Ouais, tu es plutôt mal placé pour lui jeter la pierre, vu la vie que tu as menée, a renchéri Bea.

– Ta gueule, *Beatrice* ! a éructé Kevin. Tout le monde n'a pas eu la chance de grandir dans une maison de rêve, avec des parents parfaits et des gènes d'athlète de haut rang !

– Oh, toi, arrête de te servir de ton père alcoolique comme excuse ! On a tous notre libre arbitre.

– Tu dis n'importe quoi !

Sans prévenir, Bea a balancé un coup de poing à Kevin, après quoi chacun est parti en vrille. Pete s'est jeté sur Kevin, Fisher s'est interposé, et Lauren et Krista ont fait de leur mieux pour maîtriser cette enragée de Bea. Je me suis aplatie contre le mur pour éviter de recevoir un pied en pleine figure.

– Ça suffit ! a hurlé Joaquin en saisissant Kevin par le col et en le projetant contre la porte.

Le choc a été si violent que l'empoignade générale s'est interrompue net, tel un arrêt sur image.

À moitié sonné, Kevin avait glissé à terre. Joaquin s'est avancé et lui a tendu la main. Curieusement, Kevin a accepté son aide. Il s'est relevé, pantelant, et tout le monde a poussé un soupir de soulagement quand il a baissé les yeux d'un air penaud.

– Désolé, Bea, a-t-il déclaré.

– Moi aussi, a-t-elle enchaîné.

Joaquin a inspiré à fond et relâché son souffle lentement avant de dire :

– Écoutez, ce n'est pas le moment de nous laisser emporter par nos émotions. La situation est gravissime.

C'est alors que la porte s'est ouverte en grand. Fisher a esquissé un geste pour bloquer le passage à l'intrus, mais il s'est aussitôt ravisé en voyant apparaître la maire, vêtue d'un trench noir par-dessus un chemisier blanc impeccablement repassé. Son irruption m'a glacée jusqu'à la moelle. Elle et Nadia dans la même pièce : j'étais fichue. Elles allaient m'accuser officiellement et m'envoyer aux Oublis.

Je me suis rapprochée de Joaquin et, par la même occasion, de la porte donnant sur le bar. Une main l'a bloquée avant qu'elle ne se referme, et Tristan s'est glissé dans la pièce.

J'ai été frappée par sa pâleur et par son expression, à la fois coupable, lasse et déçue. Ses yeux sont rapidement passés d'un visage à l'autre, mais, quand ils se sont fixés sur moi, je me suis immédiatement sentie plus calme. Rassurée. Relativement, du moins. J'ignorais où il avait passé la journée, mais, malgré les soupçons que je nourrissais encore à ce sujet, j'étais contente de le voir.

– Quel endroit charmant pour une réunion, a déclaré la maire en fronçant le nez devant les vieux tonneaux et les cartons poussiéreux qui s'offraient à sa vue.

Elle a regardé Nadia, laquelle a levé le menton avec un petit sourire satisfait. Ma frayeur a regrimpé d'un cran.

– Qu'est-ce qui vous amène ici ? a demandé Joaquin d'un ton neutre.

– Je suis venue vous présenter des excuses, monsieur Marquez, a rétorqué la maire. Il se trouve que vous et cette jeune personne de vos amis (léger rictus de mépris à mon égard) aviez raison : il y a bien eu des erreurs d'orientation.

J'ai senti ma mâchoire s'affaisser. Je ne connaissais pas cette femme depuis longtemps, mais elle ne me semblait pas du genre à admettre volontiers ses torts.

– Alors vous en convenez ? a insisté Joaquin. Il y a vraiment quelque chose qui cloche à Juniper Landing.

La maire a incliné la tête.

– En effet. Cinq personnes dirigées vers Shadowland en un seul brouillard, c'est...

– Sans précédent, a complété Tristan. Depuis le temps que je suis ici, ça n'est jamais arrivé. Les bonnes âmes ont toujours été plus nombreuses que les mauvaises. Toujours. Et cinq départs d'un coup, c'est du jamais vu. Parmi elles, il y en a sûrement qui ne méritaient pas d'aller à Shadowland. De plus, certaines n'étaient pas du tout prêtes à partir.

« Les bonnes âmes ont toujours été plus nombreuses que les mauvaises. » J'ai jeté un coup d'œil en direction de Nadia et Pete tout en me remémorant le papier trouvé dans la grotte. De quelle poche s'était-il échappé ? Celui qui tenait cette comptabilité pouvait être n'importe quel

CAP. Il ou elle se trouvait peut-être dans cette pièce, attendant avec impatience d'ajouter cinq bâtons à sa liste.

– Que faut-il faire pour rectifier la situation ? a demandé Lauren.

– C'est justement là le problème, a répondu Tristan. On n'en sait rien. Avant le remède, il faut d'abord trouver la cause.

Un murmure inquiet a parcouru notre petit groupe.

– Mais nous y arriverons, faites-moi confiance, a déclaré la maire. Je découvrirai d'où – ou de qui – viennent ces dysfonctionnements.

Elle s'est tournée face à moi en prononçant ces derniers mots.

Mes joues se sont embrasées, j'ai cru que j'allais m'évanouir. À ses yeux, j'étais donc toujours une coupable potentielle. Mais elle n'avait pas encore rendu son verdict. Ce répit m'a donné le courage de prendre la parole :

– En attendant, je pense qu'il faut suspendre les départs.

La maire m'a regardée de haut.

– Je suis d'accord avec vous, a-t-elle déclaré froidement.

Nadia est devenue blême.

– Nous en avons longuement discuté, et nous estimons tous deux que c'est la meilleure solution, a confirmé Tristan. Mieux vaut supporter le brouillard et la surpopulation plutôt que de continuer à envoyer des innocents à Shadowland.

– Et les malheureux qui y sont déjà, est-ce qu'il y a moyen de les faire revenir ? a voulu savoir Joaquin.

Chacun a retenu son souffle. On aurait entendu voler une mouche.

– Tu connais déjà la réponse, a fini par lâcher Tristan. Personne ne revient de Shadowland. Voilà pourquoi il est impératif de respecter les nouvelles dispositions.

Sentant qu'il maîtrisait le débat, la maire a reculé d'un pas pour le laisser annoncer la suite.

– À partir de maintenant, quel que soit le nombre de pièces que nous recevrons, quelle que soit la pression que nous aurons à subir, plus personne ne devra quitter l'île. Est-ce clair ?

– Oui, avons-nous tous répondu en chœur.

– Très bien.

Sur ce, Tristan m'a regardée droit dans les yeux.

– Rory, il faut qu'on parle, m'a-t-il dit d'une voix ferme.

Unique en son genre

Tandis que Krista et la maire nous suivaient à quelques mètres, Tristan et moi marchions en silence vers la maison bleue. De temps à autre, je croisais son regard ; l'inquiétude que j'y lisais m'enjoignait de me taire malgré les questions qui me brûlaient la langue. Une fois arrivés, nous sommes montés directement dans sa chambre, que seuls éclairaient les rayons blafards de la pleine lune. Après avoir refermé la porte, Tristan s'est tourné vers moi et m'a dit d'une voix remplie de tristesse et de compassion :

– Je suis vraiment, vraiment désolé pour ton père, Rory. Tu dois être…

– Comment le sais-tu ? l'ai-je coupé, totalement estomaquée.

– Disons que je suis doué d'une sorte de… prescience, m'a-t-il avoué d'un air presque coupable. Lorsqu'un CAP apprend quelle âme il doit escorter, l'information me parvient à moi aussi.

– Alors, c'est pour ça que tu étais au courant pour Aaron, ai-je soufflé, les larmes aux yeux.

Tristan a hoché la tête.

– Ça va, Rory ?

– Non ! Comment veux-tu que j'aille bien ? Mon père va s'en aller. Il… il va me quitter pour toujours.

J'ai éclaté en sanglots. Tristan s'est approché de moi et m'a prise dans ses bras. Dès que j'ai senti son odeur, semblable au parfum de fleurs qui imprégnait toute l'île, je me suis sentie apaisée, libérée de la détresse et de la colère qui ne m'avaient pas quittée depuis que j'avais eu ce flash.

Après avoir délicatement écarté les cheveux qui me tombaient sur le visage, Tristan m'a embrassée sur le front et m'a chuchoté à l'oreille :

– Ne crains rien, je suis là.

Mes larmes se sont taries peu à peu, ma respiration s'est calmée, et moi aussi.

– Tu étais passé où, aujourd'hui ? lui ai-je demandé en m'essuyant les joues. Où étais-tu quand tu as appris que je devais escorter mon père ?

– À la grotte.

– Avec Nadia ?

Ma question l'a surpris.

– Non, m'a-t-il répondu en fronçant les sourcils. Elle est passée ici dans la matinée, mais ensuite je suis allé à la grotte. Tout seul. Pour lire.

– Pour lire ? ai-je répété bêtement.

Tristan a desserré son étreinte avec une extrême lenteur, comme s'il craignait de me voir tomber en miettes au moindre mouvement brusque. Il s'est ensuite dirigé vers son bureau, où s'entassaient d'épais cahiers reliés en cuir que je n'avais encore jamais remarqués. Après avoir saisi celui du dessus, il est allé s'asseoir au bord du lit et m'a fait signe de le rejoindre. J'ai pris place à côté de lui.

– Qu'est-ce que c'est ? ai-je demandé, les yeux fixés sur le cahier.

– Tu es la première à qui je montre ça, m'a-t-il confié. C'est mon carnet de bord le plus récent. Je tiens un journal depuis mon arrivée à Juniper Landing. Comme tu peux le voir, il y en a un certain nombre, mais c'est celui-ci le plus important.

– Pourquoi ?

Tristan m'a regardée comme si c'était une évidence.

– Parce que tu es dedans, Rory ! Tiens, prends-le.

– Attends, je ne vais pas…

– Si, si, je veux que tu lises ce que j'ai écrit tout à l'heure avant de revenir en ville. Que tu saches que tu as tout changé pour moi.

Il m'a mis le cahier dans les mains.

– Tout changé ? ai-je balbutié, complètement abasourdie par cette déclaration.

Après quelques secondes de silence, Tristan a poussé un long soupir.

– Je regrette de ne pas t'avoir écoutée, m'a-t-il dit à voix basse. Ce que vous affirmiez, Joaquin et toi… Cela me semblait si délirant… C'est comme si vous m'aviez annoncé que la pluie ne mouillait pas ou que la Terre n'était pas ronde. Je refusais d'y croire.

– Qu'est-ce qui t'a fait changer d'avis ?

– Ma séance de lecture dans la grotte. En parcourant tous ces cahiers que je noircis depuis des dizaines et des dizaines d'années, j'ai compris à quel point j'étais… idéaliste. Je crois vraiment en Juniper Landing, Rory. Mais quand j'ai repensé à ce que tu m'as dit au sujet de Jessica et aux terribles conséquences de son acte, je me suis rendu compte que… croire en cet endroit n'implique pas forcément qu'il soit parfait. C'est à ce moment-là que j'ai décidé d'arrêter de faire l'autruche. Je m'apprêtais justement à en faire part à notre maire quand j'ai aperçu la girouette à mon retour de la grotte.

– Tu l'as vue ? me suis-je écriée en redressant la tête.

– En direct, oui. Je passais devant la bibliothèque lorsque le brouillard a commencé à déferler. J'ai patienté sur place et je t'ai vue arriver en courant. J'ai compris à ton visage que tu étais bouleversée. Du coup, je suis allé trouver la maire sans plus attendre.

– Il faut absolument qu'on règle le problème, Tristan, ai-je déclaré d'une voix tremblante d'émotion. Si je dois…

J'ai marqué une courte pause et pris une profonde inspiration avant de poursuivre, malgré la douleur qui m'étreignait le cœur :

– Si je dois escorter mon père, je veux être sûre et certaine qu'il ira au bon endroit.

– Je comprends.

Tristan m'a enlacée. J'ai appuyé le menton sur son épaule, les yeux fermés, heureuse de savoir que je pouvais compter sur lui.

– On réussira, je te le promets.

– C'est tout ce que je demande, ai-je soufflé. Ce qui est arrivé à Aaron, Jennifer et les cinq personnes de ce soir... ça ne doit plus jamais se produire.

Tristan s'est écarté de moi afin de me regarder au fond des yeux.

– Je n'ai jamais rencontré une fille comme toi, Rory.

– Venant de quelqu'un qui est ici depuis si longtemps, c'est très flatteur, ai-je répondu sur un ton léger.

Tristan a souri, puis il s'est penché et m'a embrassée. Ses lèvres avaient une saveur salée-sucrée que je n'aurais su définir. J'ai tout mis dans ce baiser, chaque parcelle de mon être, y compris ma tristesse et mon désir, ma peur et ma détresse, mon amour et mon espoir. Tout.

De nouveau, Tristan a plongé ses yeux dans les miens pendant un moment avant de me dire doucement :

– Je t'aime, Rory Miller.

– Je t'aime, Tristan Sevardes, ai-je murmuré en retour.

En m'entendant l'appeler par son véritable nom, Tristan a soupiré, puis il m'a serrée contre lui comme s'il ne voulait plus jamais me lâcher. J'ai alors eu la certitude que, quoi que l'avenir nous réserve à ma famille et moi, Tristan resterait toujours à mes côtés. Nous étions solidaires. Pour l'éternité.

Terminer le boulot

Comme il est facile de tromper les gens ! C'en est troublant. On dirait presque qu'ils ont envie qu'on leur mente. Peut-être parce qu'ils y trouvent un certain réconfort. Ils veulent tellement croire à la façade que j'ai construite, tellement croire en moi, en cet endroit et à tout ce qu'il représente qu'ils en deviennent volontairement aveugles à tout le reste.

Ou alors, c'est simplement grâce à mon talent.

Mais l'heure du changement va bientôt sonner. Ils ne pourront plus vivre dans le déni. D'ici peu, ils me verront avec mon véritable visage. Ils comprendront qui détient le pouvoir.

J'attends ce moment avec grande impatience.

Une pièce d'or

Vendredi matin, dès mon réveil, j'ai retenu mon souffle. Un froid inquiétant régnait dans la chambre. J'ai rivé les yeux sur le plafond tout en enfonçant les ongles dans la couette. J'étais fermement décidée à ne pas regarder sur ma table de nuit. Non, pas question. Non.

J'ai fini par craquer au bout de deux minutes. Millimètre par millimètre, j'ai tourné la tête. Elle était bien là, posée au centre de la table.

La pièce d'or que je redoutais tant.

*

– On dirait un Mardi gras organisé par Barbie, Minnie Mouse et Hello Kitty réunies… et complètement bourrées ! ai-je glissé à Bea ce soir-là.

On se tenait sous l'immense tente blanche dressée pour l'occasion derrière la maison des Parrish, au milieu d'une armée de topiaires en pot emmaillotés de tulle rose et de tables garnies de vaisselle en porcelaine jaune et rose fuchsia, autour desquelles s'affairait un bataillon de serveuses déguisées en danseuses avec tutu et ballerines (roses, évidemment). Bea, qui sirotait un cocktail couleur pêche dans un verre en cristal étincelant, m'a regardée en levant un sourcil offusqué. Oups. J'avais oublié qu'elle avait passé deux heures, perchée sur un escabeau, à accrocher des kilomètres de guirlandes et parfaire le décor.

– Mais c'est l'intention qui compte, ai-je ajouté, histoire de me rattraper.

J'essayais de garder une certaine légèreté, d'éviter de songer à cette pièce d'or et à ce qu'elle signifiait. De ne plus me focaliser sur les perturbations qui affectaient Juniper Landing, ni sur Nadia, Jessica, la maire et les Oublis. Et par-dessus tout, d'arrêter de me répéter que la personne qui envoyait des innocents à Shadowland se trouvait peut-être parmi les invités, en train de nous observer, guettant l'occasion de s'emparer de nouvelles âmes.

– Ouais, je sais, ça craint, a soupiré Bea. Mais ça fait tellement plaisir à Krista !

Elle a survolé des yeux la douzaine de tables rondes et la piste de danse en parquet blanc avant de fixer son attention sur Krista, magnifique dans une robe corolle rose, qui bavardait un peu plus loin avec deux ou trois visiteurs. Pour la première fois, j'ai compris que Bea avait une réelle affection pour la « reine de la fête ». En dépit de leurs différences, les CAP formaient une famille.

– Vous vous amusez bien, les filles ?

Tristan s'est approché de moi par-derrière. Il m'a entourée de ses bras et m'a embrassée dans le cou. Bea nous a regardés d'un air vaguement réprobateur avant de détourner la tête.

– Oui, c'est sympa, ai-je répondu tandis qu'il se glissait à côté de moi, vêtu d'un polo bleu pâle et d'un pantalon de lin blanc. Ça fait du bien de se changer les idées.

– Entièrement d'accord, a déclaré Bea en descendant la fin de son verre. D'ailleurs, je vais reprendre du punch. Vous voulez quelque chose ?

– Non, ça va, merci, a décliné Tristan.

– Moi aussi, ai-je enchaîné en m'appuyant sur lui.

Bea a levé les yeux au ciel, puis elle s'est éloignée en tirant sur sa minijupe en jean. Lauren se déchaînait sur la piste de danse en compagnie d'une foule d'invités, pendant que Pete jouait les DJ derrière une console installée sur le côté. Tandis que les lampions et les guirlandes se balançaient mollement dans la brise océane, les serveuses passaient de table en table pour y déposer des salades composées et des coupes de champagne. Une fois déchargées de leur plateau, elles s'en allaient en virevoltant gracieusement, selon une chorégraphie que l'on aurait dite réglée à la perfection. L'officier Dorn déambulait lentement autour de la tente, les mains croisées dans le dos, lorgnant tout le monde avec méfiance. Quand il a reporté son attention sur moi, j'ai soutenu son regard jusqu'à ce qu'il se résigne à tourner la tête.

– Quel genre de fête aimerais-tu pour ton anniversaire ? s'est enquis Tristan en me serrant contre lui.

– Je n'en sais rien, j'avoue que je n'y ai jamais pensé. Rien qu'à l'idée de passer un an sur cette île, je suis prise de vertige.

– Qu'est-ce que tu dirais si tu y étais depuis plus de deux siècles !

C'était la première fois que Tristan faisait allusion à sa longévité.

– Quel effet ça fait d'être aussi vieux ? l'ai-je questionné, moitié taquine, moitié sérieuse, en lui passant les bras autour du cou.

Dorn nous a jeté un coup d'œil hostile. Je me suis mordu la langue pour me retenir de lui demander où était sa chère amie Nadia.

– Tu ne t'ennuies pas ? Tu n'as jamais eu envie…

– D'en finir ? a complété Tristan avec une soudaine gravité. Je te mentirais si je prétendais le contraire. Les jours de cafard, il m'arrive de vouloir tout plaquer, oui. Mais dans ces cas-là, je me dis que ma place est ici. Qu'on a besoin de moi. Alors je… je continue, voilà tout.

– Il faudra que tu me le rappelles, le jour où je commencerai à déprimer.

– Promis, m'a répondu Tristan avec un sourire plein d'assurance. Tu sais que tu peux compter sur moi.

Nous nous sommes étreints. J'avais l'impression de me fondre en lui. Mais il s'est soudain raidi et écarté de moi, les sourcils froncés, fixant un point par-dessus mon épaule.

En me retournant, j'ai aperçu mon père qui arrivait avec la maire, lui en costume sombre et chemise bleu clair, elle dans une ravissante robe noire à l'encolure bordée de dentelle. Je ne l'avais encore jamais vue les cheveux défaits, à la manière d'une jeune fille ; ils étaient si longs qu'ils lui tombaient sous les omoplates. Quand elle a commencé à se faufiler entre les tables, mon père a posé une main au creux de ses reins. Ce geste m'a profondément choquée.

– Je ne veux rien savoir, ai-je grincé en détournant les yeux.

Darcy et Fisher ont fait leur apparition à leur tour. Ils formaient un couple éblouissant. Fisher avait revêtu pour l'occasion une chemise blanche qui contrastait avec sa peau foncée. Quant à Darcy, elle avait opté pour une robe noire moulante et des escarpins rouges. Plusieurs têtes se sont retournées sur leur passage. Il y avait de la jalousie dans les yeux des filles, de l'admiration dans ceux des garçons. Ma sœur produisait souvent cet effet. En tout cas, j'étais contente que Fisher l'ait accompagnée. Darcy méritait de se divertir un peu.

– Chacun a trouvé sa chacune, visiblement, a lâché Tristan tandis qu'un nouveau morceau de techno déclenchait les hurlements de Lauren et sa petite bande.

– Du moment qu'on reste ensemble, tout m'est égal, ai-je répliqué en appuyant la tête sur son épaule.

Tout à coup, une série d'explosions a fait taire les conversations. La musique s'est interrompue brusquement, et Krista a poussé un cri.

– Krista ? a appelé Tristan d'une voix inquiète.

Les haut-parleurs se sont mis à cracher une version pop de « Joyeux Anniversaire ». Tristan et moi, on s'est regardés sans comprendre.

– Qu'est-ce que c'est que ce b... ?

Tristan s'est tu en voyant des sourires béats apparaître sur toutes les lèvres. Bea s'est précipitée vers l'arrière de la tente en poussant des cris de joie.

– Tu comprends ce qui passe ? m'a demandé Tristan.

– Non, rien du tout.

Il m'a prise par la main, et nous avons suivi le mouvement.

Au fond du jardin, sur un immense panneau dressé à bonne distance des invités, des cierges magiques crépitant d'étincelles dessinaient les mots BON ANNIVERSAIRE KRISTA ! Non loin de là, Joaquin observait la reine de la soirée avec un sourire goguenard.

– J'hallucine ! C'est toi qui as fait ça, Joaquin ? s'est exclamée Krista.

Elle a couru vers lui et l'a serré dans ses bras avant de contempler à nouveau le spectacle, une main plaquée sur la bouche, émue jusqu'aux larmes. Tout le monde s'est mis à applaudir.

– Tu es vraiment dingue, mec ! a crié Tristan à Joaquin.

Puis il s'est avancé vers lui pour le féliciter à grandes tapes dans le dos.

– Pas mal, hein ? a lancé Joaquin, très fier de lui.

Après avoir salué l'assistance, telle une star planétaire, il a adressé un signe de connivence à Pete, qui avait lancé la chanson à point nommé.

– Je n'en reviens pas, a soufflé Krista. Je croyais que tu trouvais ce genre de fête totalement ringard ?

Joaquin a haussé les épaules.

– Ouais, mais bon… je savais que c'était important pour toi, alors…

– C'est le plus beau cadeau d'anniversaire qu'on m'ait jamais fait, Joaquin ! Merci encore.

– C'est vrai, c'est une belle soirée, a appuyé Tristan. Jusqu'à maintenant, tout se déroule à merveille, pas vrai ?

– Ouaip ! a acquiescé Krista. Pas de brouillard, on est peinards !

En me retournant, j'ai surpris Fisher et Darcy en train de s'embrasser un peu plus loin. À la fin du baiser, ma sœur semblait aux anges.

Oui, décidément, tout allait pour le mieux.

On a commencé à rejoindre tranquillement la foule des invités. Bea, Cori et Kevin avaient déjà attaqué leur salade. En voyant mon père tirer une chaise pour que la maire s'asseye, j'ai soudain éprouvé de curieux fourmillements dans les pieds. Un froid glacial m'a saisie. Je me suis pétrifiée sur place, si bien que Tristan a mis un moment avant de réaliser que je n'étais plus auprès de lui.

– Non, ai-je murmuré, incapable de refouler les larmes qui me montaient aux yeux.

J'ai porté une main à ma poitrine pour tenter de calmer les douloureuses palpitations de mon cœur, mais au lieu de s'atténuer, cette pénible sensation d'effervescence s'est rapidement propagée dans tout mon corps.

Tristan s'est enfin rendu compte que j'étais restée à la traîne.

– Eh bien, qu'est-ce que tu as ? m'a-t-il demandé, un reste de sourire éclairant encore son visage.

J'avais la gorge tellement nouée que je n'ai pu lui répondre, mais l'horreur qu'exprimait mon regard l'a aussitôt alerté. Un froid irréel s'est abattu sur les lieux. Bea a lâché sa fourchette et s'est tournée vers nous, l'air effaré. Lauren s'est arrêtée de danser, de même que tous les autres invités qui s'agitaient encore frénétiquement sur la piste deux secondes plus tôt.

C'est alors que je l'ai senti arriver. Humide. Poisseux. Il m'a d'abord léché les pieds, puis a rampé le long de mes jambes avant de m'envelopper les épaules.

– Merde ! a lâché Joaquin en se retournant.

En l'espace de quelques secondes, le brouillard qui montait de la falaise a déferlé sur nous, étouffant les dernières étincelles des cierges magiques, jetant sur l'herbe une couverture de grisaille. Tristan, Krista et Joaquin m'ont regardée avec consternation.

– C'est pour mon père, ai-je finalement réussi à articuler. Je vais devoir l'escorter.

Brisée

À travers le brouillard s'est ouvert un chemin qui menait droit à mon père. Je le distinguais très clairement alors qu'il regardait aveuglément devant lui avec stupéfaction. J'étais censée suivre cet étroit chemin, prendre mon père par le bras, le guider jusqu'au pont et, de là, vers sa destination éternelle.

– Non ! ai-je hurlé. Non ! Je refuse, c'est impossible !

J'ai fait volte-face et me suis enfuie en courant, environnée de toutes parts par ce brouillard exécrable.

– Rory, non ! s'est écrié Tristan.

Sentant qu'il s'élançait après moi, j'ai forcé l'allure.

– Attends ! m'a lancé Joaquin.

Je n'en étais pas sûre, mais sa voix semblait venir de la gauche. Du coup j'ai obliqué vers la droite et accéléré de plus belle, indifférente aux larmes qui me baignaient les joues.

Mon père allait mourir. Mourir pour de bon. Ce départ ne signifiait rien d'autre qu'une séparation définitive. Mon père allait me quitter, et moi je resterais ici. Sans lui.

– Rory ! Arrête-toi tout de suite !

Quelque chose dans l'intonation de Joaquin m'a fait stopper net.

– Ne bouge pas, a ajouté Tristan avec autorité. Tu es juste au bord de la falaise.

J'étais à bout de souffle, j'avais les poumons en feu, la tête qui tournait. J'ai subitement pris conscience du vide qui était là, à quelques centimètres de moi. Un infime mouvement de mon pied droit m'en a donné confirmation : un caillou a roulé et ricoché contre la paroi avant de sombrer en silence dans le néant. J'avais été à deux doigts de me tuer. Sauf que...

– Et alors ? ai-je aboyé en me retournant. Quelle importance si je tombe, puisque je ne peux pas mourir !

Tristan a émergé du brouillard.

– Non, c'est vrai, tu ne peux pas mourir...

– Mais tu peux te briser les os en mille morceaux, a complété Joaquin. Et crois-moi, ça fait mal.

J'ai accepté la main que me tendait Tristan et me suis éloignée du bord. En bas, le bruit du ressac s'est amplifié.

– Tout va bien, Rory, a repris Tristan sans me lâcher. Personne ne te forcera à escorter ton père.

– Bien sûr que non, a ajouté Joaquin. On a fait un pacte.

– Ce n'est pas le problème, ai-je bredouillé en reniflant. Si ce n'est pas ce soir, ce sera plus tard. J'ai déjà vu partir ma mère. Un jour ou l'autre, il faudra que je dise adieu à mon père, et ensuite à Darcy...

J'ai cru que mon cœur allait se fendre en deux.

– Je n'arriverai jamais à surmonter une épreuve pareille, Tristan. C'est… C'est trop injuste.

– Je sais, m'a-t-il dit avec douceur en me serrant contre lui.

– Oui, c'est vraiment dur, a insisté Joaquin. Ça ne s'était encore jamais produit. Un CAP obligé de voir les siens disparaître l'un après l'autre…

J'ai éclaté en sanglots.

– Tu ferais mieux de te taire, mon pote, a grondé Tristan.

Joaquin a pâli.

– Oui, excuse-moi.

Quelque part au loin dans le brouillard, on a entendu une portière de voiture claquer et un moteur démarrer. J'ai tressailli. C'était de la folie de conduire par un temps pareil ! Qui osait prendre un tel risque ? Et pour quelle raison ?

– Écoute, m'a dit Tristan en me relâchant, ce n'est pas ce soir qu'on va régler le problème, mais personne ne te prendra ton père. À mon avis, tu devrais rentrer chez toi avec ton père et ta sœur, passer le reste de la soirée ensemble, en famille.

– Tu parles ! ai-je rétorqué en jetant un œil vers la maison bleue – ou du moins dans sa direction. Si tu crois qu'ils vont me suivre… Darcy me déteste, et mon père est en train de flirter avec la maire.

– Dis-lui que tu as super mal au bide, il te raccompagnera, m'a suggéré Joaquin.

Je l'ai regardé avec une moue désabusée, mais il s'est contenté de hausser les épaules.

– Et comme il ne voudra pas laisser Darcy toute seule, elle sera bien forcée de rentrer aussi, a continué Tristan, visiblement sur la même longueur d'onde que son ami.

– Génial. Comme ça, elle me haïra encore plus. Elle m'accusera de vouloir lui gâcher sa soirée ou je ne sais quoi.

– Eh bien, tu te mets un doigt dans la gorge, tu vomis sous leurs yeux, et le tour est joué ! a émis Joaquin.

Cette idée stupide m'a fait ricaner, mais, voyant que Tristan et Joaquin gardaient le plus grand sérieux, j'ai compris l'urgence de la situation. On n'aurait peut-être plus jamais l'occasion d'être réunis, mon père, ma sœur et moi. Il fallait en profiter avant qu'il ne soit trop tard.

Soirée cinéma

– Ce film est naze, a ronchonné Darcy en s'enfonçant encore plus dans les coussins du canapé.

– Tais-toi, ma fille, a riposté mon père, un bras passé autour de mes épaules. Tu n'y connais rien : c'est le plus grand film de tous les temps !

On regardait *Superman* – la version originale de 1970 – sur son ordinateur portable, qu'il avait posé sur la table basse. J'étais d'accord avec ma sœur, ce film était complètement ringard, mais c'était le préféré de mon père et, vu les circonstances, j'étais prête à regarder n'importe quoi.

– OK, mais ensuite on passera *Footloose*, a négocié Darcy.

– Avec Kevin Bacon ?

– Papa, s'il te plaît ! J'ai l'air d'avoir quarante ans ?

– Bon, d'accord, on regardera *ta* version, a capitulé mon père. Et toi, Rory, tu as choisi quoi comme prochain film ?

– Ce que tu veux, ça m'est égal, ai-je répondu en toute sincérité.

– Alors je vote pour *Le Meilleur*.

– Oh, non, pitié ! a gémi ma sœur.

Je me suis retenue de rire. L'univers du base-ball, ce n'était pas mon truc non plus, mais une fois encore, j'étais trop heureuse de nous voir tous les trois réunis pour ergoter. Je n'avais pas eu besoin de jouer les malades pour pousser mon père à quitter la fête de Krista plus tôt que prévu. La maire l'avait laissé en plan sans aucune explication, et il s'était déclaré content de fuir cette « surprise-partie pour ados ». Avec Darcy, ça avait été plus difficile. Mais comme l'avait prédit Tristan, mon père avait fait preuve d'autorité, arguant qu'il ne voulait pas qu'elle rentre seule de son côté.

Maintenant on était là, à l'abri du brouillard, confortablement installés dans le salon, prêts pour notre marathon cinéma. Pendant que Superman se débattait avec son collier en kryptonite, j'étais pelotonnée contre mon père, à l'écoute des battements improbables de son cœur. Cela ne m'était pas arrivé depuis longtemps, de cocooner sur le canapé familial – pas depuis que j'étais petite fille. À présent, je savourais ce moment comme jamais. La présence de mon père, la chaleur de son corps, sa respiration lente et régulière. Que rêver de mieux ?

Alors que je délaissais l'écran de l'ordi pour regarder par la fenêtre, j'ai soudain aperçu deux yeux sinistres et luisants qui me fixaient à travers la brume. Je me suis levée d'un bond.

– Papa !

– Quoi ? Qu'est-ce qu'il y a ?

– Là, dehors ! Regarde...

Les yeux avaient disparu. Tremblante, je me suis dirigée vers la porte. Quand je l'ai ouverte, j'ai été confrontée à un mur de grisaille humide. Au loin, un corbeau a croassé.

– Il y a quelqu'un ? ai-je lancé alors que mon père et ma sœur me rejoignaient. Qui est là ?

Silence.

– C'était sans doute un oiseau ou autre chose, a lâché Darcy avant d'aller se rasseoir.

– Ce brouillard te joue des tours, tu as trop d'imagination, ma fille, a ajouté mon père en posant les mains sur mes épaules. Allez, viens, retournons à notre film.

Il a attendu que je ferme la porte, puis m'a reconduite au salon. On a repris place sur le canapé, mais cette fois, impossible de me détendre. Pendant que mon père et Darcy regardaient Superman sauver la planète, j'avais les yeux rivés sur la fenêtre et la brume tourbillonnante.

J'étais sûre et certaine d'avoir vu quelqu'un dehors. Quelqu'un qui nous espionnait. Et qui ne nous voulait pas du bien.

Encore une belle journée

J'ai été réveillée par un joyeux chant d'oiseau le samedi matin. La première chose qui m'a frappée, c'est que ma tête ne reposait pas sur mon oreiller mais sur une surface râpeuse – molle, mais râpeuse. J'ai cligné des paupières et regardé autour de moi, totalement désorientée. Ah, d'accord. J'étais dans le salon. J'avais dû m'assoupir entre le moment où Ren se faisait botter les fesses et ... ce qui lui était arrivé par la suite. À côté de moi, plus de Darcy. J'ai posé sur mes genoux le coussin en velours côtelé sur lequel j'avais dormi et me suis étirée en bâillant face à la fenêtre.

La journée s'annonçait belle. Le soleil brillait, le ciel était d'un bleu limpide, on entendait au loin le doux murmure des vagues.

Je me suis brusquement rejetée contre le dossier avec effroi.

Il y avait du soleil... Le ciel était dégagé...

Je me suis levée d'un bond en appelant :

– Papa ?

Comme je n'obtenais aucune réponse, j'ai couru vers l'escalier. Au passage, je me suis cogné l'orteil contre le pied d'un fauteuil. La douleur m'a suffoquée. J'ai continué à avancer, vacillante, l'angoisse au ventre. Non, ce n'était pas vrai, il ne pouvait pas être parti.

– Papa ! Papa !

Arrivée sur le palier du premier, j'ai ouvert la porte de sa chambre à toute volée.

Le lit était fait, mais les pantoufles n'étaient pas sur le tapis. Plus de lunettes ni de pile de livres sur la table de chevet. Plus de feuilles de manuscrit éparpillées sur le bureau. Les yeux brouillés par les larmes, je suis allée inspecter la penderie et n'y ai trouvé que deux douzaines de cintres vides. Toutes les affaires de mon père s'étaient envolées. Il n'y avait plus rien. Rien.

– Non, non ! ai-je hurlé en pivotant désespérément sur moi-même.

Je me suis alors précipitée vers la chambre de ma sœur. Au moment où j'allais tourner la poignée, la porte s'est ouverte et Darcy est apparue dans sa nuisette noire, les cheveux en bataille, l'air mal réveillé.

– Qu'est-ce qui te prend de crier comme ça ? a-t-elle grommelé.

– Où est papa ? lui ai-je demandé sur un ton pressant.

Après quelques secondes de silence, Darcy m'a dévisagée avec incertitude.

– Papa ? a-t-elle articulé comme si elle prononçait ce nom pour la première fois de sa vie.

Son regard était totalement inexpressif.

Ma sœur n'avait plus aucun souvenir de notre père.

– Oh, mon Dieu, ai-je soufflé en sentant le sol se dérober sous mes pieds.

Comment était-ce possible ? Non seulement c'était moi qui devais l'escorter, mais en plus ils m'avaient tous promis qu'aucune âme ne quitterait l'île en attendant que le problème soit résolu. Ils avaient conclu un pacte, m'avait assuré Joaquin.

Le pacte. Mais oui, bien sûr ! Je revoyais encore la tête de Nadia quand la maire s'était déclarée d'accord avec mon plan. Nadia y était opposée. Pour quelle raison ? Tout simplement parce que, si on arrêtait d'acheminer des âmes vers l'au-delà, elle n'aurait plus aucun motif de m'accuser. C'était elle qui était à l'origine de ce coup monté, elle qui voulait me tenir pour responsable de tous les maux qui s'étaient abattus sur Juniper Landing.

Nadia était la seule CAP qui n'avait pas assisté à la fête de Krista hier soir. Elle était restée dans son coin afin de parachever sa vengeance. Elle voulait Tristan. Elle était tellement jalouse de moi qu'elle était prête à trahir l'ensemble des CAP pour arriver à ses fins : escorter mon père avant l'heure et, dans la foulée, m'expédier aux Oublis.

Je me suis subitement rappelé les yeux noirs, brillants de haine, que j'avais aperçus derrière la fenêtre la nuit précédente.

– La garce ! ai-je craché. La sale garce !

– Qu'est-ce qui t'arrive, Rory ? m'a demandé Darcy.

Au lieu de lui répondre, j'ai foncé vers l'escalier et dévalé les marches à toute vitesse. Arrivée dans l'entrée, je me suis arrêtée net en voyant que le cadre qui trônait sur la petite table près de la porte avait disparu. Nadia avait volé la seule photo où nous étions tous réunis, ma mère, mon père, ma sœur et moi.

J'allais la tuer.

Je suis sortie en trombe de la maison et j'ai couru vers le centre-ville. Alors que je traversais la rue des Freesias sans regarder, un cycliste a fait une embardée pour m'éviter. Il s'est cassé la figure, mais j'ai continué mon chemin sans ralentir. Dans la Grande rue, j'ai failli heurter quelqu'un de plein fouet.

– Rory !

C'était Joaquin. Il m'a retenue avec une poigne d'acier tandis que je me pliais en deux, hors d'haleine. À mes pieds, une colonne de fourmis se dirigeait vers le caniveau.

– Où est mon père ? ai-je gémi. Où est-il, Joaquin ?

Je me suis penchée sur le côté pour tenter d'apercevoir la maison des Parrish. Il fallait que je sache.

Joaquin m'a fait pivoter de sorte que je me trouve dos à la falaise.

– Attends, Rory. Calme-toi. Essaie de…

– Lâche-moi !

Je l'ai repoussé de toutes mes forces, si bien qu'il est tombé à la renverse. Pendant quelques secondes, on s'est regardés en chiens de faïence, après quoi je me suis retournée.

Le cygne doré de la girouette se découpait avec fierté sur le bleu du ciel, comme s'il détenait une vérité incontestable et qu'il imposait son autorité au monde entier.

La flèche était pointée vers le sud.

La preuve

– Où vas-tu ? m'a demandé Joaquin alors que je m'éloignais en toute hâte et en pleurs.

– C'est Nadia ! ai-je lancé sans lâcher des yeux la maison des Parrish. J'en suis sûre. Je vais prévenir Tristan et la maire.

– Rory, stop ! m'a ordonné Joaquin.

Il m'a attrapée par le bras juste au moment où j'allais traverser. Une voiture a pilé dans un crissement de freins.

– Tu fais n'importe quoi, a repris Joaquin. Détends-toi un peu.

– Hein ? Mon père est à Shadowland et tu voudrais que je me détende !

Bea nous a rejoints en courant. Elle était toute rouge et la racine de ses cheveux baignés de sueur avait foncé d'un ton. Fisher et Kevin la suivaient de peu, la mine sombre.

– Qu'est-ce qui se passe ? nous a demandé Bea. Pourquoi il n'y a plus de brouillard ?

– Son père est parti, l'a informée Joaquin sans me lâcher le bras.

Kevin a écarquillé les yeux.

– Qui l'a escorté ?

– Nadia, ai-je grincé.

– Tu plaisantes ? a répliqué Bea.

– On n'en est pas complètement sûrs, a modéré Joaquin.

– Parle pour toi ! ai-je objecté avec véhémence.

J'ai baissé la voix à l'approche d'un couple de visiteurs qui se promenaient en toute insouciance, main dans la main.

– Je sais ce que j'ai vu : hier soir, je l'ai surprise en train de nous observer par la fenêtre du salon. Elle a attendu qu'on soit endormis pour embarquer mon père et toutes ses affaires.

Mon cœur s'est serré au souvenir de mon père et moi, l'un contre l'autre sur le canapé. J'ai lutté pour refouler mes larmes. Ce n'était pas le moment de craquer.

– Rory, a lancé Bea, tu n'aimes pas Nadia, et elle ne te porte pas dans son cœur non plus, d'accord, mais elle ne ferait jamais une chose pareille. Elle respecte les règles autant que Tristan.

– C'était bien elle, Bea, je te le jure !

Je me suis tournée vers Fisher. Il a aussitôt enlevé ses lunettes miroir, sentant qu'il était important de me regarder droit dans les yeux. Pour la première fois, j'ai compris qu'il pouvait m'être utile.

– Où habite Nadia ? lui ai-je demandé.

Il a jeté un coup d'œil à Joaquin avant de répondre :

– Euh… En bas, près des quais. Pourquoi ?

– Va la chercher. Tout seul ou avec quelqu'un, mais ramène-la.

Fisher a émis un petit rire nerveux.

– Minute, Rory. Je ne sais pas ce que tu as derrière la tête, mais je ne suis pas à tes ordres et…

– Vas-y, Fish, lui a ordonné Joaquin. Plus vite on entendra ce que Nadia a à dire, mieux ce sera pour nous tous.

– OK.

Fisher est parti en courant vers la baie.

– On se retrouve chez Tristan ! lui ai-je crié avant de mettre le cap sur la colline avec les autres.

Je ne pouvais détacher mes yeux de la girouette tout en me répétant : « Mon père est à Shadowland. Nadia l'a condamné à Shadowland… »

Un sanglot m'est monté dans la gorge. Je l'ai ravalé en vitesse. Je ne devais pas me laisser submerger par les émotions. Si je commençais à ruminer de funestes pensées, je savais que je sombrerais dans le désespoir, et c'était justement ce qu'il fallait éviter. J'étais la seule chance de mon père. Nadia détenait la clef du mystère. Puisqu'elle avait envoyé mon père à Shadowland, elle connaissait forcément le moyen de le tirer de là. Et la seule personne capable de la faire parler, c'était la maire.

Au moment d'atteindre le sommet de la colline, j'ai aperçu Cori et Pete, assis sur un banc à l'embranchement de deux chemins. Celui de droite redescendait vers la plage, l'autre conduisait à la maison bleue. Leurs deux VTT étaient couchés dans l'herbe. En me voyant arriver, ils se sont levés comme un seul homme.

– Ne vous approchez pas de moi ! leur ai-je intimé en obliquant vers la gauche.

– Qu'est-ce qu'il lui prend ? a demandé Cori dans mon dos.

– Elle perd les pédales, lui a répondu Joaquin. Elle est persuadée que Nadia a embarqué son père.

– Hein ?

– Où elle est, d'ailleurs ? a voulu savoir Bea tandis qu'ils pressaient tous le pas pour me rattraper.

– Aucune idée, a dit Pete. Je ne l'ai pas vue depuis jeudi soir, au Cygne Noir.

Intérieurement, j'ai exulté. Nadia était restée à l'écart de ses amis hier et avant-hier ? Plus de doute, c'était elle. Forcément elle.

– Tristan ! Madame Parrish ! ai-je crié en grimpant à toute vitesse les marches de la véranda.

Krista m'a ouvert la porte.

– Rory ! Ça va ?

– Où est ta mère ? Où est Tristan ?

– Euh… La maire n'est pas là, mais Tristan est dans sa chambre, je crois. Si tu veux, je…

Sans lui laisser le temps de finir, je me suis faufilée devant elle et j'ai foncé vers le grand escalier. J'avais trop hâte de retrouver Tristan, trop besoin de l'entendre me redire qu'il m'aiderait à réparer cette injustice et que tout allait s'arranger.

– Tristan ? Tristan ? ai-je appelé.

La porte de sa chambre était grande ouverte. La pièce était vide. Sur le lit trônait un sac en tissu rouge fermé par une cordelette. Il était renflé à la base et semblait lourd. Cet objet était si étrange et incongru que je suis demeurée sur le seuil à le contempler. Les autres n'ont pas tardé à me rejoindre, Joaquin en tête.

– C'est quoi, ce truc ? a-t-il demandé en suivant mon regard.

– Je n'en sais rien, lui a répondu Krista.

Avec l'assurance d'un habitué des lieux, Joaquin est entré dans la chambre et a ouvert le sac. Il est devenu affreusement pâle, j'ai cru qu'il allait s'évanouir. Il m'a fixée avec des yeux remplis d'effroi.

Tout le monde est resté pétrifié pendant quelques secondes. Puis Bea et Kevin ont avancé d'un ou deux pas tandis que Krista restait à côté de moi. Cori et Pete, eux, se tenaient en retrait.

– Il y a un problème ? ai-je soufflé.

Joaquin a renversé le sac. Des dizaines et des dizaines de grosses pièces d'or se sont répandues sur le dessus-de-lit dans un joyeux tintement. Krista a étouffé un cri, Bea s'est appuyée contre le mur.

– Putain de merde ! a craché Kevin.

C'est alors qu'on a entendu des pas dans le couloir et, juste après, la voix de Tristan :

– Rory ?

– Tristan, non ! s'est écriée Krista.

Mais il était déjà dans la pièce. Son regard s'est immédiatement braqué sur le tas de pièces et son visage a pris un teint cireux.

– Tristan ? ai-je émis d'une voix brisée.

– Tu peux nous expliquer ce que ça signifie ? l'a sommé Joaquin.

Très lentement, Tristan a tourné les yeux vers moi. On y lisait de la souffrance, de la peur… et de la culpabilité.

J'ai eu l'impression de recevoir un coup de poignard en plein cœur.

Alors que mes jambes commençaient à flageoler, Tristan s'est enfui en courant.

Les faire payer

Je me tenais debout au fond de la grotte. Ma lampe de poche éclairait son nom :

TRISTAN SEVARDES (PARRISH) 1766

Il m'avait fait croire qu'il m'aimait, qu'il était prêt à changer pour moi, mais ce n'était qu'une ruse pour m'induire en erreur. Lui et Nadia étaient de mèche depuis le début. Leur altercation, le soir où on s'était embrassés pour la première fois, c'était du cinéma. Oui, Tristan m'avait menti sur toute la ligne. Pour mieux me faire jouer le rôle de bouc émissaire.

Quelle imbécile j'étais ! Quelle triple idiote !

Le vent avait dû changer de direction car je l'entendais maintenant s'engouffrer dans la grotte en mugissant. Malgré l'épaisseur de mon sweat-shirt, j'étais parcourue de frissons. Je me suis juré de ne plus jamais faire confiance à quelqu'un. De ne plus jamais tomber amoureuse de qui que ce soit. Manifestement, je ne connaissais rien à la nature humaine, j'étais incapable de cerner la personnalité de mes semblables, de deviner leurs véritables intentions.

– Rory ?

La voix de Joaquin s'est répercutée sur les parois, m'enveloppant de toutes parts, tel un murmure d'espoir.

– Oui, je suis là, ai-je répondu.

Le faisceau de sa torche a balayé la roche et les centaines de noms et de dates multicolores qui y étaient inscrits. Je me suis demandé si Tristan s'était caché dans un coin, le soir où j'étais venue ici pour trouver l'emplacement de son nom. Est-ce que c'était lui qui, dans sa hâte de quitter la grotte, avait laissé tomber la feuille de comptage de points ? Pour la millionième fois, je m'en suis voulu de ma stupidité.

Plus jamais. Jamais.

Joaquin et Krista sont apparus. Je les avais quittés une heure plus tôt, mais on aurait dit qu'ils revenaient d'une marche de plusieurs jours dans le désert. Le T-shirt blanc de Krista était couvert de poussière, et Joaquin avait pris un sérieux coup de soleil sur le front. Tous deux étaient hors d'haleine.

– Qu'est-ce que tu fabriques ? m'a demandé Krista en avisant le pot de peinture rouge et le pinceau posés à mes pieds.

– J'ai réalisé que je n'avais pas encore ajouté mon nom à la liste, ai-je expliqué d'une voix neutre.

Je ne voulais pas que ma voix trahisse mes émotions. Si je commençais à ouvrir les vannes, je savais que je ne pourrais plus me contrôler. J'ai adressé un regard froid à Joaquin.

– Tu as retrouvé Tristan ? Et Nadia ?

– Toujours pas, a-t-il avoué. Et toi, ça va ?

– Non. Je suis une imbécile.

Je lui ai tourné le dos et j'ai contemplé le nom de Tristan avec dégoût.

– Avec le recul, il y a un tas de détails qui me sont revenus à l'esprit, ai-je poursuivi. Par exemple, l'autre matin, quand je suis passée à l'improviste voir Tristan, je l'ai surpris en train de cacher quelque chose dans le tiroir du bas de son bureau – probablement le sac de pièces. Et puis jeudi, rappelle-toi, Krista : tu l'as entendu discuter avec Nadia, après quoi ils sont partis ensemble. On ne les a pas revus de la journée – justement le jour où cinq âmes ont été emportées. Je parie que c'était pour finaliser leur plan machiavélique.

– Attention à ce que tu dis, Rory, a rétorqué Krista. Tu n'as aucune preuve.

Je lui ai jeté un coup d'œil navré, sachant combien c'était dur, pour elle, de m'entendre accuser son « frère ».

– Et le papier que j'ai trouvé ici l'autre jour, tu te souviens ? ai-je continué en m'adressant cette fois à Joaquin.

Il a hoché la tête.

– Pete me l'a carrément arraché des mains. À mon avis, il était à eux. Nadia l'a reconnu immédiatement, mais elle a essayé de me coller ça sur le dos. En plus, j'ai remarqué que Tristan traçait les mêmes marques dans le sable, quand je l'ai rencontré à la plage l'autre matin.

– Non, ce n'est pas possible, a objecté Joaquin à son tour. C'est complètement fou !

– Pourtant, tout se tient. Je n'ai rassemblé les pièces du puzzle qu'aujourd'hui.

– Tais-toi ! m'a ordonné Krista avec virulence.

Son teint, d'ordinaire très pâle, était devenu rouge vif, ses yeux étincelaient de colère. Je ne l'avais jamais vue dans cet état.

– Tristan est le meilleur d'entre nous, il n'a rien à voir avec tout ça !

– Mais enfin, Krista... tu as une autre explication ?

– Tristan a des tonnes de choses à gérer mais il ne peut pas tout maîtriser. Si ça se trouve, c'est Nadia qui a mis ce sac de pièces dans sa chambre, ça ne t'a pas effleurée ?

– Dans ce cas, pourquoi il s'est enfui, pourquoi il se cache ? a allégué Joaquin.

Krista l'a dévisagé en silence, à court d'arguments.

– Et surtout, pourquoi avait-il ça chez lui ? ai-je ajouté en sortant de ma poche la photo de ma famille.

– Où l'as-tu trouvée ? a voulu savoir Joaquin.

– Ce n'est pas moi qui l'ai trouvée. Après votre départ, Fisher est venu nous annoncer que Nadia n'était pas chez elle. Du coup, Kevin et lui se sont mis à fouiller la chambre de Tristan. Ils ont déniché cette photo au fond de son coffre à chaussures.

Avec un pincement au cœur, j'ai regardé les yeux rieurs de mon père et le doux visage de ma mère. Je me suis dépêchée de rempocher la photo avant de fondre en larmes.

– Bon, qu'est-ce qu'on fait maintenant ? a demandé Krista.

Je me suis penchée pour prendre le pinceau, je l'ai trempé dans le pot, puis j'ai essuyé les poils sur le rebord afin d'éliminer l'excédent de peinture.

– C'est simple, ai-je fini par dire. On se débrouille pour ramener mon père, Aaron, Jennifer et les autres de Shadowland.

J'ai commencé à écrire mon nom sur la paroi, juste au-dessus de celui de Tristan. Il m'a fallu un gros effort de concentration pour empêcher ma main de trembler, mais j'ai fini par y arriver. La jambe du R touchait le haut du T.

– Et comment tu comptes t'y prendre ? m'a interrogée Joaquin tout en suivant mes gestes comme s'il était hypnotisé. Personne n'est jamais revenu de là-bas.

– Il doit y avoir un moyen, ai-je déclaré d'une voix beaucoup plus confiante que je ne l'étais au fond de moi.

De nouveau, j'ai trempé le pinceau dans la peinture et tracé un M avec soin.

– Si des gens ont été envoyés par erreur à Shadowland, il n'y a pas de raison pour qu'on ne puisse pas corriger cette injustice. Il suffit d'y croire.

– En admettant qu'on réussisse à les ramener, qu'est-ce qu'on fera ensuite ? m'a lancé Krista.

J'ai pris le temps de terminer avant de lui répondre. Voilà, c'était fait. Mon nom était inscrit pour l'éternité sur la paroi de la grotte :

RORY MILLER (THAYER) 2013

En traçant le 3, j'avais fait exprès de laisser la peinture dégouliner sur la roche, si bien qu'un filet rouge sang souillait la blancheur du H de Parrish. Satisfaite, j'ai reposé le pinceau dans le pot. Puis je me suis tournée vers Krista et Joaquin en disant :

– Ensuite ? Eh bien, on remet la main sur Tristan et Nadia… et ils nous le paieront !

Remerciements

Chaque roman que j'écris est un voyage, et celui-ci, qui s'est déroulé à une période particulièrement noire de ma vie, m'a permis de cheminer de l'obscurité vers la lumière. C'est pourquoi je tiens à remercier toutes les personnes qui m'ont aidée à parcourir cette route semée d'embûches, petites et grandes, pour que j'arrive à bon port.

Ma plus profonde gratitude va bien entendu à Lanie Davis, qui a travaillé sur ce livre autant, si ce n'est plus que moi. Je n'aurais jamais pu le finir sans elle (et elle le sait). Merci à Josh Bank, Sara Shandler, Katie McGee et Emily Meehan pour leur perspicacité et leur précieuse contribution à différentes étapes du manuscrit. Un grand merci également à Sarah Burnes, qui m'a virtuellement tenu la main tout au long de ma dépression, et à Matt, qui m'a physiquement tenu la main et dissuadée de tout laisser tomber pour me lancer dans l'immobilier ou la fabrication de cupcakes, voire les deux à la fois. Enfin et surtout, merci à Brady et à Will, qui m'ont redonné le sourire et rappelé pourquoi j'écrivais. Je les aime et les aimerai toujours plus que tout au monde.

La loi du dôme

Sarah Crossan

Traduit de l'anglais (G.-B.) par Mim

Les arbres ont été éliminés de la terre et l'oxygène s'est raréfié, provoquant des millions de morts... Les survivants ont été rassemblés sous le Dôme, sorte de bulle protectrice où un nouvel ordre s'est constitué autour d'un État totalitaire et d'une société, Respirer Inc. qui contrôle l'air que les habitants respirent. Tout en haut de l'échelle sociale, se trouvent les Premiums. Riches et en bonne santé, ils méprisent les Auxiliaires, trop pauvres pour payer un impôt sur l'oxygène et donc contraints de survivre avec le peu d'air qu'ils respirent... Alina, 16 ans, qui a rejoint la Résistance, a échoué dans sa mission à l'intérieur du Dôme. Elle est en danger et doit fuir, à l'extérieur. Elle rencontre alors Quinn, un jeune Premium et sa meilleure amie Bea, une auxiliaire, partis camper hors du Dôme et leur demande de l'aide...

Dans un monde privé d'air, le vie ne tient qu'à un souffle...

Naufragés

Siobhan Curham

Traduit de l'anglais (G-B) par Karine Suhard-Guié

Ils ont survécu, mais le cauchemar ne fait que commencer...

Grace et quelques élèves d'une troupe de danse doivent animer une croisière pendant un mois. Yago, un marin ténébreux, est chargé de les emmener jusqu'au paquebot en voilier. Mais, pris dans une tornade, ils échouent sur une île sauvage. En attendant les secours, ils établissent un campement sur la plage. Peu à peu, les rancœurs se font jour. Jenna, la meilleure amie de Grace, se rapproche de Cariss, une insupportable capricieuse, tandis que Grace, attirée par Yago, supporte de moins en moins Todd, son petit ami. Alors que la tension monte entre les jeunes gens, des phénomènes étranges se produisent. L'île n'est peut-être pas si déserte qu'elle en a l'air...

Henry à tout prix

de Kerry Cohen Hoffmann

Traduit de l'anglais (États-Unis) par Pascale Jusforgues

Zoé aime Henry.
Mais Henry quitte Zoé.
Zoé veut reconquérir Henry. À tout prix.

Zoé et Henry sont ensemble depuis six mois, lorsque le jeune homme lui annonce qu'il souhaite mettre un terme à leur histoire : il s'estime trop jeune pour vivre une relation amoureuse suivie. Henry veut consacrer son temps libre à jouer à la guitare au sein de son groupe de rock. Sous le choc, Zoé ne peut se résoudre à cette rupture et décide de regagner l'amour d'Henry. Aidée de ses deux meilleures amies, elle met en place une stratégie de « reconquête »....

Memor, le monde d'après

Kinga Wyrzykowska

Tomek, 13 ans, s'aperçoit que son frère Tadzio, est en train de s'effacer de la dernière photo qu'il a prise de lui avant « l'Accident ». Il décide alors de surmonter sa peur et de se servir de la pierre secrète qu'il porte autour du cou. Grâce à elle, il a le pouvoir d'appeler les morts et de leur parler. Mais contre toute attente, c'est lui qui bascule dans « le monde d'après », à Memor, où les défunts vivent en sursis, suspendus au souvenir des hommes. Or, dans cet univers cruel et fascinant, Tadzio est en danger.

Au cœur d'un inoubliable monde imaginaire, un magnifique roman sur la force du souvenir.

Cet ouvrage a été mis en pages
par DV Arts Graphiques à La Rochelle

Imprimé par GRAFICA VENETA
en novembre 2016
pour le compte des Éditions Bayard

Imprimé en Italie